QUAND IL AURA VINGT ANS
À CEUX QUI ÉTEIGNENT LES LUMIÈRES

De la même auteure

Les Inamovibles de la République. Vous ne les verrez jamais, mais ils gouvernent, L'Aube, 2020 ; 2021.

Être vieux : relégation ou solidarité ? (avec Daniel Perron), L'Aube, 2021.

Le Populisme au secours de la démocratie ?, Gallimard, coll. « Le Débat », 2021.

On a les Politiques qu'on mérite, Fayard, 2022 ; Pluriel, 2023.

On aura tout essayé…, Fayard, 2023 ; Pluriel, 2024.

Chloé Morin

Quand il aura vingt ans

À ceux qui éteignent les Lumières

Fayard

Couverture : Le Petit Atelier
Photographe : © Serge Picard/Figarophoto.com

ISBN : 978-2-213-72542-0
Dépôt légal : février 2024

À notre fils.

Introduction

Vous souvenez-vous de ce qu'était la France lorsque vous aviez vingt ans ?

Avoir vingt ans dans les années 1960

Étiez-vous Beatles ou Rolling Stones ? Ou Johnny Hallyday ?

La décennie débute par l'élection de John Fitzgerald Kennedy, porté par sa Nouvelle Frontière. Puis, il y a la sidération après l'assassinat du 35e président des États-Unis, le 22 novembre 1963, à Dallas au Texas.

Les sixties, le général de Gaulle au pouvoir, la fin de la guerre d'Algérie, les rapatriés, la guerre américaine du Viêt Nam, les Trente Glorieuses, la Nouvelle Vague, la minijupe, le nucléaire, le Printemps de Prague, Woodstock, Kubrick, les premiers pas de l'homme sur la Lune en 1969 et le tout premier vol du *Concorde*.

Avoir vingt ans en mai 1968, être épris de liberté, admirer ou détester les jeunes anarchistes, trotskistes, communistes, socialistes, situationnistes… Soudain, les jeunes, les femmes, les classes populaires réclament davantage de libertés. Huit semaines de grèves, d'occupations d'universités et d'usines, huit semaines de tumultes et d'affrontements avec les CRS, la contestation défie une certaine idée du pouvoir et de l'autorité. Le général de Gaulle referme la page le 30 mai avant d'être remercié un an plus tard.

Plus d'un quart des Français a alors moins de seize ans. L'espérance de vie pour les hommes nés en 1940 est inférieure à soixante-dix ans, celle pour les femmes à quatre-vingts ans. Mais la jeunesse se projette dans un avenir à conquérir, avec la sérénité de ceux qui viennent de connaître une expansion économique inégalée. Les réfrigérateurs, télévisions, machines à laver entrent dans les foyers. Sur les routes de France, ni ceinture de sécurité, ni appuie-tête ou casque de moto. Des rêves d'évasion, la démocratisation de la voiture, l'ivresse de la vitesse. Le bilan, tragique, passe de 8 876 à 18 034 tués sur la route par an entre 1960 et 1972, année record au début de la décennie suivante.

En 1970, les Beatles se séparent. Pas les Stones.

Avoir vingt ans dans les années 1980

L'espérance est de retour avec l'arrivée de la gauche au pouvoir. Voter François Mitterrand le 10 mai 1981… puis se réveiller deux années plus tard avec un goût amer dans la bouche, celui laissé par le tournant de la rigueur et les rêves généreux percutés par les réalités financières.

En France, on n'a toujours pas de pétrole et on n'a plus d'idées. Voir exploser le chômage de masse et avec lui s'effondrer la certitude de vivre mieux que ses propres parents.

De l'ascension de Bernard Tapie au personnage de Gordon Gekko campé par Michael Douglas dans le *Wall Street* culte d'Oliver Stone, l'adoration du fric, vite gagné, vite cramé. Étalage sur les écrans de personnages flamboyants et de naufrages retentissants.

Le monde est encore divisé en deux blocs, deux modèles qui s'affrontent, l'espoir de l'avènement d'une alternative au capitalisme subsiste, pas pour longtemps.

Dans notre Walkman, *Billie Jean* de Michael Jackson, la new wave de New Order et son *Blue Monday*, ou *Je ne suis pas un héros*, clamé par un Daniel Balavoine révolté. Qui disparaît, comme Louis de Funès, Hergé ou Coluche.

Dans la lucarne, R onald Reagan, Margaret Thatcher, Lady Diana, l'ayatollah Khomeini, Leonid Brejnev.

Et le sida. « Faites l'amour, pas la guerre », disaient les aînés ? C'est désormais prohibé : l'épidémie se répand, avale des vies dans des conditions mystérieuses. Elle ne frappe pas seulement la communauté gay, Klaus Nomi, Rock Hudson, tout le monde est concerné. La rumeur enfle, la paranoïa également. Les fausses infos circulent, la panique gagne les journaux télévisés, les hôpitaux comme les commissariats : cette peste moderne s'attraperait en toussant, crachant, en touchant le malade. Un quotidien national révèle même, à sa une, que des policiers ont interpellé une prostituée contaminée dans le bois de Boulogne… à l'aide d'un filet ! L'humanité va-t-elle survivre ?

Au crépuscule de cette décennie inquiète, la génération Mitterrand se transforme en génération désenchantée. Mylène Farmer le chantera en 1991 : *Tout est chaos/À côté/Tous mes idéaux : des mots/Abîmés*[1]…

Avoir vingt ans dans les années 2000

Changement de siècle. Pas de bug informatique. Le nouveau monde sera technologique et religieux. Ou ne sera pas.

Hommes et femmes peuvent désormais espérer largement dépasser les quatre-vingts ans.

Savoir que l'entrée dans la vie active va être une plongée dans la fosse aux lions du marché du travail. Course au diplôme. Précarité étudiante, stages et petits jobs.

Vivre la crise de 2008 et penser quelques instants que rien ne sera plus jamais comme avant. Capitalisme éthique, banques sauvées du naufrage et discours contrits de PDG humiliés. Débattre de Jérôme Kerviel, puis voir la fenêtre se refermer : retour au *business as usual*. Vous pouvez reprendre vos études de finances et marketing, et continuer à courir indéfiniment dans la roue du hamster.

L'addiction aux écrans et aux réseaux, fléau sanitaire mondial, va bientôt se répandre. Et l'on espère toujours

1. *Désenchantée*, album « L'Autre »…, 1991, Requiem Publishing. Interprétée et écrite par Mylène Farmer.

dans les bénéfices d'un monde hyperconnecté. Twitter est créé en 2006. Les politiques s'adressent encore à leurs électeurs au moyen de classiques communiqués de presse, relayés par fax. Les journaux de 20 heures dominent et le cycle de l'information n'est pas encore réduit à quelques heures de rotation. Les internautes n'imaginent pas pouvoir un jour dialoguer directement avec un ministre ou un artiste mondialement connu *via* les réseaux sociaux – 30 % de la population ne possède pas encore de téléphone portable en 2005. Le pourcentage atteindra 5 % en 2022. Et combien de neurones en moins ?

J'ai eu vingt ans en 2008. Mon fils aura vingt ans en 2042. Comment ne pas se demander à quoi ressemblera alors la France ? Plus d'un quart de la population aura plus de soixante-cinq ans. Quels seront nos tabous, nos indignations, nos aspirations ? Où vivrons-nous ? Quelle température fera-t-il à Cannes, à Cherbourg ? Nous déplacerons-nous encore en voitures individuelles ? Y aura-t-il des Tesla sans chauffeur, des taxis électriques volants, des petits réacteurs nucléaires un peu partout ? Ou bien des éoliennes barrant au loin l'horizon maritime sur des centaines de kilomètres ?

Mais qui, dans notre société, anticipe encore l'avenir du monde ?

Nous vivons comme tétanisés, bloqués dans un éternel présent, incapables de nous projeter dans l'avenir et d'imaginer ce que sera notre quotidien ne serait-ce que dans vingt ans. Les politiques, dont c'est pourtant la fonction, ne parviennent plus à tracer cet horizon-là. Et il faut dire que nous ne les y aidons pas, tant notre défiance à leur égard est grande. Même quand ils disent vrai, ils parlent dans le vide. Tout juste les romanciers et les réalisateurs de cinéma parviennent-ils encore à mobiliser notre imagination. Ou du moins, ce qu'il en reste.

Quel peut être, dans ce contexte, le rôle des intellectuels, chercheurs, essayistes, analystes, sociologues, historiens, qui participent au débat public, nous font analyser les faits, partager leurs réflexions, en espérant faire réagir en retour ? Quelle est leur influence, puisque de moins en moins de personnes lisent leurs essais, en particulier les plus jeunes ?

Certains universitaires semblent parfaitement satisfaits d'accumuler toujours plus de savoirs, de les étaler au fil d'ouvrages aussi complexes qu'inaccessibles, dont le seul but est de cultiver le narcissisme de leur auteur. Ils se complaisent dans l'idée de détenir un savoir que le commun des mortels n'atteindra jamais. Et ne manquent pas d'en vouloir aux médias de ne pas leur accorder toute l'importance que leur intelligence mérite et d'inviter à leur place des chercheurs qui ne portent pas le titre de « Docteur », des enseignants qui n'ont pas rang de professeur, des essayistes qui n'ont jamais rédigé de thèse, bref : le lumpenprolétariat intellectuel d'un monde universitaire par ailleurs matériellement et financièrement déclassé.

D'autres, dont je fais partie, considèrent plutôt que l'on n'écrit pas pour soi-même ou pour établir une quelconque supériorité intellectuelle. L'objectif, c'est la réflexion, le voyage, le partage, c'est le cheminement commun que le lecteur consentira à faire. Le prendre par la main, l'accompagner, le bousculer parfois, en espérant s'adresser à sa curiosité, son désir d'échanger, son envie de savoir et de comprendre.

À quoi bon écrire, si ce n'est pour être lu par le plus grand nombre ? À quoi bon explorer l'avenir, si l'on ne se donne pas tous les moyens pour être compris de tous ? Il faut donc s'adapter à l'époque, faire quelques concessions à ses travers, prendre en compte ses dérives. Chercher des formats, des styles, des récits qui permettent d'embarquer ceux qui sont devenus imperméables au format classique. C'est la raison pour laquelle l'anecdote est importante pour compléter la statistique et le récit, utile pour marquer les esprits. Ainsi, vous trouverez de courtes fictions dans les pages qui vont suivre, en forme de respirations, cinq dystopies entre les chapitres de cet essai. Les belles histoires nées de notre imaginaire sous la forme de romans ou nouvelles, m'ont, à titre personnel, souvent fait infiniment mieux réfléchir que les essais, aussi puissants soient-ils.

Back to Blood de Tom Wolfe, *Identity Crisis* de Ben Elton nous donnent à voir vers quoi nous nous dirigeons.

Ces cinq fictions dans un futur immédiat visent à permettre de tirer le fil de nos travers, pour espérer conjurer le pire.

*
* *

Comment imaginer l'avenir ? Nous pourrions reparler du bouleversement de l'IA, des dérèglements du climat, ils étaient au cœur de mon précédent essai et j'y reviendrai dans les années qui viennent. Je vous invite pour cette fois à analyser un phénomène qui bouleverse nos sociétés et nous a déjà transformés, à bien des égards, un courant de pensée, ou plutôt une déferlante idéologique qui suscite exaspération, passion et hystérie collective chaque fois qu'elle est évoquée : le wokisme.

Vous avez entendu ce mot cent fois, mais ne savez pas exactement ce dont il s'agit ? C'est normal, car rien ou si peu dans le débat public ne permet aujourd'hui de se faire un avis serein et nuancé sur le sujet.

Pourquoi choisir de parler de wokisme, à l'heure où la profusion de contenus, articles, colloques et essais sur le sujet confine à l'overdose ? Pourquoi parler de wokisme alors que son importance médiatique semble inversement proportionnelle à ce que cette nébuleuse de pensées, dont la définition ne fait pas l'objet d'un consensus académique ou politique, représente dans notre monde occidental ? Pourquoi parler de wokisme, qui plus est lorsqu'on se dit de gauche, comme c'est mon cas, alors que l'on est conscient que ce mot est devenu une manière efficace de disqualifier tout militantisme visant la lutte contre les discriminations ?

Il faut examiner ce phénomène que l'on dit tantôt marginal, tantôt invasif, parce qu'il n'a justement jamais été quantifié. Je tenterai donc dans les pages qui suivent d'apporter ma pierre aux travaux visant à clarifier son poids dans notre société.

Il faut parler de wokisme parce que nous n'avons pas de débat nuancé, modéré, raisonnable sur le sujet. Si vous êtes soutien inconditionnel ou opposant féroce, si vous avez des idées définitives sur sa définition comme sur ses conséquences, si vous ne vous posez pas de questions sur les causes qu'il prétend défendre et les moyens qu'il emploie, sans doute cet essai n'est-il pas fait pour vous. Parler de manière nuancée d'un phénomène qui ne l'est jamais est un défi à relever : il faut débattre du wokisme quand on est de gauche, contrairement à ce que m'ont dit plusieurs hauts responsables de ce bord politique au cours de mon enquête, précisément parce que si nous n'y prenons garde, la critique conservatrice et réactionnaire risque d'engendrer la disqualification totale et durable non seulement des militants wokes, mais de l'ensemble du combat contre les discriminations. Trier le bon grain de l'ivraie, pour éviter que le bébé ne parte avec l'eau du bain, voilà l'enjeu.

Oui, il faut regarder le wokisme en face : les conséquences de ce courant de pensée de plus en plus présent pourraient, si nous n'y prenons garde, s'avérer dangereuses pour la démocratie, la justice, l'idée même de progrès et les valeurs qui font de nous ce que nous sommes. La France, pays des Lumières.

*

* *

L'étau se resserre : d'un côté, l'injonction permanente à l'éveil, à dénoncer toute discrimination à l'égard des minorités religieuses, ethniques, sexuelles, à déconstruire les représentations et préjugés que les générations précédentes n'avaient même pas eu l'idée de questionner. De l'autre côté, la dénonciation permanente du « péril woke », rangé au même rayon que le fascisme et autres idéologies, doctrines, religions en *-isme* qui pourrissent le débat politique et nos vies.

Existe-t-il un chemin entre ces deux écueils ? J'espère parvenir à en esquisser un. À vous d'en juger.

1.
Une histoire des idées wokes

Ici, lecteur, sache que, si tu le souhaites, tu peux passer directement au chapitre suivant !

Cette mention ironique est une manière de souligner l'importance des pages qui vont suivre : elles pourraient, *a priori*, sembler rébarbatives parce que très documentées, comme dans la plupart de ce type d'essais exploratoires. Elles sont, à la vérité, aussi nécessaires que roboratives parce qu'elles ont pour ambition de poser un cadre défini, précis, des principales luttes en cours qui relèvent aujourd'hui du wokisme, mais aussi de recenser les différentes œuvres et leurs auteurs qui ont nourri l'univers woke. Cette bibliographie, inventaire indispensable et sans doute incomplet, m'apparaît incontournable pour prendre le recul nécessaire afin d'appréhender le phénomène dans son ensemble.

J'ai écrit ce chapitre pour donner aux non-spécialistes l'envie d'aller voir aussi par eux-mêmes ces écrits souvent contestés par des gens qui ne les ont même pas lus. Ainsi pourront-ils peut-être découvrir en voyageant parmi eux une généalogie qu'il leur appartiendra de compléter s'ils en perçoivent le besoin. La réception d'une pensée dans le grand public dépend aussi du sentiment de ce dernier à l'égard des textes qui l'étayent. À défaut, vous pouvez toujours contourner ces quelques pages, et arriver directement à l'analyse de ce que le wokisme est et fait dans notre société.

À la réflexion, cher lecteur, je t'invite à rester, avec insistance, mais tu es libre de tes choix, c'est l'un des fondements de notre vie démocratique.

La généalogie du wokisme est complexe. Il est difficile, sinon impossible, d'être exhaustif dans sa recension. Pour comprendre cette nébuleuse intellectuelle, il faudrait en réalité puiser dans l'entièreté de l'histoire de la pensée de l'égalité, qu'elle soit sociale, raciale ou sexuelle, mais aussi celle de l'émancipation des peuples : cela en fait des auteurs et des siècles à revisiter ! De ce point de vue, il nous faudrait remonter sans doute bien loin. J'entends déjà les récriminations des militants les plus convaincus, pour ne pas dire *habités* : « Vous n'avez pas lu les auteurs qui comptent ! » Je leur répondrais : oui, pour de vrai, j'ai lu les grands auteurs qui vont bien, je peux donc m'essayer à l'analyse critique. Quant à la bibliothèque à suivre, il faut savoir faire des choix. Je les assume.

Le fait est que l'ignorance de la généalogie de cette pensée est l'un des arguments les plus souvent convoqués par ceux qui défendent le wokisme – dont nous allons proposer plusieurs définitions dans ces pages – contre ceux qui le critiquent. Sans doute est-ce en partie parce qu'un bon nombre des penseurs qui ont engendré ce militantisme woke sont des intellectuels issus de cultures étrangères ou de blocs contestataires qui n'ont pas fait florès dans le grand public français en raison de leur éloignement des préoccupations majoritaires. Ce n'est pas un hasard si le féminisme nous est le plus connu : ce mouvement implique des penseuses qui ont parlé à des préoccupations sociétales qui nous concernaient directement. Faut-il rappeler qu'Olympe de Gouges a rédigé, le 5 septembre 1791, une *Déclaration des droits de la femme et de la citoyenne*, un texte précurseur ? Il convient donc de tenter une approche aussi partielle – et sans doute partiale – soit-elle.

Il ne me semblait pas possible d'envisager de traiter la pensée woke dans toute sa diversité, encore moins d'espérer la critiquer de manière un tant soit peu sérieuse, sans proposer une base de données que les lecteurs non initiés pourront éventuellement aller lire et interroger. Quand j'ai étudié l'histoire économique, en 2010, à la London School of Economics, j'ai appris que la *literature review* était un élément incontournable au point de vue académique : elle renseigne sur celui – ou celle – qui écrit et sur ses choix. C'est pour moi un contrepoint de cette célèbre sentence de Mai-68 : « D'où parles-tu, camarade ? », qui valide ou invalide l'auteur selon sa provenance. « D'où parles-tu », c'est aussi l'un des axes forts du wokisme qui tend à considérer qu'il faut avoir vécu pour comprendre et efface l'universel au nom de la primauté des expériences singulières.

Quand les wokes vous dénient le droit de parler de racisme si vous n'êtes pas noir, ou de féminisme si vous n'êtes pas une femme, ils installent un récit de l'intolérance au nom justement d'une tolérance qu'ils revendiquent pourtant. De mon point de vue, c'est une faute grave. Je regrette de la même manière les cloisonnements de la dispute universitaire – il faudrait être historien pour évoquer l'histoire, climatologue pour débattre de climat. Le débat universitaire néglige trop l'interdisciplinarité et chacun spécialise sa parole jusqu'à la rendre parfois inintelligible à tous.

Il est de la responsabilité des universitaires et des chercheurs de tous ordres de plonger dans la mêlée du débat démocratique et d'accepter le dialogue au-delà des chapelles de chacun. Il me semble à tout le moins que les universités comme les grandes institutions de recherches devraient avoir des médiateurs dédiés à la vulgarisation. C'est aussi comme cela que l'on fera mieux partager les fruits de la recherche au grand public.

Je ne dirais pas que les intellectuels actuels sont totalement désengagés, mais qu'ils font parfois mine de s'engager, en acceptant de se frotter uniquement à ceux qui, chercheurs comme eux, partagent les mêmes codes. À quoi bon débattre entre soi, compter et recompter ses titres quand, en parallèle, la qualité du débat public ne cesse de se dégrader et notre pensée collective de s'appauvrir ? La connaissance et la réflexion ont-elles une valeur si elles ne sont pas partagées avec le plus grand nombre ?

Certains, pour le dire autrement, ne veulent pas se salir les mains. Ils déplorent que leurs recherches sur le climat ou les sciences sociales ne soient pas reconnues par les acteurs et dirigeants publics, mais ne se donnent aucunement la peine de les rendre accessibles à tous.

*

*   *

Aborder le wokisme aujourd'hui nécessite un retour préalable aux situations que cette nébuleuse de pensées tente de combattre. Dans le champ universitaire et intellectuel à l'origine de l'émergence de ces disciplines des sciences sociales, une *déconstruction* des récits dits « dominants » a été mise en œuvre. Le mot *déconstruction* est aujourd'hui connoté de façon très négative : nous sommes sans doute nombreux à avoir ricané lorsque Sandrine Rousseau, alors candidate à la primaire écologiste en 2021, a déclaré : « Je vis avec un homme déconstruit et j'en suis hyper heureuse. Je ne fais pas confiance à des hommes ou femmes qui n'ont pas fait le chemin de la déconstruction. »

« Déconstruire » sonne comme une rééducation imposée, particulièrement dans le cadre des luttes féministes contre le patriarcat. Ce seul mot engendre des pugilats sur les réseaux sociaux, où se répondent à l'infini les outrances des camps qui s'affrontent. Chacun compte alors les siens, et trouve dans le rejet de l'autre de quoi galvaniser ses troupes et poursuivre le combat.

Bien sûr, il est extrêmement regrettable que le théâtre politique se nourrisse désormais d'outrances répétées, d'incapacité des différents camps à reconnaître leurs erreurs et leurs faux pas… Chacun harangue un noyau dur de militants radicaux, les uns se croyant l'avant-garde éclairée du combat pour le progrès, les autres les derniers résistants face à la montée d'un nouveau péril totalitaire. Je dirai tout au long de ce livre combien je pense ce schéma du débat désastreux pour la démocratie. Pour autant, il serait faux de penser que le cénacle universitaire et intellectuel n'aurait jamais connu une telle âpreté des affrontements au cours de son histoire. La contestation intellectuelle des ordres établis n'a jamais été un long fleuve tranquille. L'interrogation permanente de l'histoire et de la lecture que nous en faisons est au fondement même de la démarche de nos chercheurs. C'est ce que font par exemple les médiévistes actuels, tels que Claude Gauvard ou Bruno Dumézil, à l'égard d'une historiographie héritée d'un XIXe siècle qui trouvait adéquat de plonger ces périodes dans le noir et la crasse…

Il faut lire *La Nouvelle Histoire du Moyen Âge* dirigée par Florian Mazel pour mesurer l'ampleur des révisions du savoir à cet égard.

La réinterprétation fait partie intégrante du débat intellectuel. Regardons les auteurs des Lumières qui contestaient l'emprise religieuse : la dispute est un combat parfois extrêmement vif, dérangeant, violent même. Car les idées nouvelles peuvent renverser des ordres établis et détruire des fondations que la majorité pensait acquises, voire immuables. Relisons Voltaire, ou penchons-nous sur le procès subi par Flaubert lorsqu'il publie l'histoire scandaleuse d'Emma Bovary... Il nous faut bien admettre qu'aucune construction sociale, qu'aucun récit majoritaire ne tombe facilement !

Revenons aux auteurs précurseurs du wokisme pour en comprendre les origines : tout part de l'idée d'un éveil de la société à ses biais et errements, d'une prise de conscience des discriminations qui persistent en dépit de textes juridiques proclamant l'égalité de tous. Nous pensons, en France, que la formule sacrée « Les hommes naissent libres et égaux en droits. Les distinctions sociales ne peuvent être fondées que sur l'utilité commune » suffit à garantir la vertu d'un modèle occidental guidé par la raison et une mystique universaliste. Dans les faits, ce n'est pas si simple. C'est d'ailleurs pour cela que le concept d'égalité réelle fut forgé au milieu des années 2000 par la gauche sociale-démocrate.

De quelles inégalités et discriminations parlons-nous ? Je pense évidemment à la condition des femmes.

Toujours confrontées aux préjugés, elles sortent d'un long tunnel de négation de leur existence politique, après avoir été renvoyées durant des siècles à leur fonction de « matrice », pour employer le mot de Simone de Beauvoir dans *Le Deuxième Sexe*. Je pense aussi à la condition noire, à l'esclavage et à la colonisation… Leur contestation a été l'objet de luttes intellectuelles et physiques d'une violence inouïe à la fois de cet Occident projet, comme l'écrit Édouard Glissant[1], et des résistants qui n'avaient que la lutte armée pour en sortir. Je pense enfin aux luttes LGBTQ+, longtemps souterraines et désormais mises en lumière dans de nombreux rapports et devant les juges de nos juridictions pénales.

Les discriminations existent et elles sont nombreuses : il n'est qu'à écouter les institutions officielles pour s'en rendre compte. Quelques exemples, évidemment trop partiels, montrent qu'elles ont pignon sur rue.

Les Nations unies en recensent les expressions notamment à l'égard des femmes. Selon un rapport rendu public le 12 juin 2023, « la moitié des personnes dans le monde croient encore que les hommes font de meilleurs dirigeants politiques que les femmes, et plus de 40 % croient que les hommes font de meilleurs dirigeants d'entreprise que les femmes ». À l'échelle du monde, un sombre tableau se dessine puisque les préjugés à l'égard des femmes « se manifestent par un démantèlement des droits des femmes dans de nombreuses régions du

1. Dans *Le Discours antillais*, Gallimard, coll. « Folio », 1997.

monde, par des mouvements contre l'égalité des sexes qui gagnent du terrain et, dans certains pays, par une recrudescence des violations des droits de l'homme». Le mouvement iranien issu de l'assassinat de Mahsa Zhina Amini et de tant d'autres montre que les luttes existent aussi dans les régimes politiques les plus durs. Même si le prix humain en est terrible.

Cela n'a rien à voir avec l'Occident, entend-on parfois, qui resterait préservé des mouvements de recul des droits. Ce n'est pas si certain. Les mouvements anti-IVG gagnent du terrain et l'héritage trumpiste à la Cour suprême des États-Unis, pour citer cet exemple, ouvre la voie à un fondamentalisme religieux qui ne nous a pas habitués à défendre les femmes ou les droits de l'homme. Alors oui, de nombreux pays basculent ou restent cantonnés à une politique de discrimination de genre qui peut aller jusqu'au «féminicide» – notion inexistante dans notre droit français mais reconnue à l'échelon international et que l'OMS a défini en 2012 comme s'inscrivant «dans des cadres de violences systémiques et dans une logique de domination masculine». Même s'il faut ne pas mélanger l'ignoble et le critiquable, force est de constater que l'égalité et la lutte contre les discriminations sont un combat politique, partout. Chez nous comme ailleurs.

En France, le président Emmanuel Macron n'est pas avare de constats lucides en la matière. Dans le dossier de presse de l'opération «Agir contre les discriminations, le Gouvernement s'engage», daté du 12 février 2021, il exprimait dans un éditorial la persistance de comportements discriminatoires bien réels : « La République s'est fondée sur l'égalité. Un concept, une revendication à l'origine de son édification et qui en a irrigué l'accomplissement. Un accomplissement qui, aujourd'hui, reste toutefois inachevé. Les discriminations, ressenties ou subies par nos concitoyens, constituent des entorses à ce pacte républicain qui nous relie les uns aux autres. Elles en abîment aussi bien l'idéal que la traduction concrète dans la vie de tous les jours en alimentant les inégalités. Si la France s'est dotée ces dernières années d'instruments juridiques à même de les combattre, force est de reconnaître que le chemin à parcourir pour les éradiquer reste encore long. Au-delà des statistiques, les discriminations demeurent une réalité. »

Élisabeth Moreno, alors ministre déléguée à l'Égalité entre les femmes et les hommes, appuyait le propos de manière extrêmement vive, affirmant dans le même document : « Les discriminations ignorent les frontières géographiques, culturelles ou sociales. Elles se manifestent dans tous les interstices de notre société ; de manière insidieuse ou visible. Dans l'emploi, dans l'accès au logement, dans l'accès au financement bancaire, à l'école ou dans l'engagement syndical, elles interviennent en raison du handicap, de l'origine, du sexe, de l'orientation sexuelle, de l'identité de genre ou encore des croyances. Parce qu'elles assignent, parce qu'elles enferment et surtout parce qu'elles blessent, ces discriminations sont une atteinte insupportable à la dignité humaine. Si elles constituent aujourd'hui un fait social établi, c'est l'ampleur de leur réalité sourde qui, aujourd'hui, reste dissimulée par la loi du silence, le déni ou une forme d'invisibilisation. » Comment dire mieux le besoin « d'éveil » ?

Bien plus tôt, sur un sujet douloureux, candidat à l'élection présidentielle en 2016, Emmanuel Macron avait exprimé une autre vision extrêmement claire de notre histoire et de notre rapport à la colonisation : « La colonisation fait partie de l'histoire française. C'est un crime. C'est un crime contre l'humanité. C'est une vraie barbarie. Ça fait partie de ce passé que nous devons regarder en face, en présentant aussi nos excuses à l'égard de celles et ceux envers lesquels nous avons commis ce geste[1]. » Si les mots ont un sens en politique, ceux-là marquent singulièrement par leur impact sur le devoir de mémoire qui passe par l'étude de nos récits. Reste ensuite à ne pas confondre mots et actes, et à ne pas se payer de mots…

Au-delà des discours, les statistiques montrent un état des lieux pour le moins améliorable malgré des progrès réels et un droit désormais largement ouvert aux dispositifs anti-discriminations. La question du marché du travail et de l'égalité salariale pour les femmes reste ainsi très sensible. Avoir une Première ministre ne suffit pas

1. Cité *in* « Colonialisme, l'idée noire de la République. 2/2 Le colonialisme », *En quête de politique*, France Inter, 4 mars 2023.

à garantir l'égalité réelle. « La situation des femmes sur le marché de l'emploi reste plus fragile que celle des hommes, expose ainsi le site vie-publique.fr : les femmes travaillent plus souvent à temps partiel, occupent plus souvent des emplois à bas salaires et, quand elles parviennent à accéder aux professions supérieures, les femmes continuent à se heurter à un plafond de verre qui leur interdit les fonctions dirigeantes. » Dix ans après la loi Copé-Zimmermann, le Haut Conseil pour l'Égalité constate que « la parité s'arrête aux portes du pouvoir ». Les chiffres fournis sont édifiants, jugez plutôt : il n'y a que trois femmes P-DG d'une entreprise du SBF 120 et une seule femme DG d'une entreprise du CAC 40. Le Haut Conseil précise : « 21 % de femmes dans les comités exécutifs (Comex) et les comités de direction (Codir) des entreprises du SBF 120 en 2021[1]. »

L'année suivante, Europe 1 fait le point à l'occasion du 8 mars, journée internationale des droits des femmes : « En réalité, il y a bien trois directrices générales dans le CAC 40 : Catherine MacGregor chez Engie, Christel Heydemann chez Orange et Estelle Brachlianoff chez Veolia. Mais aucune femme n'occupe le poste de P-DG dans une entreprise du CAC 40. » Mieux encore, dans l'univers de la *french tech* : aucune femme ne dirige l'une des vingt-sept licornes en France, ce qui parait aberrant

1. https ://www.vie-publique.fr/eclairage/19602-droits-des-femmes-ou-en-est-legalite-professionnelle, site visité le 10 octobre 2022.

dans une industrie innovante. Et parmi les 25 000 entreprises de la tech qui se créent chaque année, moins de 10 % sont fondées, ou même co-fondées, par une femme. Ces données datent de… 2023. Nous en sommes là.

*

*   *

Un autre débat virulent, qui divise la société française, illustre notre difficulté à nous accorder sur les faits : celui sur les comportements discriminatoires de la police républicaine, qui se traduisent notamment par les contrôles au faciès. Les tenants du « racisme systémique » affrontent ceux qui jugent la police exempte de tout reproche. Jacques Toubon, ancien Défenseur des droits, a ainsi rejoint les associations qui ont introduit une action de groupe devant le Conseil d'État pour obtenir la condamnation de l'État, en raison de son absence de lutte contre les contrôles au faciès. Les travaux de son institution ont démontré en 2016 que « les jeunes hommes perçus comme noirs ou arabes ont une probabilité vingt fois plus élevée que l'ensemble de la population d'être contrôlés par la police ». Pour Jacques Toubon, qui s'exprimait le 29 septembre 2023 dans *Libération*, la discrimination ne fait donc pas de doute et le juge doit condamner, de même que le Législateur devrait agir enfin. Examinée ce jour-là, l'action de groupe a fait l'objet d'un arrêt de l'Assemblée, la plus haute formation du Conseil d'État. La juridiction n'a pas suivi la demande des requérants. Elle a refusé de condamner l'État et expliqué qu'il ne lui revenait pas, en tant que juge, de définir l'orientation d'une politique publique. Il faut lire l'argumentation à l'égard des mesures demandées par les requérants. Pour les magistrats du Conseil d'État, « ces mesures visent en réalité à une redéfinition générale des choix de politique publique en matière de recours aux contrôles d'identité à des fins de répression de la délinquance et de prévention des troubles à l'ordre public. [...] Elles relèvent donc de la détermination d'une politique publique et excédant, par suite [...] l'office du juge de l'action de groupe ». Cet arrêt est extrêmement important par ce qu'il dit de la réalité et par ses implications politiques. D'une part, il reconnaît les discriminations documentées par les associations et ne les conteste pas. D'autre part, il exprime l'idée que celles-ci dépendent de la définition d'une politique publique par le gouvernement et le législateur. Autrement dit, le caractère systémique des discriminations dans le cadre de la recherche de la délinquance est reconnu...

Dans un tel contexte, les questions de discrimination ne peuvent que demeurer sensibles et envahir le débat politique. Qu'on le veuille ou non, le constat sans cesse renouvelé des discriminations donne du grain à moudre aux pensées wokes. C'est en effet l'histoire d'un monde universaliste de progrès égalitaire que les appels à l'éveil voudraient solder, par une révision des récits considérés comme imposés par le dominant blanc, occidental, masculin par essence, coupable à travers les âges de dicter à « la multiplicité sourde du divers[1] » sa vision du monde, son récit et ses mythes. Le wokisme, en ce sens, est bien une contre-culture, ou plutôt une nébuleuse de contre-cultures qui s'attaquent chacune aux cultures dominantes. Ici, se joue aussi la partition entre les chercheurs – sociologues, juristes, économistes et autres – et les entrepreneurs de mémoire qui ne vivent au fond que de l'exploitation des fractures, de la confrontation et de la victimisation.

L'historienne Michelle Perrot, immense pionnière de l'histoire au féminin, résume parfaitement la démarche doctrinale scientifique de sa matière : « L'attitude de l'historien, [...] c'est de comprendre ce qui advient. » Dans la guerre des éveils que synthétise le mot wokisme, c'est à cette compréhension et à la recherche de solutions que se sont consacrés les auteurs engagés dans la lutte pour l'égalité. Les mots introductifs à *La Cause des femmes* de Gisèle Halimi à l'égard du procès de Bobigny de 1973 traduisent cet activisme lorsqu'elle écrit que, en ce lieu du tribunal, « les accusées devinrent accusatrices », que la charge de la faute finalement se retournait contre le législateur qui refusait jusqu'alors aux femmes de s'appartenir.

De cette littérature générale, il serait incongru de vouloir faire un résumé, tant les recherches en sciences

1. Édouard Glissant, *Le Discours antillais, op. cit.*

humaines et sociales sont dorénavant pléthoriques et ouvrent chaque jour de nouveaux espaces de confrontations intellectuelles, de compétitions de récits à coups de déconstructions permanentes, de champs d'études sans cesse renouvelés. Au risque assumé d'un procès en incomplétude, en ignorance des chapelles qui se muent en cathédrales, je dois faire des choix. Choix forcément intime de références, dans un catalogue augmenté par la profusion des reprises d'ouvrages anciens, fondateurs, de figures que nous redécouvrons.

En France, Michelle Perrot, donc, et son courant initié dans les années 1970 pour faire émerger l'histoire des femmes ; Geneviève Fraisse, mais évidemment aussi Simone de Beauvoir, Gisèle Halimi, Monique Wittig ont œuvré au réveil de *La Cause des femmes*[1]. Aujourd'hui, Camille Froidevaux-Metterie, Aurore Koechlin, Françoise d'Eaubonne, Lucile Peytavin et de nombreuses auteures viennent alimenter le débat féministe hexagonal en abordant des thématiques nouvelles.

J'ai évoqué quelques noms de personnalités françaises. Le wokisme nourri de pensée *étasunienne* fait évidemment son marché d'idées d'outre-Atlantique. Dans les rayons de nos librairies, les auteures françaises voisinent ainsi les traductions des grandes sœurs du féminisme noir, les Judith Butler, Angela Davis, bell hooks, Kimberlé Williams Crenshaw, Patricia Hill Collins ou

1. Gisèle Halimi, Gallimard, coll. « Folio », 1992.

encore Deborah King, qui définit ainsi l'intersectionnalité : « La nécessité de s'attaquer à toutes les formes d'oppression est l'une des caractéristiques de la pensée féministe noire[1]. »

Vous aurez relevé que je n'ai évoqué que des femmes pour l'instant. La réalité oblige à dire que le féminisme est au centre de ce qui se produit aujourd'hui dans le champ intellectuel de l'éveil et de la déconstruction. Sans doute parce que la part féminine de nos sociétés a trop longtemps été exclue du champ politique. Le mot « patriarcat » s'est imposé parce qu'il décrit cette société du *pater familias* romain qui n'a finalement cessé de gouverner nos constructions sociales dans la société occidentale. Bien sûr, l'Occident n'est pas seul à discriminer… Partout, les interactions entre droit et culture sont immenses sur le plan historique.

Il faut par ailleurs bien comprendre qu'au sein même du champ féministe aussi, des luttes sourdes sont à l'œuvre. La pensée féministe noire américaine affronte ainsi le féminisme blanc – nous allons y revenir – au nom d'expériences différentes. Être une femme noire n'est pas la même chose qu'être une femme blanche : la prise de conscience de cet état de fait ouvre bien souvent la voie à une concurrence des mémoires, et donc des revendications, que les pouvoirs publics peinent à

1. Cité par Jennifer C. Nash dans *Réinventer le féminisme noir. Au-delà de l'intersectionnalité*, trad. Marion Craheix, Aldéia, 2022.

traiter sans mettre le doigt dans un engrenage conduisant à une fracturation toujours plus profonde de nos sociétés.

Mais les auteurs masculins n'ont pas été en reste dans l'émergence de ce courant woke. J'ai choisi de me concentrer ici sur notre tradition intellectuelle française, suffisamment riche pour ne pas avoir besoin de se fonder sur d'autres racines américaines du mouvement. J'aurais pu aller chercher ailleurs dans l'histoire, dans le mouvement des droits civiques, dont le grand public connaît chez nous les grands leaders Martin Luther King ou Malcom X, mais qui débute au XIXe siècle pour aboutir au Civil Rights Act de 1964, voté par le Congrès des États-Unis et promulgué par le président Lyndon Baines Johnson. La loi a interdit toute forme de ségrégation. Les discriminations selon la race, la religion, le sexe, l'origine nationale ont été rendues illégales dans les bâtiments publics, les écoles, les embauches, les élections. Mais les émeutes tragiques de Watts à South Los Angeles en 1965 et celles de Newark dans le New Jersey et de Detroit dans le Michigan deux années plus tard démontreront que l'Amérique va rester longtemps minée par les divisions raciales, dans les pratiques et les esprits.

Il faudrait parler aussi de la tradition musicale du blues et du jazz noir américain jusqu'à la fin des années 1960, mouvement de contestation véritable de musiciens confinés dans les clubs réservés aux Noirs dans de nombreux États. Ou encore de l'émergence du rap dans l'urbanité des années 1980. Inutile de dire l'importance de ce courant politique pour l'ensemble des luttes contre les ségrégations. Quant au Black Lives Matter, il emplit depuis quelques années le paysage de la confrontation avec une police américaine dont le racisme endémique touche jusqu'aux policiers noirs qui ne se comportent pas forcément mieux que leurs homologues blancs.

Ce qui se passe aux États Unis, au-delà d'un océan que les images parcourent à la vitesse de la lumière, contribue forcément à influencer la perception de notre réalité, même s'il existe des différences culturelles fondamentales entre nos pays. Je veux parler pour ma part du courant post-colonial français, porté par Aimé Césaire et Léopold Sédar Senghor, tous deux élus de la République, par Frantz Fanon, psychiatre et essayiste, l'un des fondateurs du tiers-mondisme, figure de l'anticolonialisme. Je veux évoquer la pensée d'Édouard Glissant, cité plus haut, ou encore désormais celle de l'écrivain martiniquais Patrick Chamoiseau.

Pourquoi cette pensée française est-elle importante ? Parce que certains ont mis en cause la *french theory* et les penseurs français des années 1970, Jacques Derrida en tête, qui crée le concept de déconstruction et nie l'intention du locuteur. Ajoutons Michel Foucault et Gilles Deleuze et nous avons un combo – soyons honnêtes – que bien peu de jeunes wokes d'aujourd'hui, apôtres de la *cancel culture*, auront lu et compris. François Cusset en a fait le récit en 2003[1], pas certain qu'il faille attribuer à cette aventure intellectuelle la toute-puissance déflagratoire du wokisme actuel… Comme le dit Jean-Pierre Le Goff en se retournant vers son expérience de Mai-68, la dimension jubilatoire d'une remise en cause adolescente de l'ordre établi, la joie de la conflictualité radicale, l'hubris adolescent ne sont certainement pas absents des comportements outranciers que nous pouvons rencontrer.

Mais, peut-être, postuler la responsabilité initiale de philosophes germanopratins permet-il à certains d'écarter la réalité de l'ancrage des contestataires dans une réalité que nous ne voyons pas. Relisons simplement le *Discours sur le colonialisme* de Césaire qui accuse le « très distingué, très humaniste, très chrétien bourgeois du XXe siècle » de porter « en lui un Hitler qui s'ignore ». La sentence ne vient pas de nulle part, elle émane du tréfonds de l'expérience coloniale, de la négation de l'humanité de l'autre qu'elle a engendrée. Mais Césaire pensait en termes de classes, pensait prolétariat, domination « d'une bourgeoisie déshumanisée »… Sans doute est-ce trop réducteur ou inconfortable aujourd'hui pour beaucoup, qui préfèrent la guerre des identités à la lutte des classes.

1. Dans *French Theory. Foucault, Derrida, Deleuze & Cie et les mutations de la vie intellectuelle aux États-Unis*, La Découverte.

La référence à des rapports de domination – celle du Noir par le Blanc – se retrouve partout dans cette pensée. Édouard Glissant fait de la domination des esprits un point nodal de l'inféodation de ce que l'on appelle désormais les Outre-mer à un système de pensée niant la diversité dont il réclame la reconnaissance. Système de pensée qu'il attaque par exemple dans sa dénonciation de l'apprentissage de l'histoire martiniquaise avec un « rapport trop évident aux périodes de l'histoire du France », une « une ruse de la pensée assimilée[1] ».

La question identitaire est au cœur du processus. Et s'il aime la France, s'il dit la solidarité de la Martinique et de la France, Césaire écrit néanmoins : « Je suis un Martiniquais. Voilà le reproche que je fais au civilisationnisme. Je ne suis pas devenu un autre[2]. » Comme pour rappeler la réalité d'une nation mosaïque dont l'unité a été construite par l'État, et n'existe guère que comme fiction et horizon politique.

Héritier et continuateur de l'œuvre de ses aînés, Patrick Chamoiseau propose aujourd'hui une solution par son éloge de la responsabilisation[3]. Alors que l'actualité traite des conflits identitaires, des guerres de mémoires, l'écrivain préfère poser les fondations d'un autre vivre-ensemble à partir de la reconnaissance intime

1. Édouard Glissant, *Le Discours antillais*, *op. cit.*, p. 269.

2. Dans *Nègre je suis, nègre je resterai. Entretiens avec Françoise Vergès*, Albin Michel, 2005, p. 33.

3. Patrick Chamoiseau, *Faire-pays. Éloge de la responsabilisation*, Le teneur, 2023.

des peuples et nations qui forment la mosaïque des Outre-mer. L'auteur ne solde aucunement le passé. Il le dénonce avec force pour s'en servir, et émanciper ce qui doit l'être sans recourir pour autant aux solutions de l'indépendance ou de « l'autonomie pure et dure », qu'il juge comme autant de « repoussoirs ou de refuges stériles[1] ». Mais, dit-il, à l'heure présente, il n'y a « rien à rattraper », le passé est le passé, concentrons-nous sur l'avenir. Il rejette simplement pour la nouvelle génération ce que l'on pourrait peut-être traduire par un certain attentisme des solutions venues de l'extérieur. La « frappe coloniale [...] ne saurait excuser l'entièreté de nos renoncements », écrit-il sévèrement. « Il n'y a pas de chemin en dehors de nous, et nul autre que nous-même ne saurait nous élever aux dignités de la pensée et de l'action. L'urgence est pour nous d'exister. »

Construire quelque chose d'autre, penser un « écosystème favorisant » la vie des diversités. On comprend ce que peut avoir de troublant, sinon de franchement choquant, une telle vision en France où les questions identitaires sont redevenues centrales et occupent en permanence l'espace médiatique. L'État nous a fait Un, a construit le récit d'une identité nationale irréductible à la somme de ses parties, véritable *Léviathan identitaire* qui a fait notre force. Cette unité est notre singularité et même notre exemplarité à bien des égards aux yeux du monde. Cette vision n'influence pas seulement la nature

1. Patrick Chamoiseau, *Faire-pays...*, *op. cit.*, p. 88.

des relations de l'État avec ses anciennes colonies. Elle se traduit également par une conception de la marche administrative à l'égard des régions de l'Hexagone, où le fait régionaliste et la demande d'autonomie peuvent être parfois très forts. Peut-on être une nation sans effacer nos différences culturelles, nos origines géographiques, nos religions ? C'est finalement, au-delà du centralisme conquis par la monarchie absolue, tout le projet révolutionnaire et ses linéaments historiques qui sont interrogés.

Il ne fait aucun doute que les États-Unis jouent un rôle aujourd'hui dans la diffusion du wokisme. Mais cette nébuleuse idéologique n'est pas uniquement importée et extérieure à nous. Simone de Beauvoir n'a eu besoin d'aucune pensée américaine pour dénoncer la condition du deuxième sexe. Elle portait la revendication d'un déchirement de la domination masculine. Ainsi les femmes bourgeoises sont solidaires des bourgeois, les blanches des hommes blancs et non des femmes noires, etc[1]. L'interaction permanente avec les hommes est son drame. Pour la philosophe, « même en songe, la femme ne peut exterminer les mêmes. Le lien qui l'unit à ses oppresseurs n'est comparable à aucun autre. La division des sexes est en effet un donné biologique, non un moment de l'histoire humaine ». Beauvoir poursuit : « Aucun clivage de la société par sexes n'est

1. Voir Simone de Beauvoir, *Le Deuxième Sexe*, Gallimard, coll. « Folio », tome 1, p. 20-21.

possible. » C'est là ce qui caractérise fondamentalement la femme : « Elle est l'Autre au cœur de la totalité dont les deux termes sont nécessaires l'un à l'autre. » Vision dépassée diront quelques-uns. Peut-être. Mais vision fondamentalement nouvelle lorsqu'elle fut formulée en 1949.

J'ai cité ce passage parce qu'il dit l'état des lieux d'un moment de la pensée, moment scandaleux pour ses opposants de l'époque. Dans les sociétés en mouvement, les idées évoluent. Simone de Beauvoir a raison de dire qu'à son époque, « au moment où les femmes commencent à prendre part à l'élaboration du monde, ce monde est encore un monde qui appartient aux hommes : ils n'en doutent pas, elles en doutent à peine[1] ». Son œuvre va contribuer à faire évoluer les choses. Les années 1960 finiront par accoucher de mouvements intellectuels féministes puissants qui pourront tenter de renverser la table.

Le surgissement des femmes à l'université, bien sûr, y a considérablement contribué. Et il faut écouter Michelle Perrot pour se rendre compte de l'importance du réseau de nouvelles enseignantes de l'université dans l'édification d'une pensée neuve. Les réunions en non-mixité qui sont tant décriées aujourd'hui ont été un instrument de ces jeunes chercheuses qui se nourrissaient aussi des échanges avec l'université américaine. C'est à partir de cela que l'historienne a pu lancer un premier cours, à Jussieu en 1973, intitulé « Les femmes ont-elles une

1. *Ibid.*, p. 23.

histoire ? », dans la suite du mouvement de mai 1968. Elle montrera, suivie par d'autres – et même des hommes, comme Georges Duby par exemple avec son *Histoire des femmes*[1] –, qu'il est faux de dire que toute l'histoire a été faite par les mâles, comme écrivait Beauvoir. Son écriture, en revanche, évidemment. L'historiographie pouvait enfin modifier des orientations prises notamment au XIXe siècle. Il n'est plus possible depuis longtemps d'ignorer l'action et la présence des femmes au pouvoir, dans les arts ou en littérature… Olympe de Gouges n'avait pas voix au suffrage, ce n'est pas pour autant que les révolutionnaires l'ont épargnée, preuve s'il en est que l'on peut compter sans exister sur la scène officielle. Voilà qui change le paradigme de la construction de nos imaginaires sociaux.

Dans le lent cheminement des droits des femmes, sur la scène féministe, l'apport fondamental des États-Unis a été l'émergence d'une conscience féministe noire. Celle-ci date en réalité d'un peu plus loin que les années 1960. Angela Davis a montré ainsi que les chanteuses de blues de l'entre-deux-guerres y ont joué un rôle fondamental à travers leurs textes mais aussi la façon d'assumer leurs sexualités[2]. Cette pensée-là va changer la face du discours et des revendications parce qu'elle va impliquer de changer de regard sur les discriminations.

1. Georges Duby, Michelle Perrot, *Histoire des femmes*, Plon, 1991-1992, cinq volumes.

2. Angela Davis, *Blues et féminisme noir. Gertrude « Ma » Rainey, Bessie Smith et Billie Holiday*, Libertalia, 2017, 2021.

Je l'ai dit plus haut, Simone de Beauvoir l'écrivait déjà : une femme blanche est solidaire des hommes blancs et non des femmes noires. Dans l'architecture sociale américaine, plus qu'en France, du fait de la surdétermination par la question raciale de la conscience sociale noire[1], le débat va imposer le recours à de nouveaux outils conceptuels.

Ainsi la recherche de solutions juridiques à des conflits sociaux conduira à l'édification de la pensée intersectionnelle par Kimberlé W. Crenshaw. Outre l'importance historique reconnue de la juriste, avocate et professeure d'université américaine dans la mise en pratique de l'intersectionnalité, je crois qu'il est essentiel en premier ressort d'aborder son apport parce qu'elle est juriste et que sa pensée est ancrée dans la recherche de solutions pratiques à des conflits juridiques qu'elle a eu à traiter. Il n'est pas sans intérêt d'ailleurs de noter l'importance du droit dans ces questions, car en attaquant la société, les promoteurs de l'éveil s'attaquent bien souvent à l'état de son droit. C'est le cas de Gisèle Halimi en France, elle aussi avocate dont on ne dira pas assez l'apport pour toute une génération de femmes confrontées notamment au risque judiciaire de l'avortement. C'est le cas des avocates que j'ai pu rencontrer pour cet essai et qui défendent les femmes. Pensons aux juristes qui se coltinent ce que Catherine Le Magueresse a nommé « les pièges du consentement » en matière sexuelle…

1. *Ibid.*, p. 20.

La charge de la preuve, la présomption d'innocence, la prescription etc., sont des principes cardinaux qu'il est extrêmement délicat de toucher. Il est impossible de le faire sans attenter aux droits des mis en cause, mais qui laissent néanmoins les praticiens et le système judiciaire démunis face à la détresse réelle de victimes encore bien trop souvent renvoyées à l'absence de preuve. Aucune femme ne peut se contenter d'un état du droit qui peine à la protéger. Mais comment faire mieux ? Le mouvement #MeToo se heurte ici à l'un des sujets les plus délicats dans une société qui se veut démocratique.

Pour Crenshaw, l'exclusion des femmes noires de la protection de la loi fédérale américaine de 1964 – loi interdisant les discriminations au travail sur la base de la race, de la couleur, de la religion du sexe ou de l'origine nationale – est un point de départ fondamental. Parce que les « employeurs et les tribunaux exploitaient stratégiquement leur identité complexe (des plaignantes noires) pour ignorer leurs plaintes tout en niant l'existence même de cette complexité[1] », écrit la professeure de droit. Schématiquement, dans la classification du droit, les femmes noires étaient un jour femmes, donc pas noires, l'autre jour noires donc pas femmes… Tout cela permettant de rejeter leurs demandes face à des employeurs

1. « Demarginalizing the Intersection from Race and Sex: A Black Feminist Critique of Antidiscrimination Doctrine, Feminist Theory and Antiracist Politics », *University of Chicago Legal Forum*, 1, 1989, p. 139-167.

qui discriminaient avec la complicité active de juges américains. Crenshaw forgea ainsi le terme « intersectionnalité » pour décrire la complexité des situations de discrimination, « expliquer le vécu des femmes noires et réclamer que justice leur soit faite » face à une jurisprudence sociale défavorable. Le cas rapporté de l'affaire Moore *vs* Hughes Helicopter symbolise la « logique curieuse » du raisonnement parfois à l'œuvre. Ici, la Cour refusa à Tommie Moore la possibilité de représenter l'ensemble du personnel féminin dans sa plainte en discrimination sexuelle, car, argue-t-elle, « Tommie Moore n'a jamais fait valoir devant la commission de l'égalité au travail qu'elle était discriminée en tant que femme, mais seulement en qualité de femme noire... Dès lors, on voit mal comment elle peut prétendre représenter correctement les employées blanches ». Il faut parfois se pincer en lisant les méandres d'une argumentation pour le moins surprenante. Pour l'auteure, comme d'ailleurs pour l'ensemble du mouvement féministe noir américain, la situation « révèle à quel point la conception juridique de la discrimination sexuelle s'ancre dans l'expérience des femmes blanches ».

C'est dès lors à l'analyse monofactorielle des discriminations qu'il faut s'attaquer, estime Kimberlé W. Crenshaw. Angela Davis ne dit rien d'autre en estimant qu'il est illusoire de hiérarchiser les luttes. Dans son histoire du blues au féminin citée plus haut, la question reste de savoir si ce qui compte est le fait que les chanteuses soient femmes, noires, ou qu'elles ne sont pas qu'hétérosexuelles dans un monde franchement pas favorable au lesbianisme… Au fond, elles cumulent les défauts dans la société qu'elles habitent, où elles subissent les mauvais traitements masculins qu'une Bessie Smith critique par exemple vertement dans ses interprétations musicales.

À la croisée des discriminations, les femmes noires méritent donc que l'on regarde différemment la lutte contre les discriminations, exposent les auteures militantes. C'est une innovation extrêmement intéressante sur le plan conceptuel et sur la capacité que l'on va avoir dès lors à détricoter les comportements sociaux discriminants mais aussi l'histoire dans des champs disciplinaires considérables.

La fortune du concept est manifeste, puisque l'intersectionnalité se trouve au cœur de nombreuses démarches de sciences humaines et sociales. La revisite du colonialisme à travers la question environnementale est un de ces sujets, qui met en avant le caractère croisé des dominations et des usages des hommes et de la terre par une doctrine de l'accaparement économique des espaces colonisés. Le concept irrigue aussi l'écoféminisme ou encore les inégalités environnementales qui impliquent sexe, classe et race (et dont le GIEC tient compte lorsqu'il faut penser les risques climatiques auxquels sont confrontées les populations dans le monde).

Je veux néanmoins ici me focaliser sur la pensée féministe, la question des minorités et de leur reconnaissance, qui heurte tant notre pensée universaliste. En 2015, dans la revue *Raisons politiques*, Éric Fassin écrivait en introduction d'un dossier consacré aux langages de l'intersectionnalité que « penser les minorités au pluriel, c'est d'abord rendre visibles celles qu'on invisibilise, à l'intersection des diverses catégories structurées par la domination sexe, race et classe, mais aussi sexualité, âge ou handicap, même si les premières sont privilégiées aux dépens des dernières. Mais c'est ensuite penser l'ensemble des positions sociales, dominantes ou dominées, en ces termes ». La sentence logique du mouvement venait : « Pour être académique, l'intersectionnalité n'en est pas moins politique. »

Or c'est bien dans sa traduction politique et donc dans l'application sur le terrain que la pensée intersectionnelle pose question. Jusqu'où doit aller la déconstruction ? Quelle pensée, quelle institution pourrait résister à l'application d'une doctrine de combat malléable et finalement adaptable à toute construction humaine, à tout récit majoritaire ? Il faut lire l'article d'Éric Fassin : « D'un langage l'autre : l'intersectionnalité comme traduction », publié dans ce numéro de *Raisons politiques*, pour mieux saisir ce qui s'est passé en France depuis le milieu des années 2000 et la réception du concept. L'auteur, qui travaille sur ces sujets de sexe, de races, de minorités depuis les années 1990, est au cœur du processus de réception et de compréhension de cette doctrine. Réception traduction, réception critique ou enthousiaste selon les auteurs. Réception de quelque chose qui était en fait déjà là sans doute avec les sociologues Danièle Kergoat (et ses travaux sur les ouvrières parus en 1982) ou Colette Guillaumin (et son *Sexe, race et pratique du pouvoir* de 1992), deux noms majeurs parmi tant d'autres.

Le «concept voyageur», selon le juste mot d'Éric Fassin, est suffisamment gazeux pour s'adapter non seulement à toutes les problématiques de sexe, d'âge, de race à travers le monde et les discriminations qu'il vise à contrer, mais aussi dans le temps, ce qui peut fournir une clef d'explication à l'inflation de sa présence académique.

Il n'en demeure pas moins discuté, critiqué au sein même du féminisme noir, comme le montre l'Américaine Jennifer C. Nash dans son étude *Réinventer le féminisme noir. Au-delà de l'intersectionnalité*, montrant en réalité que nous avons depuis quelques décennies mobilisé un concept qui, comme tout concept, peut être dévoyé et sera dévoyé par le temps. Il faudra donc construire une nouvelle voie.

Je ne sais évidemment pas comment évolueront les études de genre, comment seront mobilisés les concepts nouveaux qui ne manqueront pas d'émerger pour permettre aux chercheurs en sciences humaines et sociales de mieux comprendre le monde. À ce stade, les sciences sociales disposent d'instruments conceptuels qui réinterrogent parfois très radicalement nos récits communs, et mettent en avant les minorités pour les sortir de l'invisible. Le sujet ne saurait être de discuter le bien-fondé de la recherche.

Faire l'histoire, c'est aussi accepter de se regarder, de s'interroger sur ce que nous sommes devenus, sur les mythes qui nous construisent et nous maintiennent ensemble. Et si j'en reviens à la France, à ce débat qui obnubile parfois, le drame français dans cette confrontation au wokisme apparaît dans le fait que ce courant doctrinal protéiforme heurte la panne du récit national en confrontant ses mythes à la réalité. Les historiens ne sont jamais en reste de ce point de vue. Ils ont par exemple mis à bas cette vision de la France résistante inventée pour des raisons politiques évidentes et nobles par de Gaulle, qui savait mieux que quiconque que c'était un mythe. La nécessité de réconcilier la France au sortir de la guerre méritait pourtant ce passage obligé de l'effacement du réel. Quel récit universaliste est encore opposé aujourd'hui aux déconstructions ? Il me semble que c'est dans la réponse à ces questions que repose la dangerosité potentielle du wokisme dans une société française que l'État tient unie. Unie encore, mais peut-être plus pour très longtemps.

2.
Wokisme en France : combien de divisions ?

Quelle est donc l'ampleur de ce phénomène dont tout le monde parle mais que personne n'est réellement en mesure de quantifier ?

Il y a ceux qui pensent que nous faisons face à un problème mondial majeur, à des idées qui se répandraient comme une déferlante dans notre société. Et il y a les autres qui, au contraire, n'y voient qu'un phénomène purement marginal, auquel médias, politiques et commentateurs accorderaient beaucoup trop d'attention.

J'ai réalisé pour cet essai, avec l'aide d'OpinionWay, une série de sondages inédits afin de contribuer à trancher cette question. Avant de vous en livrer les conclusions, il convient de poser le cadre : de quoi parlons-nous précisément ?

Après avoir évoqué les racines nombreuses de la pensée dite *woke*, il conviendrait de s'accorder sur les origines et la définition de ce terme. C'est là que les difficultés ont commencé : non seulement il n'existe pas véritablement de consensus sur la question, mais en prime, même les tenants de cette pensée *nient* l'existence d'une idéologie woke.

Un peu d'histoire s'impose… Le terme « woke » n'a pas toujours été une insulte, tel qu'il apparaît aujourd'hui communément dans le débat politique. Il désignait initialement aux États-Unis le fait d'être « éveillé », conscient des injustices et discriminations raciales nombreuses qui existaient. Il était tout sauf péjoratif, bien au contraire.

En 1938, Huddie William Ledbetter, *alias* Leadbelly, guitariste de blues noir américain né dans une plantation de coton en Louisiane à la fin du XIXe siècle, chantait : « Best stay woke, keep their eyes open » (Mieux vaut rester éveillé, garder les yeux ouverts). Et ce au moment d'un procès durant lequel neuf jeunes hommes noirs furent accusés à tort d'avoir violé deux femmes blanches en 1931, à Scottsboro, en Alabama. Ce procès contribua à inspirer le mouvement pour les droits civiques et fut un élément d'inspiration pour le roman *To Kill a Mockingbird* écrit par Harper Lee et publié en 1960, à l'époque de la difficile reconnaissance des droits civiques des Afro-Américains. Son œuvre obtint l'année suivante le prix Pulitzer de la fiction.

Un romancier noir, William Melvin Kelley, fut l'un des premiers à utiliser le terme *woke* dans un article publié dans le *New York Times* en 1962, en référence au fait d'être « bien informé, à la page ». Les Noirs américains ont ensuite longtemps utilisé ce terme en référence au racisme et aux discriminations les visant. Mais ce n'est que bien plus tard, à partir de 2014, que l'usage du mot se propagea à d'autres discriminations et devint *mainstream*.

C'est avec le mouvement Black Lives Matter que le terme quitta la confidentialité relative des cercles militants et acquit sa notoriété mondiale. « *Stay woke* » devint alors un mot d'ordre planétaire, un cri de ralliement pour les nouveaux mouvements militant contre l'ensemble des discriminations touchant les minorités, en particulier contre les violences policières à leur encontre.

Certains ne tardèrent pas à dénoncer une appropriation culturelle par les Blancs d'un terme d'origine afro-américaine : « Lorsque les Blancs aspirent à s'acheter une conscience, ils naviguent entre l'altruisme et l'appropriation », écrivit ainsi la journaliste du *New York Times* Amanda Hess en 2016. L'année suivante, le linguiste Ben Zimmer confortait ce constat : avec la généralisation du terme woke, « son appartenance originelle à la conscience politique afro-américaine a été occultée ».

Le terme, depuis lors, s'est peu à peu étendu à de multiples causes, bien au-delà des discriminations et injustices infligées aux Noirs : femmes, homosexuels, trans, etc. s'en sont emparés. Pendant ce temps, à droite et dans les cercles conservateurs, « woke » est vite devenu synonyme de « politiquement correct », un épouvantail fort pratique pour disqualifier tout mouvement progressiste.

L'une des figures les plus spontanément associées aux idées wokes dans le paysage politique français est sans doute la députée écologiste de Paris, Sandrine Rousseau. Elle a suscité la polémique à plusieurs reprises en évoquant des concepts communs du corpus woke, par exemple la déconstruction. Lorsque je l'ai interrogée sur le concept de wokisme, elle a tenu à me préciser qu'elle ne se revendiquait pas woke : « Cela date des droits civiques américains, il faut respecter ces gens qui se sont battus pour leurs droits dans des conditions où ils risquaient la mort, donc spontanément je ne m'approprie pas cela. Ce sont des idées que je regarde avec attention, des combats dont je me sens l'alliée, mais ce n'est pas la culture dont je suis directement issue. Féministe, c'est une culture que j'ai acquise et dont je peux me revendiquer, woke, c'est plus compliqué. Cela dit, on m'a tellement classée woke que j'ai fini par dire "Oui, OK, soyons éveillés". » Et de constater qu'aujourd'hui, l'utilisation du mot « wokisme » dans le débat public a tendance à remplacer le qualificatif d'islamo-gauchiste, pour évacuer tout débat et disqualifier tout propos.

Alors pourquoi les idées wokes soulèvent-elles tant de polémiques et d'hystérie ? Nous examinerons plus loin les cheminements de la pensée woke et comment sa traduction en actions militantes pose question.

Car des intentions aux actes, il y a parfois un gouffre. Et c'est sans doute, pour ma part, moins dans des idées arrêtées, dans des causes identifiées, mais plutôt dans une manière de raisonner et à travers une mécanique du combat politique que je définirais le wokisme. Le wokisme, ce n'est pas simplement défendre les minorités, toute la gauche le fait. Le wokisme, ce n'est pas remettre en cause un ordre établi, l'ordre patriarcal en l'occurrence, là encore la gauche le fait depuis longtemps et parfois de manière très radicale (et salutaire). Ce n'est pas non plus simplement être « éveillé » aux injustices. Le wokisme, ce n'est d'ailleurs pas même être « radical » dans ses demandes, car le débat démocratique français a toujours contenu sa part de radicalités.

À mes yeux, le wokisme est d'abord une manière de voir le monde, de le découper de manière binaire entre dominants et dominés, chaque catégorie étant irrémédiablement figée et hermétique. Ce qui empêche, par exemple, de combattre l'antisémitisme, parce qu'Israël serait un oppresseur, donc par extension tous les juifs, vus comme forcément solidaires de la politique du gouvernement israélien, ne pourraient pas en même temps être des victimes.

Le wokisme est ensuite une mécanique de pensée, une quête d'absolu : exemplarité absolue, pureté totale. Tous ceux qui penseront satisfaire l'ogre woke en réhaussant les standards moraux auxquels ils acceptent de se conformer se verront toujours rétorquer que ce n'est pas suffisant. Le problème n'est pas la demande d'exemplarité, autrement dit, mais qu'elle soit potentiellement infinie. Nous le verrons plus loin, la quête d'exemplarité a poussé certains étudiants à aller jusqu'à demander à un directeur de Sciences Po de démontrer non pas qu'il n'a jamais été violent (débat légitime sur la présomption d'innocence), mais qu'il ne sera jamais à l'avenir accusé de violences.

La pensée woke déconstruit beaucoup, mais elle doute fort peu. Or il n'est pas une page de ce livre pour laquelle je ne me serai pas retournée vingt fois, examinant le problème sous toutes les coutures, de peur d'être trahie par ma propre pensée, aveuglée par mes émotions.

Le wokisme, c'est un héritier du trotskisme, qui postule que la fin justifie tous les moyens. Je développerai cette idée dans les chapitres qui viennent. Le wokisme, enfin, se caractérise par un mot d'ordre qui ne s'applique qu'aux catégories considérées comme « dominées » : pas d'offense – mot d'ordre en forme de porte d'entrée du totalitarisme, un totalitarisme horizontal qui indexe la liberté d'expression non pas sur des règles générales appliquées et applicables à tous, mais sur ce que chacune et chacun, individuellement, décide de tolérer ou non. Au terme de cette définition, vous ne manquerez pas de me demander si Sandrine Rousseau est woke. À dire vrai, je ne le crois pas vraiment, et ses prises de position après le 7 octobre le démontrent. J'y reviendrai.

*

*   *

Les idées wokes n'ont rien de marginal en France : c'est l'un des principaux enseignements de l'enquête qui va suivre de manière détaillée.

Tout sondage a évidemment ses limites et doit être interprété avec précaution : certaines expressions peuvent être mal comprises par les personnes interrogées, ou certaines formulations peuvent s'avérer biaisées et orienter les réponses. J'ai tenté d'éviter ces écueils autant que faire se peut, avec l'objectif de mesurer la portée qu'un certain nombre d'idées, de principes et de réflexes communément associés à la pensée militante woke dans notre société.

La notoriété du « *wokisme* »

Q. Avez-vous déjà entendu parler du « *wokisme* » ?

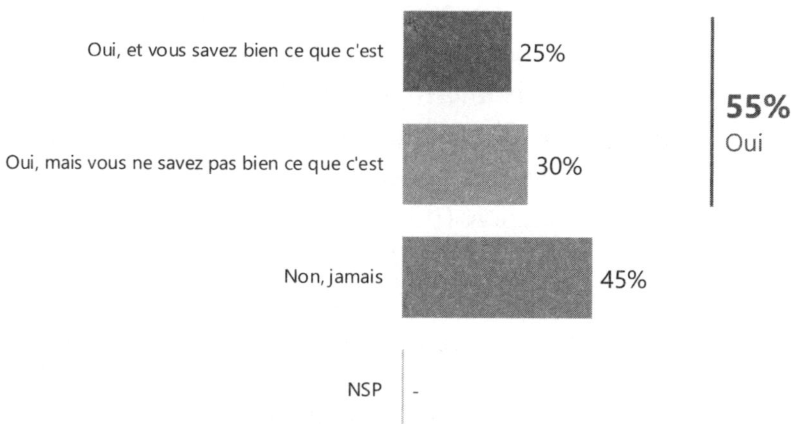

La première chose à garder à l'esprit lorsque l'on analyse l'opinion sur ce sujet est que seulement 25 % des Français estiment savoir précisément de quoi l'on parle quand le mot « wokisme » est évoqué. 30 % en ont entendu parler mais ne savent pas vraiment de quoi il s'agit – et c'est avant tout à eux que cet essai tente de s'adresser.

Parmi les 45 % de Français qui n'ont jamais entendu parler de wokisme, on trouve une nette majorité de femmes, 54 %, contre 34 % d'hommes seulement. Les moins diplômés, les personnes âgées de 35 à 65 ans, les catégories modestes sont les plus enclins à n'avoir jamais rencontré ce mot. Constat intéressant car il s'agit précisément des cibles électorales prioritaires du Rassemblement national, qui combat par ailleurs de manière frontale la pensée woke. Au vu de ces sondages, il est possible de s'interroger : est-ce à dire qu'en faire un axe de combat politique est une erreur stratégique, parce que l'électorat RN potentiel se moque du sujet ?

J'ai ensuite demandé à l'échantillon national représentatif de Français interrogés par OpinionWay s'ils avaient entendu parler d'un certain nombre de notions communément associées à la pensée woke. Les plus connues sont l'écriture inclusive (dont 77 % des Français ont entendu parler, et pour cause, elle défraie régulièrement la chronique et le président Emmanuel Macron lui-même en a parlé à plusieurs reprises pour s'y opposer), les études de genre (61 %, ici nous voyons sans doute la trace des polémiques survenues à l'école depuis 2014 sur l'enseignement de la théorie du genre), le racisme systémique (58 %), les personnes racisées (57 %) et le « privilège blanc » (55 %).

La notoriété des termes issus du « wokisme »

Q. Et avez-vous déjà entendu parler de chacun des termes ou notions suivantes ?

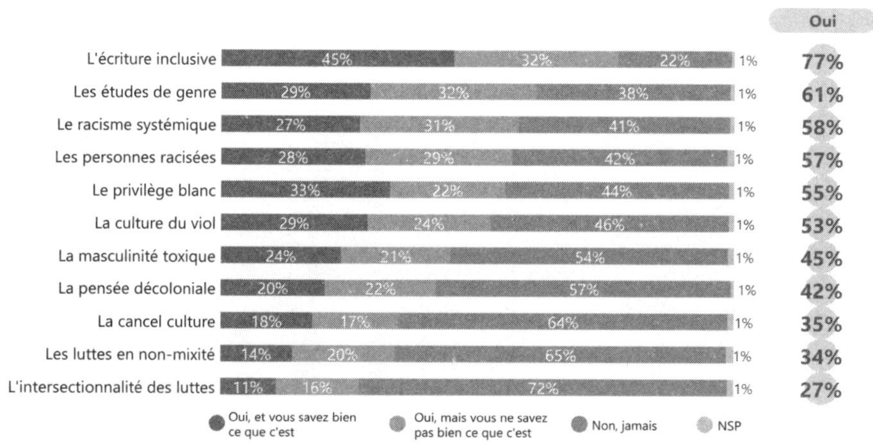

Les notions les moins connues sont à l'inverse la *cancel culture* (35 % connaissent le terme), les luttes en non-mixité (34 %) et l'intersectionnalité des luttes (27 %). Il est logique que les jeunes de 25 à 34 ans, qui sont les plus perméables à la pensée woke, aient une connaissance supérieure de ces concepts que le reste de la population (62 % des 25-34 ans savent ce qu'est le wokisme, contre 55 % en moyenne).

Afin de mesurer la portée du wokisme, j'ai construit un certain nombre d'affirmations qui traduisent – j'espère le plus fidèlement possible, tout en restant assez simples pour être comprises par tous – certaines idées et principes wokes, et demandé aux répondants s'ils y adhéraient ou non.

Le soutien à des opinions issues du « wokisme » (1/2)

1015 personnes

Q. Voici une série d'alternatives concernant la société française. A chaque fois, avec laquelle des deux affirmations êtes-vous le plus d'accord ?

Favorable à la pensée « *woke* »	%	%	Opposé à la pensée « *woke* »	NSP
Il est normal d'adapter la société aux personnes ayant un handicap	88%	12%	On en fait trop pour adapter la société aux personnes ayant un handicap	NSP : -
La société française dans son ensemble est encore dominée par les hommes	74%	25%	La domination des hommes dans la société française est pour l'essentiel éliminée	NSP : 1%
Certaines parties de votre identité *(origine géographique, religion, sexualité, etc.)* sont plus importantes pour vous que votre nationalité	47%	52%	Votre nationalité est ce qui vous définit avant toute autre chose	NSP : 1%
Remettre en cause le fonctionnement et les traditions de la société française est nécessaire pour la rendre plus juste	47%	52%	Remettre en cause le fonctionnement et les traditions de la société française crée encore plus de division entre les Français	NSP : 1%
Les personnes qui subissent des discriminations, quelles que soient leur nature *(de genre, de race, de religion, etc.)*, ont les mêmes intérêts	45%	53%	Les intérêts des personnes qui subissent des discriminations sont différents selon la nature de ces discriminations	NSP : 2%
Dans la société française, le viol est une pratique courante	44%	54%	Dans la société française, le viol n'est pas une pratique courante	NSP : 2%
En France, le racisme est pratiqué à tous les niveaux de l'organisation sociale et politique	41%	58%	Le racisme existe en France mais il est essentiellement le fait de comportements individuels	NSP : 1%

Le soutien à des opinions issues du « wokisme » (2/2)

1015 personnes

Q. Voici une série d'alternatives concernant la société française. A chaque fois, avec laquelle des deux affirmations êtes-vous le plus d'accord ?

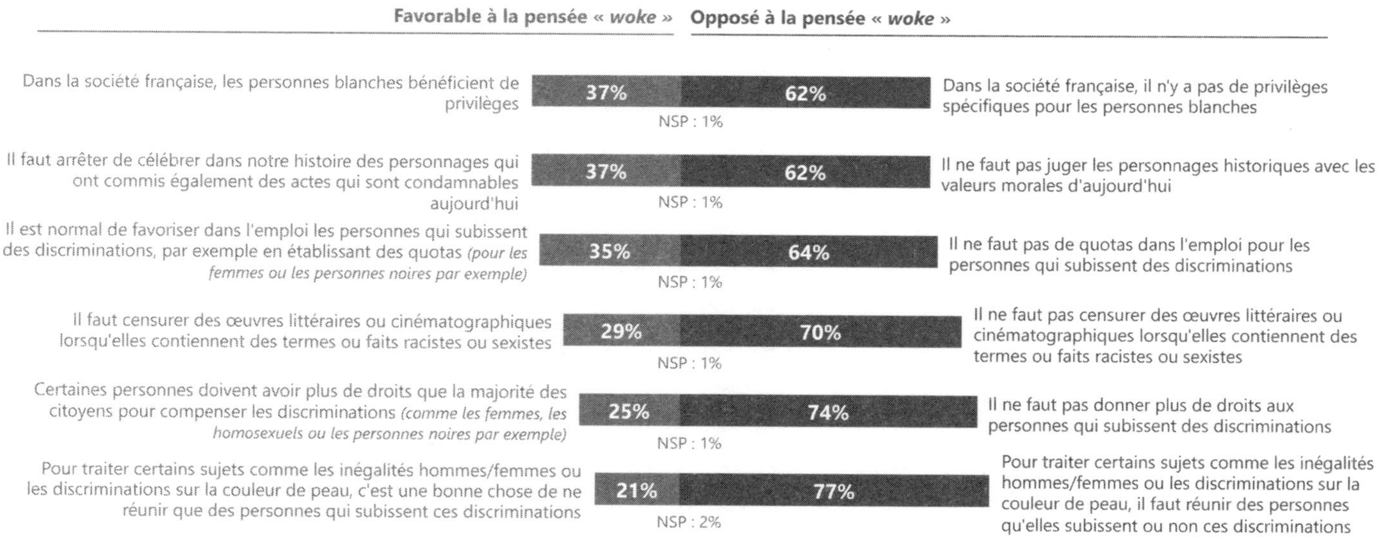

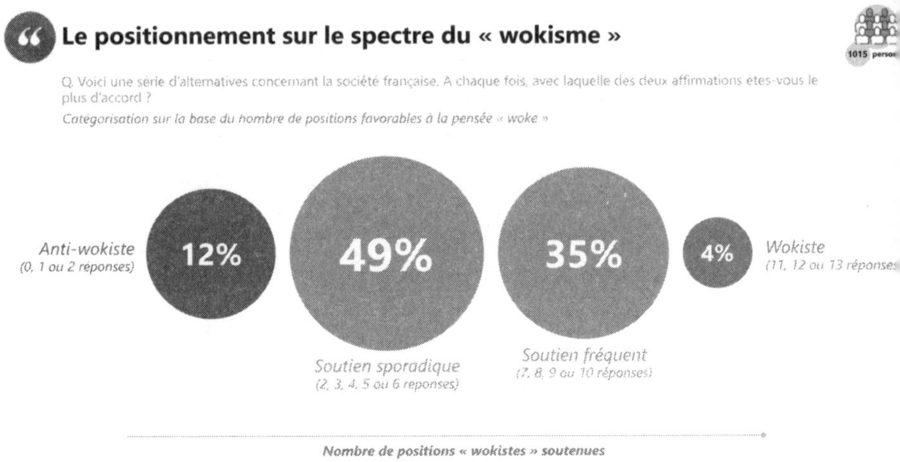

Il ressort de ce sondage que certaines idées que l'on peut associer de près ou de loin à la pensée woke ne sont pas du tout marginales. Le pourcentage de Français qui adhèrent systématiquement aux propositions wokes et peuvent donc être considérés comme des militants convaincus est très faible, pas plus de 4 % de la population. Mais plus d'un tiers des personnes interrogées (35 %) apportent un soutien assez fréquent aux idées wokes, ce qui change la donne. Nous sortons de la marginalité.

Les analystes et commentateurs qui prétendent que le wokisme est anecdotique et ne mérite pas tant d'attention ont donc tort. Nous faisons face à un véritable phénomène de société, à des tendances profondes qui auront nécessairement un impact sur la manière dont nos préceptes moraux et notre droit évolueront dans les années qui viennent.

Les scores obtenus par certaines réponses laissent songeuse la républicaine de gauche que je suis. Jugez plutôt : 21 % adhèrent à l'idée que pour traiter certains sujets comme les inégalités hommes/femmes ou les discriminations sur la couleur de peau, c'est une bonne chose de ne réunir que des personnes qui subissent ces discriminations. Les fameuses réunions non-mixtes qui ont tant fait polémique semblent donc être une pratique acceptable pour un Français sur cinq !

Plus problématique encore à mes yeux, 29 % estiment qu'il faut censurer des œuvres littéraires ou cinématographiques lorsqu'elles contiennent des termes racistes ou sexistes. Comment mieux dire la perte de repères et l'abandon de valeurs cardinales de notre société, dont font partie la liberté de création et d'expression (dans les limites qui sont celles déterminées par le droit, à savoir notamment l'incitation à la haine) ? Au nom de l'idée qu'il ne faudrait offenser personne, nous pourrions donc basculer dans une ère où la censure apparaît non seulement acceptable, mais vertueuse ! J'y reviendrai.

Les idées les plus communément associées à la nébuleuse woke sont en train de sortir de la marginalité. Certains constats et principes sont d'ailleurs très largement répandus, puisque 74 % des Français pensent que la société française dans son ensemble est encore dominée par les hommes.

Autre constat sur la manière dont ces idées se répartissent dans la population : ce sont les plus jeunes qui sont les plus acquis à la cause woke : 11 % des 18-24 ans peuvent être considérés comme wokes, c'est-à-dire qu'ils adhèrent à la quasi-totalité des propositions testées dans le sondage. À l'opposé, le taux de wokes chez les plus de 65 ans est quasi nul. Les femmes sont plus enclines que les hommes à adhérer aux idées wokes – sans doute parce que le féminisme est en France la figure de proue, le combat premier des militants wokes. Sur le plan politique, c'est au sein de l'électorat de Jean-Luc Mélenchon et de Yannick Jadot que se trouve la plus forte proportion de wokes (11 % et 10 % respectivement). Dans les autres électorats, ces idées restent tout à fait marginales.

*
*　*

Ce sondage permet d'aborder certains débats majeurs de notre époque, et de percevoir les clivages ou les ambivalences d'une opinion publique que l'on croit souvent, à tort, acquise à certaines idées constitutives de l'identité politique française. L'un de ceux qui sont fréquemment soulevés lorsqu'il est question de pensée woke est le suivant : est-il acceptable de censurer certains propos, sketches, ou œuvres littéraires ou cinématographiques afin de ne pas offenser certains groupes ou communautés *parce qu'elles sont considérées* à un moment donné comme victimes de discriminations ? Nous touchons là à une question fondamentale sur les frontières de la liberté d'expression, frontières qui sont mouvantes dans le temps et propres à chaque culture, mais qui disent souvent un état global de la vitalité démocratique d'un pays à un instant *t*.

Le prix de la liberté d'expression est particulièrement élevé. Le journaliste et dessinateur Riss le vit depuis l'attentat contre *Charlie Hebdo* le 7 janvier 2015 à Paris. Le directeur du journal satirique qui a survécu à l'attaque terroriste vit depuis plus de huit ans sous haute protection policière, pour ne pas dire cadenassé, ce qui en soi est inadmissible.

J'ai eu l'occasion de le croiser lors de la rentrée politique de Carole Delga, la présidente socialiste de la région Occitanie, le samedi 30 septembre 2023, à Bram, près de Carcassonne, dans l'Aude. Je dis bien « croiser » tant le patron de *Charlie* vit littéralement coupé du monde, dans une bulle de protection hermétique, escorté à chaque instant par un groupe de policiers d'élite. Aucune place n'est laissée à l'improvisation quand il se déplace. Riss était invité à la table ronde que je devais animer en public. Son thème : « Où en est l'esprit *Charlie*, huit années après ? »

Nous attendions sa venue, le philosophe Henri Peña-Ruiz et moi-même. Nous l'avons rejoint dans un tout petit vestiaire sans fenêtre et ne comptant qu'une seule ouverture de la salle des fêtes de Bram. Nous avions ordre de ne pas accéder à la scène avant un feu vert. J'étais impressionnée : l'endroit était entièrement verrouillé par les forces de sécurité. Riss était assis seul sur un banc. Il s'est adressé à nous, souriant, d'une voix douce, l'attitude empreinte de timidité : « Bonjour, alors, de quoi allons-nous parler ? » J'ai découvert avec surprise qu'il ne le savait pas exactement.

La salle avait été entièrement contrôlée, notamment pas les démineurs, les identités des 700 participants vérifiées, les volets clos, nous étions bunkérisés, aucune place n'a été laissée à l'improvisation.

Sur scène, le patron du journal s'est interrogé sur le rôle de la religion au quotidien et celle de ses représentants, se demandant : « Que faire de Dieu dans une société moderne ? » Une spectatrice l'a interpellé sur la limite de la liberté d'expression, en référence aux douze caricatures de Mahomet publiées en 2006 par l'hebdomadaire satirique un an après le journal danois *Jyllands-Posten.* Cette première publication au Danemark avait provoqué d'importantes manifestations de colère dans le monde arabe, souvent orchestrées par les Frères musulmans.

La violente polémique qui va naître en France aboutira neuf ans plus tard à l'attentat perpétré contre la rédaction de *Charlie*.

Riss, qui a survécu aux balles des terroristes islamistes et a raconté cette terrible épreuve dans son livre *Une minute quarante-neuf secondes*, coédité par Actes Sud et les éditions des Échappés, reconnaît, en guise de conclusion de notre table-ronde, que « *Charlie* a toujours été un journal difficile à faire. On sait qu'on aura beaucoup de gens contre soi. Mais ça ne nous a jamais impressionnés. Le temps jouera pour nous, il faut retrouver un esprit combatif. C'est ça aussi l'esprit *Charlie* : ne jamais baisser la tête ».

J'ai pu éprouver un instant ce que pouvait être la vie de Riss au quotidien, menacé, assiégé, privé de toute liberté de mouvement. Sa condition raconte le prix particulièrement élevé payé par des femmes et des hommes sur notre sol pour avoir usé de leur liberté d'expression. Mourir pour des mots et des dessins dans une démocratie moderne… qui l'eût cru ?

Le rendez-vous de Bram avait également pour ambition de réunir toute la gauche, de lui permettre de se parler à un moment de doute, une semaine seulement avant la guerre au Proche-Orient déclenchée par les terroristes du Hamas, qui sera une ligne de fracture définitive entre La France insoumise et le reste de la Nupes. Toute une partie de la gauche était absente au rendez-vous donné par Carole Delga : écologistes, socialistes alliés à Mélenchon et surtout Insoumis, ceux-là mêmes qui préfèrent protéger les musulmans des offenses supposées faites à leur prophète plutôt que la liberté d'expression. On peut mourir en France en 2023 pour l'avoir défendue. Une partie de la gauche semble hélas l'avoir oublié.

Depuis les attentats qui ont frappé notre pays et particulièrement celui qui a décimé la rédaction de *Charlie Hebdo*, la question de la caricature des religions est évidemment un sujet au cœur du débat public. Il s'avère, à la vérité, assez clivant, très loin de faire l'objet d'un consensus : dans le sondage réalisé pour ce livre et reprenant certaines questions déjà posées en octobre 2015 pour constater les évolutions, seulement 32 % des Français estiment que les religions doivent faire l'objet de caricatures « sans limite ». Cette proportion est non seulement minoritaire, mais également en recul de trois points depuis 2015. 24 % des Français pensent au contraire qu'il vaut mieux éviter totalement de caricaturer les religions, en hausse de cinq points. Enfin, 44 % des Français se situent sur une position médiane : oui à la caricature des religions, « mais en prenant des précautions pour ne pas blesser les gens ». Entre la nécessité de ne pas offenser et la liberté d'expression, une majorité de Français semble donc avoir tranché, et certainement pas en faveur de la vision courageusement défendue par Riss et toute la rédaction de *Charlie Hebdo*…

Notre société est divisée sur le traitement des religions, un autre chiffre en atteste : 50 % des Français estiment que les procès intentés aux personnes faisant de l'humour sur les communautés ou religions sont un recours « normal, car sous couvert d'humour, le but de certaines personnes est de banaliser le racisme ou d'encourager la haine ».

Un Français sur deux.

Face au camp prônant la restriction juridique de ce qui peut relever de la liberté d'expression mais rapidement basculer dans l'incitation à la haine ou la diffamation, une autre moitié de l'opinion considère au contraire qu'intenter un procès à ceux qui font de l'humour sur les communautés ou religions est anormal, et qu'il faut laisser les gens faire de l'humour quelles que soient leurs intentions.

Qu'ils constatent une forme d'autocensure au nom du respect des différentes religions et communautés ou bien qu'ils la prônent par peur d'offenser, les Français semblent par ailleurs conscients qu'il n'est pas possible aujourd'hui de rire de toutes les communautés de la même manière.

Dans le détail : une écrasante majorité estime qu'il est « compliqué de rire » de la communauté musulmane (79 %). Il faut sans doute y voir la marque, indélébile, des attentats qui ont été vécus au moins en partie comme des représailles, suite aux caricatures du prophète publiées par *Charlie Hebdo*. Mais cette communauté est loin d'être la seule dont les Français estiment qu'il est compliqué de rire : 44 % estiment qu'il est compliqué de rire des homosexuels, 43 % des Noirs, 40 % des handicapés. Il est difficile de savoir si les Français évoquent ici une forme d'autocensure volontaire au nom du respect des communautés, ou s'ils ont au contraire le sentiment que la société dans son ensemble ne tolère pas que l'on fasse de l'humour aux dépens de telle ou telle communauté.

Il est intéressant de noter que la communauté juive n'arrive qu'après les groupes susmentionnés, à 34 %, juste devant les étrangers (33 %).

Enfin, notons que les Français ne jugent pas du tout difficile de rire des Roms (13 %) et des chrétiens (10 %).

Cette étonnante hiérarchie, à géométrie très variable, de ce qui est toléré par la société en matière d'humour dit quelque chose de la tolérance et de la fragilité perçue des différents groupes. Certains seraient donc considérés comme vulnérables, voire hermétiques au rire qui serait vécu comme une agression. Des communautés dont la tolérance est relativement limitée. Les Français ont ainsi intégré l'idée que les musulmans étaient extrêmement sensibles, voire réprouvaient les caricatures à leurs dépens. C'est beaucoup moins le cas de la communauté juive. À l'extrême inverse, les chrétiens ne sont pas jugés sensibles ou susceptibles de vouloir empêcher quiconque de rire d'eux.

Lorsqu'on leur demande si l'on *doit pouvoir* rire de différents sujets, les Français sont beaucoup moins nombreux à dire oui qu'il y a huit ans. On doit pouvoir rire de la politique pour 85 %, certes, mais c'est neuf points de moins qu'en octobre 2015. On doit pouvoir rire des communautés pour 71 %, quinze points de moins. On doit pouvoir rire des religions pour 68 %, quinze points de moins. Tout se passe comme si le rire était un outil d'appropriation du monde que nous osons de moins en moins utiliser.

Une majorité de Français seraient ainsi acteurs ou du moins complices de la censure, d'une part, car elle est aux yeux de certains basée sur les meilleures intentions du monde à savoir ne blesser personne, mais comme s'ils déploraient d'autre part ses conséquences. Les débats sans fin que nous avons eus sur les caricatures de *Charlie Hebdo*, le fait que ses enjeux soient enseignés à nos enfants et que des figures courageuses comme Richard Malka ou Caroline Fourest portent haut et fort ces valeurs dans le débat public n'ont donc pas fait progresser la cause de la liberté d'expression et le droit au blasphème.

C'est même pire que cela : la gauche est le camp politique dont une des missions historiques fut de protéger la liberté d'expression, notamment face aux religions au nom d'une laïcité qu'elle a contribué à installer de haute lutte dans notre société. Or c'est précisément dans ce camp-là que certains sont en train de renier ses valeurs, et de défendre la restriction des libertés d'expression et de création au nom d'une conception extensive – et disons-le, woke – de la lutte contre les discriminations. Au cœur de ce processus, il y a une vision contestable de l'approche du fait religieux par un biais qui serait celui de la domination dont certaines populations seraient historiquement l'objet. L'islam devient à ce titre un sujet singulier, qui obnubile et fait perdre raison à droite et à gauche pour des raisons différentes.

Le fondamentalisme islamiste combat nos valeurs de la manière la plus violente qui soit, et il n'y a évidemment rien de comparable au prix que des hommes et des femmes ont dû payer pour avoir simplement exercé leur métier, et ce faisant, exercé et protégé les libertés qui nous sont si chères. Mais est-ce parce que les autres sources de contestation de la liberté d'expression n'assassinent pas nos concitoyens qu'il faut pour autant juger leur importance négligeable ? Un mouvement relativement pacifiste ne peut-il pas aussi porter en germe des menaces réelles pour notre modèle démocratique libéral ? Je dis pacifiste, mais comme le montrent les universités américaines, elles peuvent s'avérer extrêmement violentes.

Doit-on, au nom des droits de minorités que nous aurions, consciemment ou inconsciemment, bafoués depuis des décennies voire des siècles, revenir sur des principes et des valeurs que nous héritons de la révolution – ou de plus loin encore –, qui ont fait notre singularité à travers les siècles et que nous pensions jusqu'ici sources d'émancipation pour tous ? Nous pensions que la liberté de caricaturer toutes les religions nous libérait de leur poids, émancipait l'esprit critique des chaînes de l'endoctrinement ? Nous découvrons qu'aux yeux d'une partie de l'opinion publique *qui se dit de gauche* nous étions les oppresseurs là où nous nous pensions libérateurs. Alors certes, l'on nous répondra que la colonisation s'est un temps crue émancipatrice. Pourquoi ne serions-nous pas dans l'erreur aussi quand nous défendons notre conception de la liberté d'expression ? Je répondrai la chose suivante : est-ce parce que l'on s'est trompé à une période donnée, ou sur un sujet donné, qu'il faut pour autant réviser l'intégralité de ce que l'on croyait ?

Comparer le mouvement woke au fondamentalisme islamiste ? Quelle aberration, quelle insulte diront certains… Laissez-moi donc prendre les devants sur les critiques qui viendront immanquablement. Quoi de commun entre des obscurantistes qui assassinent au nom d'une religion qui interdit de se moquer de son prophète et des courants militants qui considèrent que l'on doit pouvoir être effacé, condamné à une mort sociale pour avoir proféré des paroles jugées offensantes vis-à-vis des femmes, des homosexuels, des Noirs ou des musulmans ?

Que le lecteur se rassure : il n'y a certes pas de comparaison qui vaille. Pas plus que de gradation possible lorsqu'on parle de ce qui relève de l'inacceptable. Repousser deux courants de pensée, les considérer comme profondément anti-démocratiques et opposés à nos valeurs les plus fondamentales, ce n'est ni les confondre ni les assimiler l'un à l'autre. Mais sur le principe, la démarche est identique. Elle vise à l'anéantissement de nos valeurs.

Remarquons au passage que *la seule minorité que les wokes ne défendent pas ardemment, ce sont les juifs*. Vieux restes d'antisémitisme dans l'extrême gauche qui fournit aujourd'hui les gros bataillons du wokisme ? Les juifs, entend-on trop souvent, sont du côté du pouvoir et de l'argent. Les *vrais* opprimés sont les Palestiniens et par extension les musulmans du monde, victimes de l'oppression, de la colonisation occidentale et d'un racisme persistant. Que n'a-t-on entendu, au sein de la gauche woke, sur Israël et sur les juifs suite aux massacres du 7 octobre 2023 ? Certains se sont alors fort heureusement réveillés, ont ouvert les yeux sur ce que cette extrême gauche avait de plus nauséabond.

Il me semble que les indices, pourtant, ne manquaient pas. Judith Butler, philosophe américaine spécialiste des études de genre et du mouvement queer, n'avait-elle pas dit que « le Hamas et le Hezbollah sont des mouvements sociaux progressistes qui font partie de la gauche mondiale » ? L'incapacité de Jean-Luc Mélenchon à nommer des actes terroristes pour ce qu'ils sont ; l'ambiguïté entretenue par ce camp politique vis-à-vis d'un antisémitisme qui se masque derrière la contestation de la politique menée par un gouvernement d'extrême droite, lui-même pourtant très contesté par les Israéliens ; l'obsession de cette partie de la gauche à ne pas vouloir combattre la haine du juif lorsqu'elle provient de musulmans, au prétexte que ce combat-là aurait l'islamophobie comme motivation profonde ; et *last but not least* sa prétention à renvoyer dos à dos une armée d'un pays démocratique, Tsahal, et un groupe terroriste, le Hamas… tout cela était, au fond, à mon sens prévisible car idéologiquement et électoralement cohérent. Je suis convaincue que cette gauche-là – certains de ses membres me l'ont dit, d'ailleurs – a d'ores et déjà acté que notre pays allait passer par une prise de pouvoir du RN. Elle semble préparer dès à présent le désordre et la révolte dont elle espérerait tirer parti ensuite.

Il est important de souligner ici que l'une des figures politiques de gauche interrogées pour cet ouvrage, et souvent spontanément associée au mouvement woke par les analystes et par ses adversaires politiques, a été dans ce moment-là d'une clarté absolue dans sa lutte contre l'antisémitisme. Elle m'a d'ailleurs appelée le 18 novembre car elle jugeait important de préciser sa pensée à ce sujet – chose qu'elle n'avait pas eu l'occasion de faire lors de notre rendez-vous étant donné que je l'avais interrogée avant le 7 octobre. Sandrine Rousseau, puisque c'est de la députée écologiste qu'il s'agit, considère que réduire le conflit israélo-palestinien à une seule affaire de colonisation, comme le font beaucoup de mouvements décoloniaux et d'extrême gauche, est une simplification historique ne tenant pas compte de la Shoah et des circonstances d'émergence de l'État d'Israël. Ce qui n'empêche pas de dénoncer la colonisation de la Cisjordanie, l'attitude inacceptable de l'extrême droite et du mouvement ultra-orthodoxe israélien, l'enfermement de Gaza et la manière dont l'armée israélienne frappe sans discernement des civils à Gaza dans sa guerre contre le Hamas. Simplifier les choses à l'extrême en assimilant Israël à un dominant et la Palestine à un dominé, et plus encore les essentialiser en assimilant tous les juifs à Israël et tous les musulmans à la Palestine, est à ses yeux une erreur historique.

C'est aussi minimiser le rôle des Américains, des Européens, donc le nôtre, dans ce conflit. Sans doute une partie de la gauche a-t-elle trop tendance à associer les juifs à des personnes qui, étant intégrées économiquement, ne peuvent pas être des minorités discriminées.

Voir, pour la partie de l'extrême gauche française ne parvenant pas à se départir de son vieux fond d'antisémitisme, à les associer à l'argent et aux puissants. Sandrine Rousseau conclut notre échange : « La parole de Jean-Luc Mélenchon a énormément de crédit auprès des musulmans. Il a à mon sens la responsabilité importante de ne pas enfermer les musulmans dans un conflit avec les juifs. Et inversement. »

À mes yeux, les événements ayant suivi le massacre du 7 octobre, qui ont conduit à une chute considérable de Mélenchon dans tous les sondages et à une fracturation profonde de la gauche, sont un moment de clarification idéologique. Ils démontrent que la gauche se perd quand elle cède sur ses valeurs fondamentales, et bascule dans l'essentialisation. C'est-à-dire lorsqu'elle considère que tel groupe a forcément tort, qu'il s'agisse des riches, des juifs, des musulmans, des pauvres… ou forcément raison. Le jour où une partie de la gauche comprendra que l'on peut être dans le vrai sans pour autant se réclamer des damnés de la terre, et qu'il arrive aussi aux riches et aux puissants de dire des vérités et de défendre des valeurs nobles, bref : quand elle évitera de céder à la facilité des postures et des caricatures faciles, elle commettra peut-être un peu moins d'erreurs.

Parce que dans le tumulte de l'époque, tout est sens dessus dessous, la gauche n'est plus à la pointe du combat pour la défense de la liberté d'expression. C'est à droite – sans doute en partie par opportunisme politique, et très certainement du fait même des sujets abordés – et au Rassemblement national que l'on trouve ses plus fervents défenseurs désormais. Ce que dit Marine Le Pen à ce sujet : « Ce phénomène a commencé depuis quarante ans. Quand on a commencé à condamner des propos qui dérangeaient, la peine infligée au début s'élevait à l'euro symbolique. Puis, nous sommes passés à des amendes toujours plus importantes. Et après, ça a été la prison. Une habitude s'est installée au fil du temps qui fait qu'il est acquis aujourd'hui qu'on peut condamner à mort socialement et professionnellement quelqu'un pour un propos qui déplaît. » À ses yeux, les restrictions successives de la liberté d'expression sont donc largement négatives. Il me semble néanmoins que si l'on condamne certains propos davantage aujourd'hui qu'il y a quelques décennies, c'est d'abord et avant tout parce que nos sociétés combattent mieux les idées de haine qu'auparavant…

Aujourd'hui, l'activisme woke, à coups d'accusations, d'intimidations, de dénonciations de comportements jugés moralement inacceptables, au nom d'une pensée souvent mal digérée, fait reculer les frontières de l'acceptable. Vous pourrez peut-être demain perdre votre emploi pour une blague de mauvais goût, être poursuivi pour des propos qui n'auraient autrefois pas fait sourciller. Les lois sur l'interdiction du révisionnisme et la négation des crimes contre l'humanité ont évidemment participé à redéfinir, à un moment de notre histoire, les frontières de ce que l'on peut dire, et de ce qui ne relève pas de la liberté d'expression et peut être sanctionné par un juge.

Il n'est donc pas malsain en soi d'avoir un débat sur les contours à donner à la pluralité des opinions s'exprimant dans notre démocratie. Mais la manière dont le militantisme woke pose le débat est problématique car dans sa façon d'opérer, la frontière de l'acceptable est l'offense faite à l'individu. Or, le jugement sur ce qui est offensant est purement subjectif. Cette pente conduirait à une forme d'arbitraire en l'absence d'une norme commune. Qui d'autre que moi-même peut décider de ce qui m'offense ou non ? Dès lors que le « pas d'offense » est érigé en mot d'ordre général, il fait planner en permanence le risque d'offenser par simple ignorance de ce qui peut blesser tel ou tel, et conduit donc nécessairement à une forme d'autocensure généralisée.

Un échange par tweets interposés, survenu le 21 octobre dernier, illustre à mes yeux parfaitement la mécanique implacable par laquelle l'injonction à n'offenser personne conduit à la censure, et donc à une réduction du périmètre de la liberté d'expression. À la suite des massacres sans précédent commis par le Hamas en Israël le 7 octobre 2023 et les jours suivants, le gouvernement a considéré qu'il n'était pas souhaitable d'autoriser les manifestations propalestiniennes, au motif – invoqué par le président de la République Emmanuel Macron – qu'il fallait observer un délai de décence et que des militants radicaux pourraient se joindre aux manifestants pacifistes. Le juge décida pourtant d'autoriser certaines manifestations, et certains témoins purent constater que des manifestants avaient crié « Allah Akbar » à quelques encablures du Bataclan. Interrogée sur ces faits sur la chaîne France Info, la secrétaire nationale d'Europe Écologie-Les Verts Marine Tondelier dit : « Je rêve d'un monde où je pourrais manifester pour le peuple palestinien, le peuple israélien et pour la paix sans être amalgamée à des gens qui crient "Allah Akbar", place de la République hier, ce qui est débile et choquant. » À peine deux heures plus tard, sous la pression et les insultes d'un certain nombre de militants wokes propalestiniens, elle s'excusa publiquement sur X : « Je n'aurais jamais dû laisser un amalgame s'immiscer dans mes propos. "Allah Akbar" est la prière d'1,5 milliard de musulmans et ils doivent être respectés. Je suis sincèrement désolée auprès de toutes les personnes que mes propos ont blessées. »

Le mot est là : « blessées ». Il ne faudrait donc en aucun cas, dans le débat public, offenser quiconque, et surtout pas ceux que la plupart des activistes wokes estiment être les nouveaux damnés de la terre, à savoir les musulmans. Rebondissant sur ce post qui m'apparut alors illustrer la manière dont une partie de la gauche s'engageait, avec les meilleures intentions du monde, sur une pente dangereuse, j'écrivis : « La règle du "pas d'offense" n'a par définition pas de limites, car elle est basée sur des évaluations purement subjectives et individuelles. Que les mots de Marine Tondelier soient motivés par la peur des représailles ou par le souci de ne sembler discriminer aucune minorité, peu importe : c'est la voie d'un basculement certain dans l'arbitraire. Les frontières de la liberté d'expression reculent sous nos yeux. Un jour viendra où nous nous retournerons et nous demanderons : "Comment sommes-nous tombés si bas ?" Nous sera-t-il alors encore possible de remonter… ? » À mon grand étonnement, mon post reçut des soutiens beaucoup plus nombreux que d'insultes. Mais certains militants wokes ne manquèrent pas de m'apostropher, la violence de leurs propos cherchant sans doute à compenser la faiblesse de leurs raisonnements. C'est le cas de Sergio Coronado, ex-membre de EELV puis de La France insoumise, et député de 2012 à 2017 : « La liberté d'expression comme argument. [Notons au passage le mépris pour ce principe fondamental…] Fallait y penser. Marine Tondelier reconnaît le propos blessant, stigmatisant, et Chloé Morin explique que ne pas pouvoir tenir de propos stigmatisants, inscrits dans un contexte islamophobe plus global, est une atteinte aux libertés. » Ces propos disent beaucoup d'un militantisme woke qui a dévoyé la pensée dont il se réclame et cherche chaque jour un peu plus à imposer sa vision du monde à l'ensemble de la société. Une vision où le combat contre l'islamophobie est érigé au rang de priorité morale et électorale, et où les souffrances du peuple israélien, les massacres documentés et avérés, ne pèsent rien au regard des discriminations subies par les musulmans ici, et des morts de Palestiniens à Gaza. Une vision du monde où la liberté d'expression doit s'arrêter aux limites tracées par les musulmans eux-mêmes, et par ceux qui voient dans la moindre critique de leur religion une atteinte inacceptable. Une vision hermétique à un raisonnement pourtant simple, tenu par l'une des personnes (Bruno Chaix, @bruno_chaix) ayant répondu au post de Coronado : « La décence, c'est le jour de l'enterrement de Dominique Bernard de ne pas scander sur la voie publique les mêmes mots que ceux que son assassin a prononcés lorsqu'il l'a assassiné. Dire ça, ce n'est pas d'extrême droite, c'est juste respecter quelqu'un qui est mort pour protéger. » Pour ma part, je répondis à Coronado : « Et ça ne vient pas à l'idée de certains que s'ils se donnent pour règle de n'offenser personne, alors il faut au moins être cohérent et l'appliquer à tous. Y compris aux juifs meurtris qui pourraient à juste titre se sentir offensés par ces cris lancés dans les rues de Paris au lendemain d'un massacre sans précédent. À moins que les juifs soient les seuls que l'on puisse offenser et humilier avec la conscience tranquille… » Cet échange illustre à mes yeux parfaitement la manière dont l'activisme woke tente d'imposer ses codes et ses idées par tous les moyens à sa disposition (y compris l'insulte), codes et idées provenant d'une pensée académique mal digérée.

La fin, postule l'activisme woke dont les protagonistes du débat cité plus haut sont de belles incarnations, justifie tous les moyens. Trotski disait : « Les moyens sont organiquement subordonnés à la fin » pour justifier les mesures de « terreur révolutionnaire » après la révolution d'Octobre. En France, on dit du côté de l'extrême gauche que « notre révolution est à prendre ou à laisser ». Peu importe, par conséquent, s'il y a des victimes collatérales dans cette grande révolution de l'égalité initiée au milieu des années 2010 aux États-Unis. Les activistes wokes répondront que les carrières et les réputations de gens innocents ne valent rien face à l'horreur d'un viol impuni. C'est dès lors une forme de totalitarisme qui est à l'œuvre : « Tuez-les tous, Dieu reconnaîtra les siens », disait Arnaud Amaury, légat du pape au siège de Béziers durant la croisade albigeoise.

La perpétuation par les wokes d'une forme de trotskisme par d'autres moyens eût été respectable si elle ne prospérait pas sur une méconnaissance totale de ce qu'est l'histoire de la gauche, et singulièrement de l'extrême gauche. Si les militants wokes, souvent très jeunes, se donnaient la peine d'écouter leurs aînés, ils se rendraient compte qu'ils n'inventent pas grand-chose. Ils se contentent à la vérité de reproduire une éternelle controverse et de refaire les mêmes erreurs du passé. Celles de ceux qui ont fermé les yeux sur les conséquences de la dictature, les millions de morts (soixante-dix pour Mao, un record…), au prétexte que la fin était belle et que l'on pouvait plausiblement nier avoir eu connaissance des moyens employés. Nous pensions servir la justice et l'égalité et nous avons soutenu, adulé, des despotes sanguinaires, nous disent des générations d'intellectuels de gauche. Demain, les nouvelles générations de militants wokes regretteront-elles d'avoir cru que la fin pouvait justifier toutes les compromissions ? Il faut l'espérer.

Quelle ironie, de voir cette gauche-là se faire donner des leçons d'histoire et de droit par le bord opposé ! Par exemple par Marine Le Pen, lorsqu'elle m'affirme que : « Le problème, c'est que les gens ne savent plus ce qu'est la liberté d'expression, on ne leur apprend plus. Elle consiste, pour la majorité des gens, à dire ce qui ne dérange personne, alors que c'est exactement l'inverse. La définition de la Cour européenne des droits de l'homme a statué que la liberté d'expression valait aussi pour les informations, les idées, les opinions qui peuvent heurter, choquer ou inquiéter à tout ou partie de la population. C'est assez clair comme principe. »

Nous avons, à ses yeux, peu à peu perdu de vue ce principe fondamental, en raison d'une bataille d'abord menée devant les tribunaux et portée ensuite par des courants de pensée « qui ont imposé une sorte de dictature, car ça les arrangeait politiquement que certains sujets ne soient pas évoqués. Ce mouvement a été amplifié par les grandes enseignes commerciales, qui se sont coulées dans cette mode consistant à faire attention aux mots, à leur image, tout cela au nom du profit. Et l'on finit par censurer des livres, y compris ceux écrits il y a longtemps. Pouvez-vous me dire quelle est la différence entre censurer un livre et le brûler ? C'est une différence de nature ou de degré ? Nous sommes là dans une vision totalitaire en ce sens qu'on prive les gens de leur liberté sans leur avoir demandé leur avis». Le balancier des restrictions de la liberté d'expression est-il allé trop loin? Les meilleurs intentions du monde peuvent conduire à des erreurs, tout est affaire d'équilibre. Au fond, ce qui me gêne le plus chez les partisans de la réduction de la liberté d'expression, c'est que leur doctrine ne s'applique pas de la même manière pour tous. Intransigeants sur les paroles racistes ou sexistes, condamnant les insultes visant les minorités, ils ne disent rien quand une personnalité politique est la cible des pires insultes – surtout quand elle est de droite…

Édouard Philippe est sans doute, à l'heure où j'écris ces lignes, le principal opposant à Marine Le Pen dans la perspective de l'élection présidentielle de 2027. Lui non plus ne prend pas la question de la liberté d'expression à la légère. Lorsque je l'interroge en octobre 2023 à ce sujet, il souligne que croire que la liberté d'expression est acquise une fois pour toutes serait une énorme erreur. «C'est un combat absolument permanent, elle a été attaquée à toutes les époques. Et avant d'être un combat contre ceux qui veulent censurer, ou un combat contre le voisin qui tente de vous intimider, c'est un combat contre soi-même. La liberté de penser, et donc de s'exprimer, c'est toujours et avant tout un combat contre son propre conformisme, son propre confort. Une remise en question de ses idées reçues. Donc la vraie liberté intellectuelle, c'est de penser contre soi-même. Et je dis cela en étant parfaitement conscient de mes propres limites.

C'est Descartes, ce sont les Lumières, c'est tout ce que j'aime… »

*

*   *

J'évoquais tout à l'heure la question de la violence. Car si la mort sociale est admise pour faire justice à une victime, au nom de quoi ne pas aller plus loin ? Sur les campus américains, déjà, cette violence se déchaîne à l'extrême gauche comme à l'extrême droite pour empêcher tel ou tel penseur controversé de tenir une conférence. Une violence qui déferle au nom de l'idée, toujours plus répandue, selon laquelle « la parole est une violence » et qu'il n'y a entre elle et les actes qu'une différence de degré. Les paroles sont de plus en plus souvent assimilées à des violences physiques. Et le champ de celles jugées acceptables est de plus en plus restreint, au nom de la protection légitime des minorités. Là où nos anciens pensaient qu'une société plurielle, où un grand nombre d'idées pouvaient s'exprimer, était une richesse, nous tendons à considérer qu'une pensée sans aspérité est un confort qui mérite que l'on cède sur des principes fondamentaux pour le préserver.

20 % des Français, et un tiers de moins de 35 ans, considèrent acceptable d'utiliser des actions violentes pour empêcher quelqu'un de prononcer en public des

propos jugés offensants. Un Français sur cinq ! Comme s'il était possible de mettre sur le même plan une insulte et un coup de couteau, la violence des actes est donc mise pour ceux-là au même plan que celle des mots (80 % jugent que les deux violences sont équivalentes), alors même que la notion de civilisation repose sur l'idée qu'entre des paroles et des actes, il n'y a pas de différence de degré mais de nature, et que ce que l'on peut tolérer dans les mots au nom du pluralisme ne saurait jamais être toléré dans les actes. Un député peut dire les pires choses dans le cadre de l'hémicycle, même si cela choque régulièrement les téléspectateurs, cela fait partie de la conception que nous avons du débat démocratique qui postule ce que l'on nomme l'irresponsabilité des parlementaires (art. 26 de la Constitution).

Bien sûr, il y a comme toujours certaines limites : d'une part, cette liberté est restreinte aux enceintes parlementaires. D'autre part, même en leur sein, des propos diffamatoires ou injurieux tenus dans l'hémicycle pourront valoir à son auteur le prononcé d'une sanction par la présidence de l'Assemblée ou le Bureau. Le président peut rappeler à l'ordre le député fautif et demander que les propos en question ne figurent pas au compte rendu. Dans des cas particulièrement graves, le Bureau peut priver le député de la moitié de son indemnité ou l'interdire d'hémicycle pendant plusieurs séances. Reste que lorsque la violence des mots et des actes est mise sur un même plan, la tentation est toujours de censurer les mots pour espérer éviter un passage aux actes. Et donc, la quête d'ordre public aboutit presque naturellement à une restriction du champ de la liberté d'expression.

Statistique encore plus frappante que la précédente, qui illustre une forme de désinhibition de la violence dans une partie, la plus jeune notamment, de la population : 12 % des Français seraient personnellement prêts à utiliser des actions violentes pour empêcher quelqu'un de prononcer en public des propos qu'ils jugeraient offensants car racistes, sexistes ou autre. Chez les moins de 35 ans, c'est plus d'un sur cinq. Et sur ces deux questions, notons que ce sont les militants LFI et électeurs de Mélenchon, bien plus que ceux du RN, qui semblent cautionner l'usage de la violence. Invité à réagir à ces chiffres, Édouard Philippe m'a indiqué ne pas être étonné. « C'est dans la nature de mouvements de cet acabit… et encore une fois, je pense qu'on a trop oublié la violence verbale, symbolique et intellectuelle qui régnait dans les universités quand les maoïstes expliquaient que tous ceux qui n'étaient pas avec eux étaient des fascistes et des réactionnaires. Il y avait une violence verbale et physique considérable, donc je pense que ce que nous croyons nouveau ne l'est pas tant que ça. » Cet argument est pertinent, j'ai néanmoins le sentiment qu'il y a quelque chose de nouveau, et d'inquiétant, dans le rapport à la violence d'une partie de la jeunesse dite progressiste qui s'est déchaînée – à la suite des massacres du 7 octobre en Israël – sur les campus américains bien plus que dans nos universités.

Pourquoi l'opinion publique tend-elle à s'écarter d'un certain nombre de principes et de valeurs que nous croyions – c'était du moins mon cas jusqu'ici – assez fermement ancrés dans notre société ? Car il ne suffit pas de constater une tendance, encore faut-il savoir l'expliquer. C'est un champ d'investigation qui est ouvert, et loin de moi l'idée que je serais capable de le trancher seule, sur la base de données restant somme toute parcellaires et à approfondir. Je peux néanmoins hasarder une hypothèse : l'adhésion à des récits collectifs alternatifs, comme l'est celui porté par la pensée woke, est favorisé en France par deux éléments.

D'abord, parce qu'il prend racine dans une passion profondément française, celle de l'égalité et de la justice. Les wokes paraissent perpétuer par des moyens nouveaux un combat pour l'égalité qui s'était enlisé face aux trahisons de la gauche, à l'impuissance croissante de l'État et aux courants destructeurs de la mondialisation débridée. De ce point de vue, il n'est pas étonnant que nous retrouvions cette tendance du côté de LFI prioritairement. Les activistes wokes ravivent une flamme que beaucoup de militants de gauche croyaient éteinte.

Ensuite, cette pensée prospère sur la panne du récit républicain, ou du moins de sa traduction dans le réel. C'est par des récits collectifs que nous faisons société et nous projetons dans l'avenir. Quoi de plus normal qu'en lieu et place d'une promesse républicaine à laquelle de moins en moins de citoyens croient encore, prospèrent d'autres récits ? Il y a celui de la protection face au monde et du retour de la souveraineté – le fameux « *Take back control* » des droites conservatrices partout en Occident.

Et en face, il y a le récit woke, visant à libérer les damnés de la terre de leurs chaînes, et à renverser les rapports de domination.

Si l'objectif poursuivi reste l'égalité et la justice, et seuls les moyens de les atteindre changent, où est le problème me direz-vous ? C'est précisément l'objet des chapitres suivants, et notamment des deux derniers de cet essai.

Dystopie : Effacé

L'une des roues du chariot en matière plastique vrille depuis une bonne semaine, couinant à chaque tour, signe de quelque chose qui ne tourne pas rond, qui dysfonctionne, qui ne va pas aller en s'arrangeant si rien n'est fait à temps.

L'agent d'entretien a signalé l'anomalie à sa direction, en écrivant sur l'appli : « Si la roue se casse, je ne pourrai plus poursuivre ma tournée. Est-il possible de la réparer ? » Pas de réponse de l'administration, elle a d'autres préoccupations.

Son chariot de lavage quatre-seaux, avec balai-serpillière et support de sac 150 litres, doit coûter dans les 300 euros. Vont-ils remplacer la roue défectueuse ou bien l'ensemble ?

Inlassablement, jour après jour, depuis de si longues années – il ne les compte plus – l'homme vêtu d'une combinaison anthracite arpente nuitamment ces kilomètres de couloirs souterrains du Cancel Center Building. Le gratte-ciel haut de 300 mètres, imposante tour de verre de soixante-cinq étages, bâtie au cœur de la Défense, abrite les services de l'ACC, l'Agence de la Cancel Culture, avec un commissariat central qui concentre une centaine d'agents armés et assermentés, un tribunal, des cellules de détention provisoire, des bureaux et un héliport au sommet. C'est dans cet immeuble que les cas les plus retentissants sont traités. Et le mal à chaque fois expurgé.

Cette nuit-là, Kevin n'a pas le moral. Il a quitté sa chambre du centre de réhabilitation de Gennevilliers, situé à huit kilomètres de là, installé dans une ancienne barre HLM. Il est monté à bord du minibus qui le mène quotidiennement sur son lieu de travaux d'intérêt général et de réinsertion éducative (programme gouvernemental TIGRE). D'autres passagers comme lui sont déposés ailleurs. Ils n'ont pas le droit d'échanger entre eux, ils n'en ont même plus envie, depuis le temps. Que pourraient-ils se dire, au juste ? Il lui est également interdit de circuler en journée, à l'exception d'une heure en début d'après-midi pour faire ses courses.

Le voici arrivé au pied de l'immense tour. Un vigile à l'entrée le contrôle en bipant simplement en direction du bracelet qu'il porte à la cheville gauche. En prenant son service à 21 heures, l'agent d'entretien subit, inlassablement, les sarcasmes du chef de la sécurité de nuit, assis dans son bureau devant un mur d'écrans de contrôle. Comme à son habitude, le gradé se met à fredonner un air populaire, toujours le même, pour finir dans un grand éclat de rire.

Kevin s'engouffre dans les vestiaires sans même lui décrocher un regard, enfile sa combinaison et récupère son chariot pour entamer sa tournée de six heures nocturnes, six jours sur sept.

Cap sur le premier sous-sol, là où se trouve le parking des agents de l'ACC. La porte de l'ascenseur s'ouvre sur un long couloir grisâtre, éclairé par des plafonniers à faible intensité, disposés tous les cinq mètres. La roue du chariot se remet alors à couiner, Kevin pousse un long soupir.

Pourquoi n'a-t-il pas été affecté dans les étages supérieurs, climatisés, avec une vue féérique sur Paris, l'Arc de Triomphe, la tour Eiffel, les lumières de la ville ? Pourquoi ce régime punitif extrême, lui qui a été assigné à cette vie étouffante, confinée au sous-sol, à ne rencontrer personne, si ce n'est son chef et une poignée de rats ? Une larme coule sur sa joue. Il n'en peut plus de laver nuit après nuit ces parkings vides, ses mains sont délavées par les détergents, son dos usé, il n'en peut plus de tourner et retourner dans sa tête un passé qui le poursuit, cette faute terrible commise un soir de grand n'importe quoi. Comment en est-il arrivé là ?

Kevin pousse la lourde porte métallique d'accès au parking qui, comme chaque soir, claque lourdement dans son dos. La peinture au sol du niveau – 1 est toute neuve, elle a été refaite il y a un mois à peine. Ce sont des robots qui ont opéré. Il se souvient de ces étranges machines badigeonnant à la perfection toutes les surfaces, leur ballet mécanique, l'odeur enivrante qui a envahi alors ses poumons.

Le sol reluisant est pourtant déjà outragé. Il y a déjà des taches d'huile çà et là, des déchets, quelques mégots de cigarettes, alors qu'il est strictement interdit de fumer. Les employés du gratte-ciel le font à l'intérieur de leur véhicule, afin d'éviter caméras et détecteurs incendie.

Kevin commence à laver consciencieusement les places souillées quand il entend le sifflement de moteurs électriques. Une patrouille est de retour. Il tire alors le chariot à lui et va s'adosser derrière un pilier. De ce poste d'observation, il peut assister sans être vu à l'arrivée de la brigade d'intervention.

Trois SUV siglés Police-ACC arrivent à vive allure et se garent dans un crissement de pneus. Une dizaine d'agents en sortent avec un suspect menotté, un grand gaillard noir, plutôt bien vêtu, portant des lunettes de soleil en pleine nuit et une casquette de baseball vissée jusqu'aux oreilles.

L'agent d'entretien le reconnaît : c'est Keyser Söze, le rappeur du groupe Usual Suspects, accusé de harcèlement et agressions sexuelles par une dizaine de jeunes filles. Le chanteur, qui fait scandale depuis de longues semaines, s'est défendu dans les médias en expliquant qu'elles étaient parfaitement consentantes. Il a finalement été interpellé. Il va sans doute être interrogé et risque de finir dans une cellule de détention provisoire de la tour.

Kevin l'a croisé à plusieurs reprises, dans sa vie d'avant, lors d'improbables soirées champagne et cocaïne. Quand il était lui-même au sommet de sa gloire.

La patrouille se dirige vers les ascenseurs. Keyser Söze ne leur oppose aucune résistance et les accompagne sans broncher. Le silence revient dans le parking souterrain. Le spectacle aura été de courte durée. Kevin soupire. Il ressort de sa cache et reprend son activité, poussant péniblement son chariot dont la roue défectueuse se remet à grincer.

C'est l'heure de la courte pause de 2 heures du matin. L'agent d'entretien regagne le local de repos pour aller boire un café, manger une ou deux tranches d'un pain de mie rassis, qui a le mérite de caler son estomac pour le reste de la nuit. L'endroit exigu baigne dans l'aveuglante lumière du néon suspendu au plafond. Un petit transistor radio hérité d'un autre siècle est allumé. Un air entêtant s'en échappe : le même que celui que le chef de la sécurité sifflote chaque soir en éclatant de rire. Kevin connaît trop bien cette ritournelle. Il ne peut réprimer un sanglot et fond en larmes.

Le morceau s'appelait Hot Song, *il l'avait composé il y a dix ans. Mais après sa condamnation, la chanson est devenue instrumentale, rebaptisée bizarrement* Cold Song, *elle a continué d'être programmée dans les playlists, mais débarrassée de la voix de Kevin, ainsi que de ses droits, désormais acquis au gouvernement.*

Il pourrait éteindre le petit poste de radio ou le jeter contre le mur, mais non, il reste assis là, comme tétanisé, à écouter cette musique qui ne lui appartient plus. Il se rappelle ce temps d'une gloire éphémère oubliée, l'ivresse du succès, puis la dureté de la chute. DJ de renommée internationale, remixeur inspiré, réclamé par de grandes stars du hip-hop et du RnB, Kevin s'était lancé dans une carrière solo et avait placé quelques hits dans les charts européens, aux États-Unis et même en Corée du Sud et au Japon. Le monde s'ouvrait à lui. Jusqu'au moment où tout bascula.

Une nuit de dérive et d'ivresse, une de plus. Il s'était retrouvé dans une party *grandiose au sommet de la tour Montparnasse, organisée par sa maison de disques. Totalement défoncé, il s'était mis à insulter un chanteur gay à succès, qui venait de sortir un clip délirant, peuplé de drag-queens, le traitant de « pédale », « tafiole » et autres «* asshole *»...*

La séquence, interminable, insupportable, a été filmée en streaming par un convive sur TikTok et a fait cent millions de vues dans le monde entier.

Le lendemain après-midi, au réveil chez lui, dans son luxueux loft parisien, Kevin ne s'est souvenu de rien. Mais sur les réseaux sociaux et sur les chaînes d'info continue, c'était l'explosion. Le DJ star a découvert son visage hideux, les yeux emplis de haine, éructant face à sa victime, sous le regard effaré des convives. Les semaines suivantes ont tourné à la descente aux enfers. Kevin a eu beau jeu de s'excuser publiquement, de plaider le moment de faiblesse, sous l'emprise des stupéfiants, rien n'y a fait.

La justice s'est auto-saisie du dossier. Accusé d'incitation à l'homophobie, arrêté, jugé, il s'est vu condamné à vingt ans de bannissement, affublé du statut « d'intouchable », survivant dans une zone grise où sont relégués tous ceux que la société a, un jour, considérés comme immoraux, avec obligation de se réhabiliter et de « rendre » à la communauté. Effacé des réseaux, blacklisté, Kevin est devenu un paria dont toute l'œuvre a été réécrite, sans lui.

L'agent d'entretien finit par se lever, observant le vieux poste de radio avec circonspection : s'il l'éteint, ne va-t-il pas disparaître lui-même à jamais ?

Kevin reprend sa ronde nocturne, poussant son chariot dans la lumière blafarde des sous-sols de l'imposant Cancel Center Building. Une porte métallique se referme bruyamment derrière lui. La rythmique entêtante de Cold Song *semble résonner au loin en ces lieux de solitude et de béton.*

3.
Du féminisme de l'urgence au néo-féminisme de l'errance

Cela remonte à un demi-siècle, déjà. Mais si peu de temps au regard de l'histoire de l'humanité…

Le MLF, fondé en 1970, remet alors en question notre bonne vieille société patriarcale. Les femmes veulent pouvoir disposer de leur corps librement. La loi Veil du 17 janvier 1975 légalisera l'interruption volontaire de grossesse. Le Mouvement de libération des femmes lutte contre la misogynie généralisée et les inégalités salariales et sociales criantes que subissent les femmes en France. Le mouvement s'inspire du Women's Lib américain, né la décennie précédente dans une Amérique en lutte pour les droits civiques, pour réclamer une égalité des droits avec les hommes.

Mais les précédents, à la vérité, remontent à plus d'un siècle : à 1903, année de création au Royaume-Uni de la WSPU, la Women's Social and Political Union qui réclame le droit de vote pour les femmes. Les « suffragettes », qui multiplient les actions spectaculaires pour obtenir gain de cause, gagnent les cœurs de l'opinion publique britannique. Elles devront attendre la fin de la Grande Guerre, 1918, pour obtenir le droit de vote à partir de trente ans. Puis ce sera comme les hommes, à vingt et un ans, une décennie plus tard.

La France est à la traîne. Ce n'est que le 21 avril 1944, avec la signature par le général de Gaulle de l'ordonnance portant sur l'organisation des pouvoirs publics au sortir de la Libération, que les femmes peuvent enfin voter comme ces messieurs et se présenter à une élection.

Les mobilisations pour obtenir ce droit remontent à loin : « La femme a le droit de monter à l'échafaud ; elle doit avoir également celui de monter à la tribune », écrit Olympe de Gouges dans sa *Déclaration des droits de la femme et de la citoyenne*, en septembre 1791.

Le droit de vote acquis au sortir de la Seconde Guerre mondiale n'est qu'un verrou qui vient de sauter. Le plus difficile reste à faire : obtenir une égalité réelle, en droit mais aussi dans les esprits. Simone Veil, sous la présidence de Valéry Giscard d'Estaing, libère en partie les femmes françaises avec le droit à l'avortement.

Le féminisme est une nécessité voire une urgence. Mais le combat porté par Simone de Beauvoir, Françoise Giroud, Gisèle Halimi, Élisabeth Badinter, repris par Caroline Fourest, se retrouve-t-il aujourd'hui dans un néo-féminisme radical, pratiqué par des mouvements, associations, collectifs tels qu'Osez le Féminisme et #NousToutes et incarné dans les médias par Caroline de Haas, Alice Coffin, Fatima Benomar, Rokhaya Diallo ou la militante décoloniale Françoise Vergès ? Il est extrêmement difficile de définir ce néo-féminisme autrement qu'en désignant celles et ceux qui le pratiquent : il est différentialiste mais se revendique universaliste. Cette duplicité le rend difficile à attraper.

La quête de l'égalité réelle entre les femmes et les hommes – et pas seulement en termes de salaires – semble parfois se muer en un combat qui porte atteinte à la masculinité au prétexte d'abattre le patriarcat. Certains parlent d'une croisade contre les hommes.

*

* *

Du féminisme au néo-féminisme, nous voilà confrontés à la chronique d'un errement, avec des visions diamétralement opposées du combat à mener pour atteindre cette égalité attendue depuis des siècles, y compris au sein de sociétés qui se revendiquent évoluées. Nous sommes encore loin, très loin du compte en matière de lutte pour les droits des femmes. Avant d'en explorer les ressorts et les motivations profondes, j'ai tenu à confronter deux visions, deux pôles qui n'ont pas grand-chose en commun, et contribuent – quoi que l'on pense de chacune d'entre elles – à structurer le débat politique sur la question.

La séquence pourrait s'intituler: « Le féminisme selon Marine et Sandrine ». J'ai rencontré Sandrine Rousseau le 12 septembre 2023, en pleins préparatifs de la rentrée parlementaire, et Marine Le Pen le 2 octobre suivant, cinq jours avant l'attaque terroriste du Hamas contre Israël.

La députée écologiste de Paris et la présidente du groupe Rassemblement national à l'Assemblée nationale, par deux fois finaliste à l'élection présidentielle, incarnent deux lignes politiques qui se veulent diamétralement opposées. J'ai demandé à chacune, au préalable, comment elles avaient vécu en tant que femme à vingt ans et comment elles envisageaient la place de la femme dans la société.

*

* *

Marine Le Pen est attablée seule, dos à une fenêtre, à l'intérieur du restaurant *Mon Square*, rue Saint-Dominique, à cinq minutes du Palais-Bourbon. L'endroit est très fréquenté. Elle est arrivée en avance. Quand je m'installe face à elle, je remarque aussitôt qu'elle est encore bronzée de l'été, elle s'est beaucoup affinée, elle porte une robe à fleurs très colorée. L'analyste politique que je suis connaît l'importance démesurée prise par l'apparence physique dans le débat public. François Hollande avait perdu beaucoup de poids en 2011. Je ne peux donc évidemment m'empêcher de noter son apparence, adoucie, un visage plus apaisé. Ai-je tort d'y voir une stratégie ?

Pas de garde du corps avec elle, ils l'attendent quelque part à l'extérieur. À mon grand étonnement, notre entretien sera régulièrement interrompu par un défilé de personnes venant la saluer, comme cette homme visiblement ému et impressionné : « Bravo pour votre courage. » Ou encore cette dame : « Je vous ai interviewée il y a longtemps, je peux vous laisser ma carte ? » Nous avons, depuis un moment déjà, passé l'étape de la dédiabolisation… Marine Le Pen, toujours de bonne grâce, les remercie avec un large sourire et reprend son propos comme si de rien n'était :

« Alors, quand j'avais vingt ans, j'avais la conscience aiguë que les femmes pouvaient tout faire et arriver où elles voulaient. Je ne suis pas sûre d'avoir encore ce sentiment de nos jours. J'ai l'impression que nous vivons une régression : parce qu'aujourd'hui, on peut par exemple leur imposer le voile, parce que je ne me suis jamais pris une main au cul en me baladant dans une rue, alors que pour mes filles, mes nièces, c'est le quotidien. Elles se font siffler, interpeller, insulter, bousculer, harceler sexuellement… » Elle fait sans doute ici référence à ce qui est le cœur de son logiciel, ou du moins l'un de ses axes forts, à savoir les conséquences de l'immigration sur notre société. Pierre-Henri Tavoillot, interrogé plus tard, évoquera ce tabou que la gauche contourne par peur d'être traitée de racisme : « Il y a des populations immigrées qui viennent d'univers totalement patriarcaux et qui provoquent un choc de civilité, et donnent ainsi le sentiment d'une régression pour les jeunes filles par exemple qui pouvaient sortir le soir sans crainte il y a dix ou vingt ans et se font emmerder en bas de chez elles aujourd'hui. » Je ne sais pour ma part ce que représente ce phénomène dans l'ensemble des incivilités et violences commises sur les femmes. Je note simplement que la gauche n'a aucun mal à critiquer le patriarcat blanc, mais ne dénonce jamais un patriarcat encore plus pesant pour les femmes concernées, le patriarcat musulman. Par peur que l'on prenne ses critiques pour du racisme à l'égard des musulmans, cette gauche en vient à prendre le voile pour un signe de liberté des femmes, là où elle aurait combattu chez des catholiques l'imposition de contraintes visant à maintenir les femmes en situation d'infériorité et de dépendance vis-à-vis des hommes.

Marine Le Pen poursuit : « Pourquoi, dans les années 1980, nous sentions-nous plus libres ? Je n'avais pas le sentiment que les femmes n'avaient pas accès à l'université, je n'avais pas le sentiment qu'elles ne pouvaient pas faire de politique. De grandes dames s'exprimaient à l'époque, Simone Veil, Élisabeth Badinter, il n'y avait pourtant pas de parité, elles allaient sur des terrains difficiles, très masculins dans l'ensemble, mais le phénomène de féminisation était engagé. Les femmes sont naturellement devenues majoritaires dans certains secteurs : avocats, médecins… »

Mais si la parité n'avait pas été peu à peu imposée – par la gauche, mais aussi par la droite, je pense à la loi Copé-Zimmermann par exemple – aurions-nous accompli autant de progrès en si peu de temps ? « Oui, je le pense. On aurait même pu aller plus vite », s'anime la patronne du groupe RN à l'Assemblée. « Les femmes sont là ! Et personne ne se dit quand ils vous voient : "Ah celle-là, elle est politologue parce que c'est une femme, c'est un quota." Non, elle est politologue, car elle a les qualités pour l'être. C'est le produit d'un phénomène naturel : les femmes se sont mises à travailler, à s'imposer par leur mérite, à défendre leurs intérêts… Nous ne reviendrons pas en arrière. » Cette vision de l'ascension sociale des femmes et de leur sortie de la marginalité dans laquelle elles ont été longtemps cantonnées, me semble quelque peu optimiste. De très nombreuses études démontrent que si les femmes se sont imposées, cela n'a jamais été facile, et s'est souvent fait au prix de luttes acharnées. Les hommes ne leur ont pas cédé la place facilement. Et encore aujourd'hui, il existe de nombreuses difficultés spécifiques aux femmes dans le monde du travail, qui font par exemple que leur carrière décroche après une grossesse. Ces difficultés-là ne disparaîtront pas d'elles-mêmes, comme par magie. C'est la puissance publique, et elle seule, qui, à force de volontarisme, aidera les femmes à trouver leur place, à égalité avec les hommes dans tous les domaines.

Notre conversation est interrompue par un visiteur inattendu. Il se détache d'un groupe de messieurs en partance du restaurant et fait un détour pour aller saluer mon interlocutrice : « Je suis enchanté de vous rencontrer. » Ahmad Massoud est de passage à Paris pour la sortie de son livre *Notre liberté*, édité par Bouquins. Il est le fils du commandant Massoud, le Lion du Panchir, chef de guerre en Afghanistan face aux Soviétiques puis aux Talibans, assassiné par Al-Qaïda à l'avant-veille du 11 septembre 2001. Son fils a pris lui-même la tête du Front national de la résistance dans son pays. Ahmad Massoud sourit et s'efface.

Marine Le Pen enchaîne. Pour elle, l'offensive féministe actuelle, qui vise à culpabiliser le genre masculin, ne va pas l'emporter : « Il n'y a pas de fatalité, sinon je ne ferais pas de politique. Si je pensais que ce combat était perdu d'avance, j'irais planter des fraises, si possible dans un endroit préservé. Je reste persuadée que les humains sont en capacité d'agir et de dépasser ces phénomènes wokistes. Si nous échouons, en revanche… nous vivrons une société de défiance et de surveillance, entre Orwell et ce film d'action qui se passe dans un futur proche, vous savez, *Demolition Man*, où Stallone est sanctionné d'un crédit chaque fois qu'il dit un gros mot, parce qu'il est en infraction au code de moralité du langage… »

À quoi ressemblerait la vie dans vingt ans, si le néo-féminisme et les différentes luttes wokistes l'emportent ? « Tout le monde se surveillera, tout le monde dénoncera tout le monde, tout le monde sera coupable, par sa simple pensée et forcément pour quelque chose qui aura été commis dans sa journée. Ce sera une société de coupables. Vous ne serez pas seulement surveillé dans la rue et sur votre lieu de travail, mais aussi dans les endroits privés, par les téléphones. Ce sera la disparition totale de la liberté humaine, un véritable cauchemar. Nous n'en sommes pas si loin, d'ailleurs : il faut se souvenir de ce qui s'est passé pendant le Covid, quand les gens se dénonçaient les uns les autres. Tout est fait pour valoriser ces comportements de délation, quand on vous dit de dénoncer : "Ah ! Vous entendez ? Il y a quelqu'un qui tient un propos sexiste !" Cela devient horrible à la fin. »

J'ai rendez-vous avec Sandrine Rousseau à 8 h 30 du matin, à son bureau de l'Assemblée nationale, au 110, rue de l'Université. Même quartier, mais vingt jours plus tôt. La députée de Paris, pull et jean, descend m'accueillir en personne à l'accueil. Ma venue n'a pas été signalée au préalable et ses collaborateurs ne sont pas encore arrivés. Elle sourit à l'agent installé à l'accueil : « Vous pouvez la laisser passer, elle est avec moi. »

L'élue écologiste occupe un bureau étriqué, sans âme, comme il y en a tant à l'Assemblée. Je les ai bien connus, quand j'étais assistante parlementaire : aucun luxe, contrairement à ce que peuvent imaginer beaucoup de Français. Deux petits bureaux (dans lesquels certains députés dorment, grâce à une couchette que l'on peut déplier), un vestibule avec un cabinet de toilettes.

Sandrine Rousseau me propose un café, et se met à batailler longuement contre la machine à grains qui a décidé de lui résister. Puis nous nous installons face-à-face à son bureau, en partie occupé par une pile de livres. Un essai est en évidence : *Les Ingénieurs du chaos*, de Giuliano da Empoli, qui raconte les techniques de manipulation de l'opinion déployées par les *spin doctors*, à l'image de Steve Bannon, faiseur de la campagne de Donald Trump. Il faut connaître son ennemi.

La députée, détendue, concentrée, se rappelle : « Quand j'avais vingt ans, j'ai adhéré à un syndicat étudiant de la jeunesse écologiste qui s'appelait Chiche. Je me souviens également d'être allée dans des réunions de féministes à l'époque et d'en être ressortie assez horrifiée. C'était souvent des femmes plutôt âgées à mes yeux, qui avaient fait Mai-68, très instruites sur le sujet, mais elles avaient connu des désillusions. C'était comme une forme de ligue un peu dissoute, qui se réunissait tant bien que mal pour poursuivre la lutte. Nous étions en 1992, donc pas dans les meilleures années pour le féminisme. Il y avait ce truc de "On résiste tout de même, mais sans trop d'espoir"... J'avais vingt ans, et j'étais la seule jeune au milieu de ces féministes des années 1970, qui essayaient de tenir malgré tout. Elles étaient super malgré la désillusion, voire une certaine aigreur, une perte d'espoir chez certaines qui répétaient : "On a fait tout ça et voilà maintenant." Mais des femmes super qui avaient tous les combats en tête et dont les discours n'étaient pas très éloignés de ceux d'aujourd'hui. »

Cette désillusion, constatée par l'élue de Paris, est-elle toujours de mise ? Après tout, même si elle plébiscite l'égalité femmes-hommes, l'opinion publique est majoritairement opposée au wokisme sous toutes ses formes, et un courant très réactionnaire commence à se répandre.

Pour Sandrine Rousseau, nous nous trouvons à un moment de bascule. « On ne sait pas de quel côté cela va tomber, c'est tout l'enjeu du combat politique actuel. Mais oui, il y a une espèce de régénérescence de certaines idées qui est tout de même fascinante, il ne faut pas se voiler la face. On le voit avec Meloni en Italie, on le voit avec tous les mouvements d'extrême droite en Europe : les personnes homosexuelles, racisées sont immédiatement leur cible quand ils arrivent au pouvoir. Et nous, en France, on a ce truc un peu particulier où on a un juif à la tête d'un mouvement condamné lui-même pour antisémitisme, c'est dingue… Et on a une femme qui flirte avec les mouvements LGBTQIA+ et se qui revendique quand même d'extrême droite… enfin, elle ne le revendique pas mais ses racines y sont… » Mais à qui fait-elle allusion ? À Éric Zemmour puis Marine Le Pen.

Sandrine Rousseau, au sujet du leader du parti Reconquête, fait référence à son procès pour contestation de crime contre l'humanité, le polémiste ayant soutenu en 2019 que le maréchal Philippe Pétain avait « sauvé » des juifs français durant la Seconde Guerre mondiale. Au moment de mon échange avec la députée écologiste, la Cour de cassation vient d'ordonner un nouveau procès pour Éric Zemmour après sa relaxe en appel, qui avait fait l'objet d'un pourvoi du parquet général. Quant à Marine

Le Pen, la candidate du RN lors de la campagne de 2022, avait déclaré que « le mariage pour tous est et restera un acquis si je suis élue présidente de la République ». Avant de préciser à ce sujet lors d'un déplacement dans le Vaucluse : « Je ne retirerai aucun droit aux Français. » Une prise de position vécue comme une volte-face une décennie après le vote de la loi Taubira.

Les lignes sont-elles en train de bouger ? Pour Marine Le Pen, à la vérité, les revendications des minorités doivent être limitées. Pour elle, le choix de la société française qui était celui de *l'indifférence* – « Faites ce que vous voulez dans votre vie mais point de prosélytisme avec moi » – s'est transformé, au fil des années, en un choix de la *différence*, valorisé de façon « indécente » à ses yeux : « Vous n'avez pas un seul responsable politique qui ne se trouve pas une racine étrangère, parce qu'il est de bon ton de dire qu'on est petit-enfant d'immigré. Tout le monde s'en trouve une, tout le monde en fait étalage, c'est contraire à la décence commune. Cela vaut pour la sexualité : “Je tenais à vous dire que je suis homo”… franchement, quel intérêt ? Il est de bon ton d'étaler cela aujourd'hui, ça paraît normal alors que c'est juste délirant ! Avant, personne en France n'exposait son orientation ou sa vie sexuelle. On n'imaginait pas une femme venant déclamer sur un plateau de télé : “Bah, moi j'aime bien la sodomie” ! Ça ne se fait pas, c'est de l'ordre du privé, mieux encore, de l'intimité de la vie privée. Les textes du Code pénal le disent. Mais cette pratique est en vogue aujourd'hui : c'est tellement valorisant de se placer dans le camp des pseudo-victimes. Vous voyez bien que tout cela atteint nos élites. Or, Mao disait que "le poisson pourrit toujours par la tête". »

Je suis assise dans le bureau de Sandrine Rousseau à l'Assemblée nationale, face à la députée écologiste de Paris qui, par ses déclarations vécues comme autant de provocations, affole régulièrement le réseau X et les plateaux radios et télés. L'élue qui s'exprime devant moi m'apparaît pourtant mesurée, laissant transparaître une forme d'émotion quand elle évoque ses engagements. « Je me rappelle les années sida, il y avait un mouvement de fond sur les questions LGBTQ+, il y avait une impulsion très forte et ces revendications prenaient toute leur place. Les questions antiracistes étaient encore au second plan, très distantes des autres mouvements. J'ai le souvenir de m'être fait la réflexion dans mon syndicat, nous n'étions que des Blancs. Il n'y avait pas encore de convergence des luttes. Les choses sont peut-être en train de changer. Mais qu'est-ce que ce sera dans vingt ans ? J'aurai soixante-dix ans, j'espère qu'on aura gagné et qu'on sera dans une forme d'universalisme. Même si je crains que ce ne soit pas le cas… »

Je lui pose alors la même question que je soumettrai vingt jours plus tard, non loin de là, à Marine Le Pen : où en serons-nous, justement, dans vingt ans ? Sandrine Rousseau, sans surprise, dit redouter la montée de l'extrême droite en France : « C'est un sentiment très particulier, je sens presque une forme de dystopie là-dedans, la situation est bizarre. J'ai toujours été fascinée par le fait qu'Hitler, petit et brun, vantait les Aryens. Cela l'a aidé à monter car les gens ne croyaient pas, du coup, qu'il était vraiment dangereux. Donc oui, dans vingt ans, il est possible que ce soient eux qui aient gagné. Je n'en sais rien, mais dans ce cas-là, nous aurons alors une forme de société fasciste où il faudra se tenir dans les normes. Et comment les définir, ce sera la question centrale du débat politique. Mais je pense que même s'ils gagnent temporairement, ils ne gagneront pas sur le long terme. »

Marine Le Pen, attablée le mois suivant dans le restaurant *Mon Square*, évoque cette question des luttes contre des discriminations qu'elle juge synonymes de victimisation. Je lui fais observer que la disparition de la frontière entre vie privée et vie publique rejaillit désormais dans la sphère professionnelle. Sommes-nous promus ou sanctionnés pour notre appartenance à telle ou telle catégorie ? Mon employeur va-t-il m'écarter parce que je suis lesbienne ou non-genrée ? Sommes-nous exposés parce que trop transparents ?

Pour la leader du Rassemblement national, entre la lutte contre les discriminations et la victimisation générale, il n'y a qu'un pas que les wokes ont déjà franchi. « Si la société vous dit que vous êtes victime de discriminations, alors tout ce qui vous arrive de mal dans la vie sera vu au travers de ce prisme. Cela ne vous invite pas à vous remettre en cause à titre personnel. Vous êtes "victimes de". Cette tentation victimaire se développe depuis des années. Cette dame noire, qui ne s'avère pas être au niveau, dira qu'elle est rejetée "parce que que je suis noire". Cela touche même les mecs du FN ! Ils s'étaient tellement victimisés – ils avaient des raisons, militer au FN c'était difficile à une époque – qu'ils disaient "J'ai perdu mon boulot parce que je suis Front national". C'était peut-être vrai une fois sur cinquante, mais les quarante-neuf autres, c'était parce qu'ils n'étaient pas bons ou que la boîte était en difficulté… Donc si vous introduisez ça dans l'esprit humain, il s'en servira parce qu'il n'aime pas se remettre en cause. C'est pour cela que notre société moderne a rédigé une Constitution, édicté des règles de vie, de décence, un Code civil, un Code pénal, ces constructions sont là pour éviter aux femmes et aux hommes de tomber dans leurs pires travers. »

Marine Le Pen en est convaincue : notre société est menacée par une forme de déconstruction. « On veut détruire tout cet édifice aujourd'hui au motif que toute règle, toute autorité ne serait qu'oppression. Au final, je fais ce que je veux, je rends mon voisin malheureux et tout le monde finit par se sentir mal, dans la violence ressentie, dans la culpabilisation permanente, dans l'obligation de faire attention à ce qu'on dit au risque d'être dénoncé et montré du doigt. Les médias et la justice ont eu une responsabilité importante dans ce phénomène. On arrive avec des adolescents, fragiles par définition, qui ne savent plus où ils crèchent. Nous étions malheureux à notre époque parce que nos parents divorçaient. Deux ans plus tard, on s'en foutait complètement, tout rentrait dans l'ordre, la vie continuait. Aujourd'hui, on met dans le crâne des ados qu'ils sont mal dans leur peau parce qu'ils ne sont plus sûrs d'être dans le bon sexe, garçon ou fille. La société, plutôt que d'apaiser et fixer les limites, devient un accélérateur des abus et des excès. Ça promet un avenir tout sauf serein. C'est d'autant plus vrai que les gens vont finir par se radicaliser dans les deux sens : les victimes se retourneront contre ceux qui étaient censés les défendre. C'est ce qui se passe en Grande-Bretagne. Les musulmans ne sont plus d'accord avec les cours d'éducation sexuelle à quatre ou cinq ans, ou avec les trucs LGBT à tire-larigot, parce que cela va à l'encontre de leurs convictions. Du coup, ils se foutent sur la gueule à la sortie des écoles. Ça va mal finir pour tout le monde. Je ne sais pas comment résumer ça autrement. Je crois qu'il y aura tout de même un sursaut au final, les sociétés finissent par se rendre compte qu'elles doivent retrouver quelque chose de commun. »

*
*   *

Le féminisme fournit sans doute les principales forces de la nébuleuse idéologique et militante woke, ainsi que nous l'avons démontré dans le tout premier chapitre de cet essai. C'est en partie par la question de l'égalité femmes-hommes et des violences sexistes et sexuelles que les militants arrivent à d'autres combats contre les discriminations frappant d'autres groupes, le cas le plus emblématique étant sans doute celui de Sandrine Rousseau. Le sondage cité dans cet ouvrage montre que la cause féministe est de loin la mieux identifiée par l'opinion. Il me semble donc important de comprendre où les nouveaux militantismes féministes – souvent appelés néo-féministes par ceux qui les distinguent du féminisme des années 1960 et 1970 essentiellement – puisent leurs forces et quelles sont les réalités qu'ils espèrent changer. S'il est loin de s'y résumer, ce combat trouve l'essentiel de ses sources d'indignation dans les violences sexistes et sexuelles, ainsi que dans l'incapacité manifeste de la justice à y faire face et de la société tout entière à les prendre en compte.

Une piqûre de rappel s'impose. Avant d'évoquer les situations concrètes qui sont dénoncées par les militants et militantes comme Sandrine Rousseau et bien d'autres, examinons ce que quelques affaires emblématiques disent des évolutions du regard que notre société porte sur les violences sexistes et sexuelles depuis cinquante ans.

Première affaire qui dit beaucoup de la manière dont notre société a évolué depuis les années 1970, notamment dans sa perception du viol : celle qui concerne

Roman Polanski. Ce réalisateur célèbre fut accusé en 1977 d'avoir drogué puis violé Samantha Geimer, alors âgée de treize ans, en marge d'une séance de photographie chez l'acteur Jack Nicholson. Il effectua alors quarante-sept jours de prison avant d'être libéré sous caution. Il plaida coupable de détournement de mineure, puis se réfugia en France, pays dont il détient la nationalité et qui n'extrade pas ses ressortissants. Il vécut ensuite sous le coup d'un mandat d'arrêt lancé par la justice américaine, qui n'a cessé de le poursuivre malgré un accord financier en 1993 avec sa victime, qui renonça à ses poursuites. Sa carrière se poursuivit sans difficultés. Il vogua de succès en succès, présida le jury du Festival de Cannes en 1991, la Mostra de Venise en 1996… et fut finalement rattrapé par les réseaux féministes, alors mobilisés pour allonger le délai de prescription pour les viols en France, qui parvinrent à faire pression en prenant l'opinion publique à témoins, afin de l'empêcher de présider les César en 2017.

C'est sous la pression des réseaux féministes d'ailleurs que Jacqueline Sauvage, accusée de meurtre sur son mari qui l'avait violentée et avait abusé d'elle pendant des années, fut partiellement graciée par François Hollande après avoir été condamnée par deux jurys d'assises à dix ans de prison. L'affaire Sauvage aura marqué les esprits de nos concitoyens et nous a conduits à reconnaître le problème des violences conjugales. Les féministes réussirent à mobiliser l'opinion publique en faveur de cette femme dont les gestes ne pouvaient pas tomber sous la catégorie de la légitime défense si l'on s'en tenait à une lecture stricte du droit. Une partie de l'opinion accepta de les considérer comme tels.

L'affaire Bertrand Cantat en 2003 aura laissé sa trace, passant dans les médias en vingt ans de drame conjugal à féminicide. Qui était réellement le chanteur du groupe mythique Noir Désir, auteur des coups mortels qui ont provoqué la mort de sa compagne Marie Trintignant ? Ce fut un autre moment de débat et donc de prise de conscience de notre société, sur ce que sont les violences qui s'immiscent jusque dans l'intimité des familles et des couples. Ce drame survenu à Vilnius en Lituanie fut sans doute le cas de violence conjugale le plus médiatisé de France. Mais si l'avocate et militante féministe Gisèle Halimi s'exprima quatre jours après la mort de l'actrice dans *Le Monde*, en disant : « La violence conjugale tue. Marie Trintignant, par sa fin tragique, en devient un symbole », il ne fut véritablement traité comme un féminicide par la presse qu'après le début du mouvement #MeToo. Plus question, dès lors, de mettre le chanteur à la Une sans susciter la polémique, comme ce fut le cas des *Inrocks* en octobre 2013, soit seulement dix ans après le drame.

Comme souvent, les évolutions de notre société, de nos mentalités, précèdent celles de notre droit. Ainsi, certaines notions ont vu leur définition profondément modifiée au cours des dernières décennies, comme celle du consentement, ou encore celle du viol. Existant dans l'ancien droit avec une pluralité de dénominations et qualifications, passible en théorie de la peine de mort, le viol entre dans notre Code pénal en 1791, où il est puni de dix années de fer, voire douze si la victime a moins de quatorze ans. Reste que sa preuve et les condamnations demeurent difficiles à obtenir. Il faudra attendre presque deux siècles et la fin des années 1970 pour que les choses changent véritablement. Les féministes du MLF, connues pour leur combat pour la légalisation de l'avortement, ont également beaucoup contribué à faire bouger l'opinion publique et le droit en ce qui concerne le viol. Il faut mesurer qu'à cette époque, le viol est encore souvent perçu comme une initiation sexuelle, voire comme un simple acte d'amour et que les victimes sont très souvent traitées en coupables, accusées de n'avoir pas assez résisté, prouvant ainsi une forme de consentement aux assauts du violeur. Même si le Code pénal considérait le viol comme un crime, il n'était dans les faits jamais renvoyé en Cour d'assises et était très souvent requalifié en « attentat à la pudeur » !

Les campagnes du MLF, dénonçant la responsabilité d'une société patriarcale et rappelant que le viol n'a rien à voir avec la drague, bousculent la société et suscitent des oppositions virulentes : à gauche, où l'on crie au puritanisme dans une période de libération des mœurs, en accusant les féministes d'être manipulées par la bourgeoisie, ainsi qu'à droite en ressortant la vieille rengaine selon laquelle les femmes seraient incapables par essence de penser et d'agir par elles-mêmes. Au terme de débats aussi interminables que violents, une loi est finalement votée en 1980 : le viol est désormais qualifié d'agression sexuelle impliquant « tout acte de pénétration sexuelle, de quelque nature qu'il soit, commis sur la personne d'autrui par violence, contrainte ou surprise ». Il est puni de cinq à dix années de réclusion criminelle, une peine pouvant aller jusqu'à vingt ans si la victime est une personne vulnérable ou un(e) mineur(e) de moins de quinze ans. Le dispositif judiciaire a encore été renforcé depuis par la loi de 1992, qui pénalise le viol entre époux, ou la loi de 2018 qui modifie la définition du viol et allonge le délai de prescription des crimes sexuels sur mineurs à trente ans à compter de la majorité de la victime, puis enfin en 2021 où la qualification a été étendue aux actes bucco-génitaux et aux relations avec les mineurs de quinze ans, quel que soit l'éventuel consentement, présumé inexistant à l'égard des adultes dans ce cas précis.

Pouvez-vous imaginer qu'il n'y a pas si longtemps, une femme devait prouver qu'elle s'était débattue suffisamment longtemps afin d'apporter à la justice la preuve d'un viol ?

La question du consentement est au cœur des conflits relatifs aux atteintes sexuelles. On sait son importance quant à la qualification délictuelle ou non des faits reprochés. Et de ce point de vue, les débats font rage depuis des années. Le droit a considérablement évolué. Le livre *Le Consentement* de Vanessa Springora a mis la question sur le devant de la scène. En relatant l'emprise que l'écrivain Gabriel Matzneff avait pu avoir sur elle alors qu'elle n'avait que quatorze ans, l'auteure énonce une vérité qu'il faut bien qualifier d'abominable : celle de l'asymétrie de relations sexuelles qui ne peuvent donc plus être jugées comme consenties de la part d'une adolescente – et pire, d'une enfant – avec un adulte. L'emprise est ici génératrice d'un crime.

Matzneff allait sur les plateaux télés, il était un auteur respecté du milieu. Il a obtenu des prix alors même qu'il exposait ses turpitudes. Seule la féministe Denise Bombardier, Québécoise, avait osé dire sa réprobation absolue lors d'une émission de Bernard Pivot. L'on considérait pourtant que la littérature permettait tout. Le livre de Vanessa Springora est venu mettre un terme à ce qui avait été accepté des décennies durant. Matzneff a disparu des catalogues, effacé. Difficile de dire que ce n'est pas justifié, mais cela dit beaucoup de la relativité de l'approche des mœurs par une société qui, un jour, récuse absolument ce qu'elle a non seulement toléré mais même primé…

Les agissements ignobles d'un écrivain encouragé par la mère de la victime disent beaucoup de la société dans laquelle il a sévi et de la fiction du consentement qui lui permit d'agir. Cette conception-là du consentement a en réalité engendré beaucoup d'affaires d'atteintes sexuelles depuis cette époque. Comme l'écrit Geneviève Fraisse dans une réédition de son livre *Du consentement* en réaction au mouvement #MeToo, « la possession dit la vulnérabilité[1] » des femmes. On pourrait le dire de toute victime face à son prédateur…

J'ai eu à ce sujet des discussions avec des avocats et des juristes. Ils m'ont tous dit d'abord la difficulté judiciaire potentielle de prouver un défaut de consentement pour une personne majeure se disant victime d'abus sexuels. Dans la balance du contradictoire, c'est à l'accusateur de prouver les actes délictueux. Il n'appartient pas à l'accusé de prouver son innocence. Là-dessus, tous ces juristes sont d'accord : renverser la charge de la preuve reviendrait à enterrer notre état de droit. Nous ouvririons la voie à un renversement copernicien de notre civilisation. L'une des avocates interrogées pour cet ouvrage, la pénaliste Julia Minkowski, m'a expliqué que le défi n'était pas juridique mais pédagogique : pour sortir de l'impasse du « parole contre parole », il faut faire en sorte que les victimes sachent qu'il faut agir immédiatement, afin que les preuves ne soient pas effacées, par exemple… Bien sûr, la plupart des victimes rentrent chez elles seules, choquées, anéanties… Bien sûr, la tentation est alors de s'isoler du monde, de ne pas parler par honte, ou en espérant oublier, de faire couler la douche pour laver ce corps qui un moment ne nous a plus appartenu. Mais ce réflexe si humain peut effacer aussi les preuves qui seront nécessaires

1. Geneviève Fraisse, *Du consentement*, Le Seuil, 2007 [2017], Avant-propos, p. 11.

à la poursuite et au procès… C'est pourquoi il faudrait apprendre à immédiatement consulter un médecin, éventuellement faire des analyses pour apporter la preuve qu'il y a eu ingestion de drogue abolissant le discernement, etc. Inciter à s'ouvrir au plus vite à une personne de confiance de l'agression dont on a été victime et que le public sache quelles démarches mettre en œuvre pour accompagner une victime en détresse. Tout cela est évidemment plus facile à dire qu'à faire. Mais puisque la justice ne peut et ne pourra jamais condamner sans preuve, il est nécessaire d'explorer toutes les voies permettant de mieux protéger et rendre justice aux victimes.

Il faudrait par ailleurs, toujours selon Me Julia Minkowski, que la justice s'empare des moyens mis à disposition par le Code de procédure pénale, comme les écoutes, qui sont très rarement utilisées dans les affaires de viol et permettent pourtant dans de nombreux dossiers de confondre des auteurs. Ces mêmes juristes m'ont expliqué la centralité de cette notion de consentement dans notre quotidien. Il est par exemple une cause fondamentale de la validité des contrats. Le Code civil de 1804 posait ainsi cette règle cardinale et simple en matière de contrats qu'« il n'y a pas de consentement valable si le consentement n'a été donné que par erreur, ou s'il a été extorqué par violence ou surpris par dol » (art. 1109). La langue utilisée alors savait dire les choses avec une efficacité redoutable qui s'est perdue dans les méandres d'une écriture aussi complexe que moderne…

C'est que le consentement a tout à voir avec la liberté. Il n'y a pas de consentement à donner là où l'on n'est pas libre de dire « non ». Pour les femmes et les jeunes filles, c'est le cas encore dans de trop nombreuses sociétés : celles où le mariage est un échange entre familles hors de leur volonté (et de celle des garçons d'ailleurs), celles où – comme aux États-Unis ! – il est encore possible pour une enfant d'être mariée. Un reportage de l'émission *Interception*, de France Inter, relate ainsi que depuis vingt ans, 300 000 enfants ont été mariés aux États-Unis, principalement des jeunes filles, d'à peine dix ans parfois. Dans neuf États américains, le mariage n'a pas d'âge limite… En France, il ne peut être contracté avant l'âge de dix-huit ans révolus. La seule exception est que le procureur de la République peut accorder des dispenses pour motif grave. Le mariage n'est évidemment pas valide sans consentement. Et que peut d'ailleurs valoir le consentement d'un ou d'une jeune mineure ? Imaginerait-on être suffisamment mature pour pouvoir décider de lier son destin à celui d'un partenaire, mais être pour autant jugé trop immature pour s'exprimer en tant que citoyen à travers le vote ?

La question s'est posée à la suite d'affaires judiciaires concernant des relations sexuelles entre une jeune fille et un adulte. Devant la réaction de l'opinion publique, le Législateur est intervenu avec la loi du 21 avril 2021 qui institue que la question du consentement de l'enfant ne se pose plus en-dessous de l'âge de quinze ans pour les relations sexuelles entre un adulte et un mineur.

Violence, contrainte, menace, surprise… lorsque l'on parle d'un ou une mineur(e) de moins de quinze ans, tout cela n'est plus nécessaire. La seule existence d'une relation sexuelle est désormais passible d'une réclusion criminelle de vingt ans pour viol. En dessous de la barre de quinze ans, il ne saurait y avoir de liberté totale du sujet, et donc pas de consentement. Pour la protection des mineurs, celle-ci est restreinte aux amours dites adolescentes, avec un différentiel d'âge maximal de cinq ans… Cette « clause Roméo et Juliette » permet de faire en sorte qu'un mineur de dix-sept ans qui aurait une relation avec une personne de quatre ans sa cadette ne pourra être inquiété le jour de ses dix-huit ans révolus.

Pour les relations entre adultes, le consentement pose nécessairement plus de problèmes. La juriste Catherine Le Magueresse a fait une recension longue, historique et actuelle, pour montrer les évolutions de la relation du droit à la preuve du consentement[1]. Ainsi l'application du droit a longtemps considéré que les conditions dans lesquelles les femmes résistaient aux assauts des violeurs comptaient pour juger de leur consentement, et donc de l'existence d'un viol. S'étaient-elles assez débattues ? Ces approches qui favorisaient les violeurs sont fort heureusement de l'histoire ancienne. Mais cela ne signifie aucunement que la question du consentement soit réglée. Ce que Le Magueresse appelle « les pièges du consente-

1. Catherine Le Magueresse, « De la centralité du consentement », *Les Cahiers de la Justice*, vol. 4, n° 4, 2021, p. 613-623.

ment» nous incite à réfléchir sur le recueil de la preuve, sur les fragilités de chacun, et finalement sur la liberté et l'égalité au sein de la société. «Quand céder n'est pas consentir», a écrit l'anthropologue Nicole-Claude Mathieu en 1991, mettant en avant la question de la domination, de la soumission volontaire.

Le mouvement #MeToo aura joué un rôle moteur dans l'accélération de la prise en compte de la parole des victimes par la justice. Il a bousculé nos sociétés, qui se pensaient civilisées mais toléraient en réalité des comportements abjects. Le problème se situe dans la balance, celle que la justice tient entre ses mains. Il pose la question de la prise en compte de l'autre, de sa liberté, de l'égalité, de la possibilité de se tromper, d'être trompé. Nous entrons là dans le champ des volontés individuelles qu'il est parfois bien difficile à un juge de sonder.

*

* *

Notre société a donc profondément évolué, et le droit avec elle. Nous ne portons plus le même regard sur les violences touchant les femmes qu'il y a vingt ou quarante ans. En dépit de ces évolutions positives manifestes, les militants féministes dénoncent avec virulence l'inefficacité de la justice et la persistance d'un climat général trop tolérant à l'égard des auteurs de violences.

À ce titre, certaines affaires sont devenues aux yeux des féministes emblématiques de la complaisance de certains milieux, et en particulier celui du cinéma, à l'égard des auteurs de violences sexistes et sexuelles (VSS). C'est par exemple le cas des accusations formulées à l'encontre de Gérard Depardieu. En août 2018, l'actrice Charlotte Arnould porta plainte contre l'acteur pour viol et harcèlement sexuel survenu lorsqu'elle avait vingt-deux ans. Depardieu fut alors mis en examen. Cinq ans plus tard, Mediapart publia les témoignages de treize femmes accusant l'acteur d'agressions sexuelles survenues sur des tournages entre 2004 et 2022. Des journalistes vinrent peu après ajouter trois nouveaux témoignages. L'acteur conteste ces accusations – notamment à travers une lettre ouverte publiée le 1er octobre 2023 dans *Le Figaro* – et n'a à ce jour pas été jugé, encore moins condamné. Du point de vue des féministes, c'est la preuve d'une complaisance de l'opinion, et d'une inefficacité de la justice. Le journal satirique en ligne Le Gorafi résuma très bien leur point de vue, en publiant cette Une : « Selon une étude, il faudra atteindre 1 257 témoignages pour prendre au sérieux les accusations contre Gérard Depardieu. »

Est-il vrai que la justice française protège mal les femmes victimes de violences sexistes et sexuelles ?

D'un côté, l'actualité offre pléthore de témoignages donnant le sentiment que certaines violences ne sont pas poursuivies. De l'autre, certains exemples très médiatisés peuvent laisser croire que la chaîne pénale peut se montrer extrêmement sévère. Je pense par exemple aux affaires Laurent Bigorgne d'une part et Nicolas Bedos de l'autre. Le réalisateur connu pour ses prises de position extrêmement critiques sur le mouvement #MeToo est notamment renvoyé devant le tribunal correctionnel pour une plainte déposée par une jeune femme en juin 2023, l'accusant de l'avoir touchée sans son consentement au niveau de ses parties intimes à travers son jean lors d'une soirée en boîte de nuit. Par la voix de son avocate Julia Minkowski, le mis en cause a expliqué ne pas remettre en cause la parole de la plaignante mais ne pas avoir de souvenirs d'un geste « accidentel, sous l'effet de l'ébriété ». Outre la rapidité avec laquelle la justice s'est saisie de l'affaire, les conditions de sa longue garde à vue ont étonné de nombreux professionnels du droit. Il sera jugé pour « agression sexuelle en état d'ivresse manifeste », un délit passible de cinq ans d'emprisonnement et de 75 000 euros d'amende. D'un autre côté, le jugement obtenu par Laurent Bigorgne, autre « homme puissant » ayant été accusé d'avoir drogué à son insu une ex-collaboratrice lors d'un dîner chez lui : ce réputé proche d'Emmanuel Macron et directeur de l'Institut Montaigne a été condamné à douze mois de prison avec sursis et 2 000 euros d'amende en décembre 2022. Le tribunal correctionnel a considéré que Bigorgne avait mis de la MDMA dans le verre de son ex-belle-sœur à son insu, « afin de commettre à son égard un viol ou une agression sexuelle ». La peine prononcée est en-deçà des réquisitions du parquet, qui avait demandé dix-huit mois d'emprisonnement avec sursis et une obligation de soins.

Elle apparaît à l'observatrice que je suis insuffisamment sévère au regard des faits gravissimes qui sont reprochés à Laurent Bigorgne.

Justice trop laxiste, ou trop sévère ? Justice faible avec les forts et forte avec les faibles, ou inversement ? Difficile de se faire une opinion lorsque l'on n'est pas juriste ou avocat et que l'on n'a pas accès au dossier. Pour répondre à cette question, j'ai interrogé des féministes, comme Sandrine Rousseau et d'autres, des juristes et des avocates ayant défendu à la fois des femmes victimes et des hommes accusés de violences. Leurs témoignages convergent : non, la justice n'est pas à la hauteur d'un phénomène encore très répandu. Affaire à la fois de moyens et... de culture.

C'est évidemment la conviction de Sandrine Rousseau. La députée militante écologiste cite, pour appuyer sa démonstration, l'expertise psychiatrique imposée aux femmes déposant plainte pour viol ou violences sexuelles afin de déterminer leur crédibilité. L'association Osez le féminisme ! reproche à cette procédure le fait « qu'en droit français, l'examen de la crédibilité n'est ni obligatoire, ni prévu par la loi, l'agression sexuelle et le viol sont les seuls délits ou crimes pour lesquels des expertises de crédibilité sont demandés ». Aux yeux de cette association, la neutralité du psychiatre peut être questionnée car il peut « utiliser la culture du viol » ou servir « des théories qui euphémisent l'inceste ». L'association s'interroge sur son site Internet : « Que se passe-t-il lorsque parmi ces experts, censés être neutres et objectifs, certains sont en réalité antiféministes et misogynes ? » Sandrine Rousseau juge cette procédure d'expertise moyenâgeuse et scandaleuse. « Il faudrait faire une étude sur ces expertises, car il y en a vraiment beaucoup qui renvoient à l'hystérie des femmes. On juge que les femmes qui portent plainte sont obsédées par leur vagin et après, elles osent venir se plaindre ! De plus, les accusés ne sont pas systématiquement soumis à des expertises psy. C'est quelque chose que j'ai vécu personnellement quand j'ai déposé plainte contre Denis Baupin. Nous étions en tout quatorze victimes déclarées, on nous a proposé des expertises mais jamais à lui. » La députée fait référence à l'affaire Baupin, homme politique écologiste, qui fut adjoint de Bertrand Delanoë à la mairie de Paris de 2001 à 2012, puis député de Paris jusqu'en 2017. Il y eut en tout quatre dépôts de plaintes. L'enquête pour agression sexuelle fut classée sans suite pour prescription. Sandrine Rousseau conclut en m'expliquant qu'à ses yeux, il existe un traitement à charge de la justice contre les femmes victimes de violences avec des relents sexistes (mensonge, manipulation, simulation, etc.).

Interrogée, l'avocate Julia Minkowski nuance ces propos. D'abord, elle explique que les mis en cause sont systématiquement soumis à des expertises psychologique et psychiatrique, parfois même dès la garde à vue. Ensuite, les plaignants disposent de moyens juridiques, les mêmes que les personnes poursuivies, pour remettre en cause ces expertises si elles leur apparaissent contestables : demande de contre-expertise, requête en nullité. Enfin, elle précise que les expertises auxquelles sont soumises les plaignantes servent aussi à déterminer l'ampleur de leur préjudice. À ses yeux, comme dans toutes poursuites judiciaires, il n'est en rien anormal que l'accusation soit interrogée. C'est le travail du juge.

Le regard que portent les professionnels du droit sur la manière dont la justice fonctionne permet d'éclairer le sujet sous un angle différent, et de mettre ainsi en lumière certaines problématiques qui sont souvent ignorées du grand public. J'ai donc tenu à interroger des avocats et des magistrats, dont certains n'ont pas accepté de témoigner en «*on*», mais m'ont permis de mieux comprendre la complexité du problème auquel nous sommes confrontés en matière de violences sexistes et sexuelles. Parmi les témoignages que j'ai choisis de retenir, ceux de deux avocates.

D'une part, Marie Burguburu, du cabinet Burguburu Charvet Gardel & Associés (BCG&A), dont j'ai trouvé les prises de position très courageuses au moment de la vague #Balancetonporc. Elle expliqua notamment, dans une tribune publiée dans *Le Monde* suivant le suicide d'un chef japonais accusé de viol et d'agressions sexuelles : « Les balances ont gagné. [...] Dites-nous : combien de corps voulez-vous ? Vous qui vantez les dénonciations nominatives publiques avant tout procès, vous qui jetez aux oubliettes la justice, sous prétexte qu'elle serait défaillante, mais avant même de l'avoir saisie. Combien de morts voulez-vous et, juste derrière eux, ce sombre cortège de vies brisées, tous ceux que vous réduisez, dans le mépris indifférent, à de simples "dommages collatéraux", ces innocents devenus vos victimes ? Combien vous en faut-il ? » L'avocate a notamment défendu Éric Brion, l'ex-patron d'Equidia accusé de harcèlement par Sandra Muller, « l'initiatrice » du mouvement #Balancetonporc.

Pour elle, il existe une sorte de malentendu dans ce que la société attend de la justice, particulièrement en matière de violences sexistes et sexuelles. Car la justice pénale a pour but de sanctionner une infraction. Il s'agit d'abord de voir si une infraction a été commise, puis à qui elle est imputable, et dans quel contexte afin – si le prévenu ou l'accusé est coupable, et après un débat contradictoire devant un tribunal impartial – de déterminer la peine adéquate selon le principe de l'individualisation des peines. « Voilà, c'est cela l'objectif premier de la justice pénale, c'est dans cette perspective – là qu'elle a été pensée et c'est dans cette perspective – là que nos règles de droit existent, notamment le principe à valeur constitutionnelle de la présomption d'innocence. » Or, poursuit-elle, trop souvent on confond justice et thérapie. « Ceux qu'on désigne souvent prématurément comme les victimes, qui sont durant la procédure les plaignants ou les plaignantes, se trouvent aujourd'hui au centre du procès pénal, notamment aux yeux des médias et de la société et parfois, encore plus étonnamment, des juges aussi. Elles deviennent souvent le personnage principal du procès. Et par conséquent, ça ne peut pas fonctionner et même cela biaise le procès pénal, son essence ! Car en principe, même si c'est difficile à dire et faire comprendre, la partie civile est dans le procès pénal accessoire. À tel point d'ailleurs que quand on dépose plainte, si on ne veut pas persévérer, on ne retire pas sa plainte *stricto sensu*, la procédure peut suivre son cours car ce qui importe d'abord pour la justice, c'est l'infraction, pas la victime. En matière de violences conjugales, on en comprend bien le sens tant il est fréquent que les femmes reviennent sur leurs accusations, non sans, parfois, quelques pressions ou menaces subies. » Notre société attendrait donc de la justice des choses qu'elle n'est pas conçue pour faire, à savoir reconnaître la victime, l'accompagner… Ceci expliquerait en grande partie l'insatisfaction générale, le sentiment des victimes, souvent légitime, de ne pas être prises en compte. La pénaliste me fait remarquer que dans les pays anglo-saxons et d'autres pays européens, la victime a encore moins de place qu'elle n'en a ici. La justice française donne de plus en plus de place aux victimes, mais « il ne faut pas confondre justice et thérapie ». Ainsi, que faire des victimes lorsque les faits sont prescrits ? « C'est prescrit, c'est ainsi… les délais de prescription, qui sont longs, se justifient par des raisons objectives : la disparition du trouble à l'ordre public, le droit à l'oubli, le droit au pardon, évidemment aussi la détérioration des preuves… Ce n'est plus, alors, du ressort de la justice. » Pour autant, ne faudrait-il pas faire quelque chose pour ces victimes qui, parfois des décennies après les faits, ont le courage de les dénoncer, et cherchent à se reconstruire ? L'avocate pense qu'il serait utile de réfléchir à une institution, ou à des moyens de prendre en charge les victimes d'affaires prescrites, afin de les aider à vivre, à surpasser cette souffrance.

Est-il vrai que la justice est défaillante dans le cas des violences sexistes et sexuelles ? Julia Minkowski, avocate pénaliste, a notamment défendu Roman Polanski aux côtés de Me Hervé Temime, Pierre Pallardy (« ostéopathe des stars »), Jean-Luc Lahaye, mais défend aussi plusieurs étudiantes d'une grande école d'ingénieurs victimes de viol, des anonymes victimes de viols conjugaux ou de viols dans le milieu professionnel, la députée Sandrine Josso dans sa plainte contre le sénateur Joël Guerriau, et était l'avocate du journal *Le Parisien* dans la plainte en diffamation déposée par PPDA (dont il s'est désisté quelques semaines avant le procès)... Elle a donc fait l'expérience du fonctionnement de la justice des deux côtés, accusé comme victime. « Il est certain, répond-elle après un temps de réflexion, que pendant longtemps, les VSS étaient mal appréhendées par la justice. Il y avait des difficultés pour porter plainte, un certain nombre d'officiers de police judiciaire posent aujourd'hui encore des questions qui sont problématiques... Il y en a beaucoup qui n'ont pas conscience de la possibilité de l'agression et du viol dit "mondains", entre gens de bonne compagnie… “Mais vous l’avez fait entrer chez vous, vous étiez donc consentante non ?” Les mentalités doivent encore évoluer sur bien des points, c’est certain, notamment autour de la notion de contrainte. Finir par céder sous une très forte insistance dans un contexte d’amoindrissement de la capacité de résistance, par exemple liée à un excès d’alcool, est-ce finir par consentir ? Attention, il n’est pas question de considérer qu’une femme n’est pas en mesure, par essence, d’exprimer son refus ou de résister à une sollicitation même “lourde”. Il faut être vigilant à ne pas judiciariser le regret, selon la formule de ma consœur Marie Dosé. » Elle ajoute un élément fondamental : « La justice peut aussi prendre une décision injuste ! Je le vis au quotidien. La vérité judiciaire n’est jamais la Vérité, quoi qu’il arrive. Ce n’est pas une science, il y a des erreurs… Et une relaxe ne signifie pas forcément qu’une plaignante a menti, ni qu’un prévenu s’est bien comporté et n’a rien à se reprocher moralement. » L’acceptation de ces décisions est d’autant plus difficile pour les victimes, et pour la société dans son ensemble, que l’on tend de plus en plus à confondre le droit et la morale. « L’affaire Bayou, c’était cela : “On le cloue au pilori alors qu’il n’a rien fait de pénalement répréhensible.” On se place sur le terrain de la morale. »

Mais au-delà du problème lié aux mentalités qui n’évoluent pas suffisamment vite, ou des incompréhensions que l’on peut avoir vis-à-vis de ce que l’on peut raisonnablement attendre de la justice, l’avocate replace les défaillances de la justice en matière de violences sexuelles et sexistes dans un contexte plus large, celui d'une justice en crise profonde, manquant de moyens. « La justice est lente, mais pour tout. Nous avons un service public assez malade, qui manque cruellement de moyens. »

Marie Burguburu abonde, comme toutes les personnes que j'ai interrogées. Et la crise des moyens de la justice est amplifiée par le fait qu'« on prend désormais aussi les plaintes pour les faits manifestement prescrits – c'est-à-dire que malgré le fait que les affaires actuelles ne sont pas toutes traitées, l'on passe du temps sur des dossiers dont on sait pertinemment qu'ils ne donneront jamais lieu à des condamnations » !

Elle me fait remarquer au passage un élément dont je n'avais moi-même pas conscience – et qui en dit long sur les progrès que nous pourrions accomplir simplement en informant des citoyens de leurs droits ! –, à savoir qu'un policier n'a pas le droit de refuser une plainte. Pas plus qu'il n'a le droit de transformer une plainte en simple main courante, qui n'entraîne pas du tout les mêmes conséquences. De même, lorsqu'un citoyen dénonce des faits, la police n'a pas à lui demander de les qualifier, c'est à la justice de le faire. De manière plus générale, de son point de vue, « les policiers sont eux-mêmes débordés, si bien que le traitement des plaintes est totalement aléatoire et souvent surprenant. Certaines sont traitées avec célérité bien que portant sur des faits véniels et l'on se demande donc bien pourquoi, alors que d'autres sont sans raison apparente mises au placard et finissent en classement sans suite ». Au fond, entre les dysfonctionnements de la police et les insuffisances de la justice, pas étonnant que nos concitoyens aient le sentiment que faire appel à la justice revient à jouer à la roulette russe !

Revenons du côté des responsables politiques. Même question, et mêmes réponses. Pour Marine Le Pen, le problème des dysfonctionnements de la justice ne se pose pas qu'en matière de VSS, mais sur toutes les affaires qu'elle doit traiter. Pour la présidente des députés RN à l'Assemblée nationale, avocate de formation, « le dossier de plainte pour violences sexuelles et sexistes n'est pas classé sans suite parce que la justice ne veut pas condamner les harceleurs. S'il est classé sans suite dans 90 % des plaintes, c'est tout simplement parce que la justice est submergée. C'est tout. Et pourtant, les faits sont prouvés, l'auteur, identifié. J'ai dit qu'il fallait supprimer l'opportunité des poursuites, à la discrétion du parquet. Il faut faire en sorte que le procureur de la République n'ait plus l'opportunité de dire : “J'ai un fait dénoncé, des éléments, un auteur, mais bon, je décide, car je n'ai pas assez de temps ou que le tribunal est surchargé, que je ne poursuivrai pas.” C'est comme ça pour des milliers d'affaires ! » Combien arrivent au bout ? Très peu, assure Marine Le Pen, sans toutefois être en mesure de donner un chiffre précis. Tout simplement parce qu'il n'y a, en réalité, aucune réponse précise à cette question, aucun moyen de comptabiliser les affaires classées. Cela peut s'arrêter à de nombreux moments et pour de multiples causes. Difficile de savoir si cela est dû à l'encombrement de la justice ou toute autre raison. Aucune statistique officielle n'existe à ce jour.

Mais pour la double candidate à la présidentielle, il faut aller au bout : « C'est très compliqué dans les affaires sexuelles, car les victimes se rétractent. Cela pose une autre question : est-ce qu'on peut être victime consentante, ou est-ce que lorsque l'infraction est constituée, quel que soit le souhait de la victime, la justice doit poursuivre ? Et ça, c'est un choix à faire. Et moi, j'ai l'ai fait : oui, je le dis haut et fort, on doit poursuivre ! Dans les violences intra-familiales que j'ai eues à connaître en tant qu'avocate, il y a des dizaines de cas où la femme dépose une plainte, qu'elle retire ensuite, parce que l'homme est revenu avec un bouquet de fleurs en disant "Je suis désolé". Sauf que si le parquet avait dit "Je me moque de l'avis de la victime, en droit français, il n'y a pas de victime consentante, personne ne consent à se faire taper dessus", il aurait poursuivi, nécessairement. » Et Marine Le Pen de conclure : « On se plaint d'une justice inefficace, mais sans jamais s'attacher à traiter les causes du dysfonctionnement. On peut ainsi créer un sentiment d'injustice qui engendre une forme de radicalité de gens qui, du coup, tombent dans l'excès. Moi, ça ne me va pas. » Pour ma part, je ne parviens toujours pas à m'expliquer que la justice ait été si longtemps privée des moyens nécessaires pour fonctionner par la droite comme par la gauche de gouvernement. Et ce d'autant plus qu'au fond, l'impuissance de la justice me semble, *in fine*, profiter électoralement avant tout au Rassemblement national.

Pour Édouard Philippe, nous avons trop souvent tendance à oublier le fait que « la justice ne garantit pas que tous les coupables soient en prison. Elle peut simplement garantir le fait que si quelqu'un se plaint, il va y avoir une procédure équitable et une réponse ferme. Les gens qui imaginent que la loi doit permettre une société parfaite dans le sens où elle règlerait tous les problèmes, ils se trompent souvent ». Il poursuit en soulignant que rien ne garantit que dans une société « éveillée », où chacun des préceptes moraux et principes défendus par les wokes serait parfaitement appliqué, ne persisteraient pas pour autant des agissements tels que ceux d'un Harvey Weinstein.

Il fut Premier ministre notamment au moment où débuta le mouvement #MeToo, et à ce titre responsable jusqu'à l'été 2020 de la politique d'égalité entre les femmes et les hommes, incarnée par Marlène Schiappa. Au terme du premier quinquennat d'Emmanuel Macron, les associations féministes dressèrent un bilan sévère de la politique menée. Ainsi, la responsable du plaidoyer Droit des femmes d'Oxfam France, Sandra Lhote-Fernandes, déclarait[1] le bilan « insuffisant pour un président qui se déclarait "candidat féministe" en 2017 ». En termes de

1. Interview au HuffPost, propos recueillis par Lucie Hennequin, publiés le 8 mars 2022.

budget engagé, elle reconnaît que le président partait d'extrêmement loin, mais « quand on regarde l'ensemble des moyens labellisés "égalité femmes-hommes" de la France, c'est assez dérisoire : c'est 0,25 % du budget général en 2022 ». En matière de lutte contre les violences faites aux femmes, elle reconnaît également que quatre lois ont été votées, qu'un Grenelle contre les violences conjugales a été organisé, mais les mesures prises sont à ses yeux « souvent des demi-mesures et beaucoup de communication. Le nerf de la guerre étant l'argent, ce n'est pas suffisant ».

Tout serait donc affaire de budget ? Lorsque je l'interroge, Édouard Philippe se montre fidèle à sa réputation d'homme qui dit des vérités même quand elles ne sont pas faciles à entendre, et assume donc pleinement le fait que les progrès, dans ce domaine comme dans beaucoup d'autres, sont lents à se concrétiser. « J'entends que l'on n'aurait pas suffisamment consacré d'argent à cette cause. Certains disent même que l'on n'a rien fait. Mais ça n'est pas vrai, on fait ! La vérité, c'est que nous ne vivons pas dans le monde des idées (comme les intellectuels wokes), mais dans le monde de la réalité, avec ce qu'elle peut avoir de plus lent, et de plus glauque. » Il est donc possible pour un gouvernement de décréter que nous ne souhaitons plus tel ou tel comportement, mais des comportements installés depuis des décennies voire des siècles en l'occurrence ne disparaissent pas d'un coup de baguette magique. « Cela fait deux mille ans que toutes les institutions, religieuses ou non, essaient de proscrire l'inceste. A-t-il disparu ? Hélas non. » Derrière les violences faites aux femmes, il y a des réalités sociales, une éducation, un comportement de toute la société à changer, et c'est extrêmement long à accomplir.

« La vérité, conclut-il, c'est que pour venir à bout des violences faites aux femmes, cela va être long. Il ne faut pas se raconter d'histoire ; on peut protéger, traduire en justice, changer les lois, mais tout cela sera long. Personne ne veut entendre ça. Surtout pas ceux qui ne sont pas en situation de responsabilité : à quoi bon s'emmerder avec les contraintes ? Il faut que la société veuille bien se regarder en face, et ça c'est difficile. Au fond, nous sommes éveillés à ce que nous voulons bien voir. » *Quid*, par exemple, de la priorité que nous accordons aux violences faites aux enfants ? Selon une étude datant de 2018, un enfant meurt tous les cinq jours. En parle-t-on suffisamment ? J'y reviendrai.

Isabelle Rome fut ministre déléguée chargée de l'Égalité entre les femmes et les hommes, de la Diversité et de l'Égalité des chances entre l'été 2022 et l'été 2023. Cette magistrate connaît très bien tous les rouages de la justice, et fut visiblement appréciée dans ses fonctions puisqu'un collectif d'une quarantaine d'associations de défense des droits des femmes, ainsi que des réseaux et collectifs « engagés et féministes » appelèrent à son maintien au gouvernement, juste avant qu'elle n'en soit débarquée. Lorsque je l'interroge, l'ex-ministre s'apprête à prendre un nouveau poste. Elle a eu quelques mois pour prendre du recul sur l'action menée, sans doute aussi sur ses regrets. Est-elle déçue d'avoir été virée alors même que de nombreux acteurs et réseaux féministes ont salué son travail ? Au cours de nos échanges, elle n'en laissera rien transparaître. Combative, elle m'avoue d'emblée qu'elle considère que les progrès réalisés ces dernières années sont assez considérables. Évidemment, il reste beaucoup à faire : elle me citera pêle-mêle la formation, qui est à améliorer tant du côté des magistrats que des forces de l'ordre, mais aussi l'inscription du féminicide dans la loi, l'inscription de la notion de « contrôle coercitif », ou encore l'évolution de la définition juridique du viol.

Ce n'est nullement une féministe abattue que j'ai devant moi : cette femme qui s'est frottée au difficile exercice du pouvoir n'en est pas ressortie totalement désabusée. Femme de terrain, qui a présidé des assises, conseillé des ministres avant de le devenir elle-même, elle est persuadée que la loi peut changer la société, accélérer des changements sociétaux qui peinent à advenir. Elle ne croit pas, contrairement à ce que l'on entend très souvent – y compris chez mes interlocuteurs – que les dysfonctionnements actuels en matière de lutte contre les violences sexistes et sexuelles soient uniquement la conséquence d'un manque de moyens de la justice. Au contraire, ces derniers ont, selon elle, été considérablement améliorés ces derniers temps. Mais parfois, c'est notre culture qu'il faut faire évoluer.

Elle rejoint en cela Édouard Philippe : changer les mentalités, cela prend du temps, et ce n'est pas uniquement une question d'argent public. Pour elle, la loi peut y contribuer. Par exemple, elle m'explique l'intérêt de l'inscription dans la loi du contrôle coercitif: « C'est important, car il s'agit d'une série de comportements répétitifs, cumulatifs, que l'on retrouve presque à chaque fois dans les affaires de féminicides. J'ai présidé des assises et à l'époque, je n'avais pas les mots, mais je constatais toujours les mêmes scénarios. Il s'agit souvent de relations qui démarrent très vite, qui sont très passionnelles. Ensuite, il y a l'isolement de la victime – ça va assez vite – de la famille, des amis, même parfois l'isolement qui fait perdre un travail… »

Tout cela est fait de manière insidieuse: le conjoint violent ne va pas interdire quoi que ce soit, mais par exemple si la victime sort boire un verre avec des amis, il va se pointer au bar. Ou si elle appelle sa mère, il reste à côté pour écouter ce qu'elle dit. Ensuite, il y a l'étape de la dévalorisation, les humiliations, la dégradation, le harcèlement à coup de centaines de SMS par jour… Car tout cela va avec une jalousie excessive, maladive et agressive. Cela peut passer également par de la géolocalisation, ou encore des menaces… La magistrate ajoute: « Et il faut aussi y faire très attention! Si elles sont circonstanciées, du genre "Je vais te couper en petits morceaux", ce ne sont pas des paroles à prendre à la légère. J'ai vu une fois le cas d'un homme qui avait menacé sa femme de la faire cramer avec de l'essence, et il est passé à l'acte deux ans plus tard… » Selon elle, il y a aussi dans cette mécanique quelque chose qui est complètement désarçonnant, déstabilisant pour les victimes : « Au milieu de tout ça, de temps en temps, c'est "tu es l'amour de ma vie", ce sont des cadeaux… Si bien que la victime se dit "bon allez, on recommence", et c'est un cycle infernal. » C'est pour cela qu'il est si difficile de s'extraire d'une telle relation, et c'est aussi pour cette raison que pendant longtemps, quand on n'avait pas bien compris ces processus, on disait : « Elles ne savent pas ce qu'elles veulent, elles sont ambivalentes… » Isabelle Rome conclut : « Et là, je pense qu'aujourd'hui on sait à quoi on a affaire. Enfin je dis cela, et en même temps j'ai encore entendu un gendarme sur une chaîne d'infos en continu, je ne savais même pas comment c'était possible qu'il puisse encore parler ainsi celui-là ! Bon, mais normalement les policiers, les gendarmes et les magistrats qui sont en première ligne pour ces affaires savent que ces étapes font partie du processus de destruction, et que les victimes ne sont pas ambivalentes. Quand on se sent comme une serpillière, comme elles me l'ont souvent dit, c'est compliqué de partir et de voler de ses propres ailes. C'est aussi pour cette raison que j'avais lancé un nouveau dispositif, le pack nouveau départ, pour leur permettre d'avoir une aide matérielle pour pouvoir partir avant même qu'il puisse y avoir des violences ou une plainte. »

L'ex-ministre est convaincue que sur les sujets liés aux VSS, aux discriminations ou encore à l'égalité femmes-hommes, d'immenses progrès sont possibles, sans pour autant augmenter considérablement la dépense publique. Le milliard d'euros réclamé par tant d'associations, pour faire comme l'Espagne ? « Je suis sûre que si l'on met tous les dispositifs existants bout à bout, on l'a, notre milliard. Le sujet n'est pas là, il est plus complexe que ça, hélas. » Mais la volonté politique est-elle bien toujours présente ? Je lui fais part de mon scepticisme quant aux efforts réalisés pour cheminer vers l'égalité salariale entre hommes et femmes. Pourquoi ne révèle-t-on pas publiquement les noms des entreprises sanctionnées d'amendes, par exemple ? Pourquoi la gauche au pouvoir sous François Hollande n'a-t-elle pas conditionné une partie du CICE – ce crédit d'impôt massif accordé aux entreprises pour soutenir leur compétitivité – à l'accélération de la convergence des salaires entre hommes et femmes ? Isabelle Rome convient que sur le sujet, il reste beaucoup à faire.

*

*   *

Les conséquences de l'impasse : les dérives

Le précédent Harvey Weinstein, ce producteur tout-puissant à Hollywood qui profita pendant des décennies de sa position de pouvoir pour abuser de femmes d'une manière abjecte et en toute impunité, fournit aux militants féministes un point d'appui majeur pour développer le récit de leurs combats actuels. Les violences sexistes et sexuelles reposent, nous disent les activistes de la cause des femmes, sur des rapports de domination et procèdent d'enjeux de pouvoirs. Il existe des agresseurs, le plus souvent des hommes, dans toutes les sphères sociales et leur position de pouvoir leur permet d'opérer depuis des décennies en toute impunité. La seule manière d'en sortir n'est pas de saisir une justice depuis toujours sourde et aveugle, mais de révéler l'ampleur de leurs crimes au public afin de prendre l'opinion publique à témoin. Exactement comme ce fut le cas pour Weinstein, qui tomba suite à une enquête du *New Yorker*.

Ce récit d'une justice qui ne pourrait être rendue efficacement que sur les réseaux sociaux et dans les médias n'est pas dénué de fondements. C'est toute l'histoire du mouvement #MeToo, qui s'est émancipé du carcan de la procédure judiciaire faute d'y avoir trouvé l'écoute attendue par les victimes. Les cas d'agresseurs ayant été longtemps protégés par leur notoriété et leur position dominante dans l'échelle politique et sociale se multiplient depuis quelques années et même si peu d'entre eux ont été jugés à ce stade, il est manifeste que la justice a été – et reste encore – en dessous de tout en matière de protection des femmes contre toutes formes de violences.

Mais cette justice rendue dans les médias, ce torrent de paroles libérées de manière désordonnée, de témoignages publics sur les réseaux, ne peuvent-ils pas avoir des effets collatéraux négatifs ? L'exemple de Kevin Spacey tend à indiquer que si.

La star américaine, oscarisée pour ses rôles dans *Usual Suspects* et *American Beauty*, incarnation d'un président des États-Unis cynique et sans scrupule dans la série *House of Cards*, a vu sa carrière s'interrompre brutalement après les révélations d'accusations de quatre hommes pour des faits qui se seraient produits entre 2001 et 2013. Parmi les plaintes déposées, l'accusation la plus grave est celle d'un homme prétendant avoir été drogué puis violé pendant qu'il était endormi. Dès que les accusations furent rendues publiques, Netflix mit fin à sa collaboration avec l'acteur central de *House of Cards*. Il fit l'objet d'enquêtes des deux côtés de l'Atlantique, puisqu'une partie des faits reprochés s'étaient déroulés sur le territoire britannique. Les poursuites contre lui furent abandonnées aux États-Unis en 2019. Mais ce n'est qu'en 2023 que les procédures judiciaires arrivèrent à leur terme, lorsque les jurés britanniques le déclarèrent non coupable des neuf charges retenues contre lui. Soit plus de cinq années après les premières accusations qui surgirent en octobre 2017 dans la foulée du tsunami de l'affaire Weinstein. Cinq ans durant lesquels il lui fut impossible de travailler. Cinq ans durant lesquels il fut mis au ban de la société américaine et traité comme un criminel sexuel alors même que la justice ne l'avait pas encore jugé.

« Mon monde a explosé. J'ai perdu mon travail, ma réputation », a déclaré Spacey pendant son procès à

Londres. Son honneur sera-t-il un jour lavé ? Va-t-il pouvoir reprendre sa carrière au terme d'une « parenthèse » de plus de cinq années ? Il faut l'espérer, mais rien n'est moins sûr. Car depuis le début de la déferlante #MeToo, bien des choses ont changé, pour le meilleur mais aussi pour le pire. La parole des victimes s'est certes libérée, encore que ce ne soit pas le cas dans tous les milieux… Mais la justice tardant à prendre le relai des accusations désordonnées, c'est trop souvent au tribunal médiatique que sont instruits les procès. L'opinion publique a tôt fait de juger, sur la base du fameux principe selon lequel « il n'y a pas de fumée sans feu », et de condamner. Et ce d'autant plus que les journalistes invoquent la liberté d'information au mépris du secret de l'instruction. Notons au passage que les médias britanniques ont su respecter l'anonymat des plaignants, alors qu'en France, nous aurions eu à connaître les moindres détails de leur vie intime… Quiconque fut un jour poursuivi par la justice mesure pourtant combien le secret de l'instruction est important, protecteur et rend la réinsertion possible au terme d'une procédure.

Les néo-féministes nous opposeront qu'une carrière brisée est un dommage collatéral infiniment moins grave qu'une victime de viol condamnée au silence et à l'injustice. Ce sont néanmoins les mêmes qui, en d'autres circonstances, considèrent à juste titre et depuis toujours qu'il vaut mieux dix coupables en liberté qu'un innocent en prison (ou pire : condamné à mort)… Dans ce cas-là, ça n'est plus uniquement du côté de la gauche et de la droite dites « républicaines » ou « de gouvernement » que l'on retrouve une défense ferme de ce principe, mais aussi du côté de Marine Le Pen (au moins pour ce qui concerne les hommes, il n'est pas certain qu'il vaille pour les étrangers). Elle me déclarera quelques jours après le verdict rendu dans le procès Spacey : « Normalement dans une société civilisée, on considère qu'il vaut mieux dix coupables qui courent qu'un innocent en prison et dans les systèmes totalitaires on pense l'inverse. C'est une différence de culture. » Elle raisonne ici en avocate, et d'ailleurs les professionnelles interrogées ne disent pas autre chose.

Reste une certitude : non seulement le principe de présomption d'innocence ne semble plus être valable pour certains des boucs-émissaires favoris de nos sociétés – citons pêle-mêle : les immigrés, les « vieux mâles blancs », les riches ou les « stars » –, mais une partie des militantes néo-féministes revendiquent son abolition au prétexte que l'immense majorité des crimes sexistes et sexuels ne sont à ce jour toujours pas poursuivis et condamnés. C'est précisément ce que me dit Sandrine Rousseau lors de notre échange sur les dysfonctionnements de la justice : « Vous parlez de la présomption d'innocence, je l'entends. Mais on est dans une telle situation de déni de la justice sur ces violences, dans un tel niveau de non-traitement par l'institution judiciaire, qu'on ne peut pas la brandir. C'est un concept à la base de la justice, certes. Mais là, nous en sommes à 0,7 % de condamnations… ce n'est pas acceptable de dire qu'il y a 99,3 % des mecs qui ont violé et qui sont dans la nature. On ne peut pas brandir la présomption d'innocence pour faire taire les femmes. » Elle ajoute, en référence à l'affaire dite « Julien Bayou », où elle mit en cause publiquement l'ex-leader écologiste en relayant des accusations portées par certaines femmes à son encontre et qui ne donnèrent jamais lieu à une procédure judiciaire : « La présomption d'innocence, c'est un principe qui est utilisé pour masquer un tas de scandales, pour faire taire les femmes. Je l'ai eue à chaque fois que j'ai parlé. Je réponds qu'il faut aussi une présomption de sincérité de la parole des femmes ! Cela n'est jamais brandi dans le débat. Moi, je l'ai vécu de façon très trash avec l'affaire Bayou, ce truc-là… Il y avait six femmes qui parlaient et l'accusaient, pas une n'a pris la parole dans l'espace public. Elles n'ont pas eu voix au chapitre, on n'a pas voulu entendre leur parole, et ça pour moi, c'est incroyable. Intolérable. »

Interrogée sur ce sujet, Marie Burguburu exprime le sentiment inverse : loin de refuser d'entendre les femmes, la société « est passée de la libération de la parole, à l'injonction d'"être ou d'avoir à être crue sur parole". C'est le fameux et dangereux "Je vous crois !". Or, ce sont deux choses absolument différentes ». Julia Minkowski ajoute : « En matière de VSS, tout se passe comme si l'on partait du principe que les fausses accusations n'existent pas. Parfois, même les juges disent "Pourquoi mentirait-elle ?". Mais les gens peuvent avoir des milliers de raisons de mentir. Est-ce qu'il peut arriver que les femmes mentent ? Oui. Est-ce la majorité ? Évidemment non. Mais à partir du moment où c'est une possibilité, on est obligé de permettre à la défense d'interroger l'accusation, d'enquêter, de chercher des preuves… Les dénonciations calomnieuses arrivent, c'est d'ailleurs un délit puni par loi. La présomption d'innocence n'est pas un obstacle à la libération de la parole : la plaignante peut évidemment porter une accusation publiquement, tant qu'elle n'est pas fantaisiste bien sûr, car les abus sont sanctionnés par la diffamation. Mais la société – les médias, les réseaux sociaux, le public – ne peut pas s'emparer des accusations comme si elles constituaient des vérités propres à justifier des morts sociales, la "cancellation" de tout ce que l'accusé a produit, sans autre forme de procès. C'est ça la présomption d'innocence, ça n'a jamais empêché personne de porter plainte ni d'exprimer son ressenti ! La société comme la justice ne peuvent pas transiger avec la présomption d'innocence. Plus qu'un principe, c'est une valeur démocratique. Comme la prescription au demeurant. »

J'ai pour ma part le sentiment que Sandrine Rousseau tire, à partir d'une bonne question sur les défaillances encore cruelles de la justice, de mauvaises conclusions qui pourraient bien ne faire qu'aggraver la situation. Prétendre corriger une injustice par une autre n'a jamais été une solution durable et porteuse d'apaisement. Et de la même manière que l'effrayante succession des erreurs judiciaires a fini par avoir raison, dans de nombreux pays, de la peine de mort, un jour viendra peut-être où nous retrouverons collectivement la raison et serons de plus en plus nombreux à considérer qu'il est inacceptable de punir une femme ou un homme avant même qu'il ne soit jugé par la justice de son pays au terme d'un procès équitable.

Le principe de la présomption d'innocence symbolise hélas aujourd'hui pour toute une partie de notre jeunesse l'injustice criante d'un système qui ne sait toujours pas entendre les victimes d'agressions sexistes et sexuelles. Pour en retrouver le sens, tous et toutes gagneraient, avant de juger sur la base d'accusation relayées par la presse, à se demander : si j'étais la cible d'accusations fantaisistes, comment voudrais-je être jugé ? Où aimerais-je pouvoir me défendre ?

L'énergie colossale mobilisée au service d'une cause éminemment juste, à savoir la lutte contre les VSS, se perd à attaquer les principes fondamentaux de l'État de droit. Elle serait bien plus utile à se mobiliser pour une prise de conscience de la complexité des enjeux par la police comme par la justice et pour que les uns et les autres se voient accorder les moyens nécessaires pour accomplir leur difficile mission dans une société acculturée aux enjeux ici décrits. Gisèle Halimi écrit à ce propos qu'il ne faut pas cesser de combattre pour le maintien des acquis, ceux-ci « ne l'étant jamais définitivement ». Mais l'essentiel est dans le mouvement général que la lutte en question doit à ses yeux continuer de prôner : « Le féminisme aurait d'abord aujourd'hui, comme priorité, le changement des priorités. Et devrait convaincre qu'un autre partage des rôles, un autre environnement et surtout une autre démocratie sont l'espérance du futur[1]. »

*

* *

Comment se fait-il, me direz-vous, que j'aie pu donner le sentiment qu'en matière de féminisme, entre deux pôles opposés et radicaux, il faudrait choisir son camp ?

N'y a-t-il plus rien entre Sandrine Rousseau et Marine Le Pen ? Qui, aux yeux des Français, incarne le mieux la défense des femmes ? Et surtout : en quoi pourrait-on affirmer que Marine Le Pen défend les femmes ?

J'ai demandé aux Français, à travers un sondage réalisé par OpinionWay, qui défendait à leurs yeux le mieux les intérêts des femmes. Celle qui devance toutes les autres personnalités testées, et de loin, est… Marine Le Pen, à 30 %. Devant Emmanuel Macron, à 28 %. Édouard Philippe (23 %) arrive en cinquième position, derrière Gabriel Attal (25 %) et Élisabeth Borne (23 %). Sandrine Rousseau est quant à elle avant dernière du classement, à 13 %, juste derrière Jean-Luc Mélenchon (14 %) et devant Olivier Faure (12 %). Les leaders de

1. *La Cause des femmes*, *op. cit.*, p. XXXII.

gauche sont donc tous en queue de peloton, s'agissant de la défense des intérêts des femmes.

La personnalité défendant le mieux les intérêts des femmes

Q. Pour chacune de ces personnalités, dites-moi si elle défend bien ou mal les intérêts des femmes ?

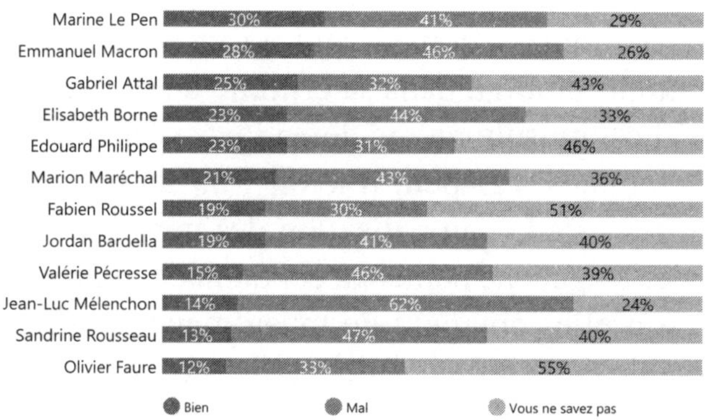

Pourquoi, donc, choisir Sandrine Rousseau pour incarner le pôle « de gauche » ? Parce que François Ruffin, Anne Hidalgo, Mathilde Panot et Olivier Faure arrivent derrière elle… Certes, Rousseau est devancée de peu par Jean-Luc Mélenchon et Ségolène Royal, lorsque celle-ci est testée. Mais pense-t-on vraiment que la retraitée du Poitou-Charentes a encore un avenir politique ? Quant au leader insoumis, le simple fait qu'il ait été incapable de dénoncer avec force ce que le Hamas a fait subir à tant de femmes israéliennes le 7 octobre devrait le disqualifier à jamais pour parler de protection des femmes.

Un mot d'ailleurs sur ces résultats, qui placent la gauche en queue de peloton quand il s'agit de défendre les femmes. L'une des hypothèses que je formule pour expliquer ces résultats tient au regard que portent la plupart des Français sur une religion, l'islam, et la manière dont elle traite les femmes, notamment en les enfermant derrière un voile. Il est possible que de nombreux Français considèrent qu'un bord politique pour le moins ambigu dans sa critique du patriarcat, dès lors qu'il est musulman, ne défend pas véritablement toutes les femmes. Par peur d'avoir l'air islamophobe, ou de participer à la stigmatisation des musulmans, les féministes de gauche peinent à condamner certaines pratiques lorsqu'elles émanent de musulmans. D'ailleurs, il est notable et signifiant qu'elles furent pour la plupart bien silencieuses pour dénoncer l'horreur des actes du Hamas à l'encontre des femmes israéliennes le 7 octobre 2023.

Alors, provocation que cette organisation d'un face-à-face dans ces pages entre deux offres politiques diamétralement opposées, voire irréconciliables ?

Nombre des *camarades* masculins de gauche de Sandrine Rousseau diront de la députée écologiste qu'elle « n'incarne rien ». Il me semble au contraire qu'elle porte avec force une certaine vision de la société. Tout comme Marine Le Pen, qui revendique une approche plus traditionnelle en réponse à ses propres indignations face à un système que la candidate du RN à la présidentielle juge contraire aux attentes des Français.

Que dire alors de la dynamique woke, que cet essai se fait fort de décrypter ? Je ne souscris pas nécessairement à cette vision, que je critiquerai plus loin, mais nier qu'elle existe et attire à elle des pans conséquents de notre jeunesse serait malhonnête. Plus encore, j'appartiens à une génération qui pensait l'égalité acquise, croyait naïvement ce combat dépassé et qui constate chaque jour que les vestiges d'une société patriarcale sont encore omniprésents. La gauche dite « de gouvernement », celle incarnée un temps par Lionel Jospin puis par François Hollande, peut-elle encore prétendre incarner la cause des femmes ? Mais peut-elle vraiment dire qu'elle a fait tout son possible, ne serait-ce que pour réduire les inégalités salariales ?

Aujourd'hui encore, parmi les salariés travaillant principalement dans le secteur privé en 2021, les femmes gagnent en moyenne 24,4 % de moins en revenu salarial et 15,5 % de moins en équivalent temps plein (EQTP) que les hommes. L'économiste Élie Cohen plaida, en pleine réforme des retraites, sur BFM-TV, le fait que l'égalité salariale coulerait l'économie française. Il semblerait qu'au sein des partis dits « de gouvernement », c'est-à-dire habitués à faire au pouvoir le contraire de ce qu'ils promettent en campagne, cette opinion soit si ce n'est publiquement assumée, du moins suffisamment répandue pour expliquer la timidité des mesures socialement favorables aux femmes prises depuis plus de dix ans.

La gauche de gouvernement a-t-elle tenté d'aller plus loin que la loi Copé-Zimmermann, votée par la droite ?

A-t-elle essayé de faire en sorte que les femmes placées « de force » au sommet des entreprises ne soient pas cantonnées systématiquement aux rôles jugés par leurs collègues masculins comme peu importants, à savoir la communication et la RSE ? Certes, la gauche au pouvoir a établi que les listes devaient être paritaires dans les conseils départementaux, les fédérations sportives ou les chambres de commerce. Mais qui sont les têtes de liste ? Ces messieurs, la plupart du temps, alors que les dames sont souvent cantonnées au social et à l'éducation. La gauche au gouvernement a voté le remboursement de l'IVG à 100 % et la gratuité de la pilule pour les jeunes filles de 15 à 18 ans, les gouvernements suivants sont allés encore plus loin. Combien de milliards ont été consacrés aux femmes, pour leur permettre de corriger les handicaps sociaux conséquents qu'elles cumulent depuis des décennies ? Sans doute infiniment moins que le « Crédit d'impôt compétitivité emploi », CICE, concédé sans condition aucune aux entreprises et qui coûta 6,6 milliards d'euros aux finances publiques en 2014, 12,5 l'année suivante, pour monter à 20,1 milliards en 2018 et jusqu'à 40 en 2019, du fait d'une transformation du dispositif ! La politique est une affaire de choix et de priorités. Si un gouvernement a pu mobiliser tant d'argent public en faveur de la création d'emplois, n'aurait-il pu aussi faire en sorte d'inciter les entreprises, en les sanctionnant si besoin, à établir l'égalité réelle entre les femmes et les hommes ? A-t-on au moins essayé de lutter contre le fléau sanitaire que sont les écrans, lorsque les enfants en bas âge sont livrés à eux-mêmes des heures entières pendant que leur mère travaille ? L'État devrait les accompagner, informer, prévenir… rien de tout cela n'est mis en place.

A-t-on œuvré à tenir compte des multiples facettes de ce que l'on appelle la « charge mentale », le fait de penser à tout, en même temps et tout le temps, vie professionnelle, enfants, tâches domestiques, un fléau sous-estimé par tous ceux qui n'y sont pas personnellement confrontés, moi la première ? La gauche de gouvernement a renoncé, reculé en fournissant des excuses pitoyables… Même si elle compte heureusement des femmes remarquables, comme Laurence Rossignol et bien d'autres, cette gauche-là a manqué aux femmes lorsqu'elle était au pouvoir. Il n'est donc pas étonnant qu'elles aillent chercher protection et soutien auprès d'autres offres politiques, perçues comme plus radicales ou plus neuves.

La justice, comme me l'a justement rappelé Marie Burguburu, n'est pas là pour aider quiconque à faire son deuil, ou à gérer sa souffrance. Elle n'est pas non plus là pour assouvir une soif de vengeance. Ce sont des évidences que nous oublions trop souvent. Bien que les personnes qui accusent publiquement, au moyen des réseaux sociaux, prétendent souvent le faire « parce que la justice ne fait pas son travail », il y a souvent dans leur démarche une quête plus ou moins assumée de vengeance. Il faut parfois revenir à l'histoire, et aux fondamentaux. La justice publique s'est construite contre la vengeance privée. Elle fait partie du processus de civilisation de toute société : on passe des règlements de compte entre individus, à un processus où chacun accepte de déléguer à un tiers, l'État de droit, le fait d'arbitrer les différends. De ce point de vue, le retour de la recherche de vengeance par tous moyens, et notamment en salissant la réputation des présumés coupables, pourrait marquer le début d'un processus de *décivilisation* – ce mot employé par Emmanuel Macron et qui fit tant polémique, sans que l'on sache pour autant ce qu'il entendait en l'employant.

Dystopie : Iel

Le soleil levant traverse les persiennes de la chambre de Camille. Il est 7 heures du matin. Une odeur de pain grillé et de café est en train de gagner toute la maison.

Iel pousse un soupir et finit par s'étirer dans son lit : qu'est-ce qui est préférable ? Rester couché·e et s'octroyer un surplus de sommeil ou rejoindre la cuisine et se régaler d'un bol de céréales vanille-chocolat ?

Va pour le petit déjeuner, dans la cuisine au rez-de-chaussée, préparé par son papa modèle, qui l'élève en mode non-binaire, dans la plus stricte neutralité.

Camille descend le rejoindre en caleçon/tee-shirt et le salue d'un signe de la main. Lui aussi s'est réveillé il y a peu, il porte encore sa robe de chambre rose fuchsia en soie légère.

Iel s'installe à table, son père ouvre la conversation d'une voix douce, non hostile :

— Tu as bien dormi ? Tu as encore veillé tard ? Tu étais avec ta communauté en ligne ?

— Non, père. Je me suis endormi·e sur mon docu Netflix consacré à l'histoire des LGBTQ+. L'épisode concernait les Queers et « en questionnement »... je n'ai pas tout compris.

— Ils ne l'enseignent pas au collège dans ton cours de civilisation non hétéronormative ou cisnormative ?

— Si, mais je ne saisis pas tout. Il y a tellement de catégories. Il faut toutes les retenir par cœur. Il y aura interro dessus la semaine prochaine.

— Je t'expliquerai, ne t'en fais pas. Pas question de te laisser embrouiller l'esprit par les réactionnaires. Il est important que tu connaisses l'étendue des luttes. Je te ferai réciter ta leçon sur l'intersectionnalité. Tant de gens malheureux ont cumulé toutes ces formes d'oppressions, j'en suis empli d'émotion rien que d'y penser...

Le père de Camille vient de tacher son vêtement de soie avec la tomate de ses œufs brouillés.

— Ah zut. Je vais faire une machine. Tu me donneras tes vêtements sales. Je te repriserai ton jean.

— Merci. C'est ce matin que nous allons faire des courses ?

Le visage de Camille s'illumine. Iel attend ce jour avec gourmandise. Son père sourit, tout en frottant le tissu maculé.

— Oui, et nous irons chez Jouets pour toustes, ils ont reçu ton cadeau, j'ai le mail. Au fait, tu as pensé à la liste de tes camarades pour ton goûter d'anniversaire samedi ? Vous serez nombreux·ses ?

— Pff, non, je n'ai pas envie qu'il y ait trop de monde. J'ai pensé à Dominique, Claude, Maxime, Noa, Charles-Julie. Pour les autres, je verrai.

Une heure plus tard, les voilà à bord d'un taxi volant Volocopter, survolant la ville, cap sur la zone commerciale. Camille apprécie ces moments suspendus où son regard se perd au loin. Iel ne se lasse pas de ce spectacle étonnant, voyant défiler les quartiers en contrebas. Les taxis, très nombreux, se croisent en un improbable ballet aérien, sorte de nuées d'insectes mécaniques, organisés par un puissant système GPS sécurisé, dont l'objet est évidemment d'éviter les collisions. Plusieurs accidents retentissants se sont produits, faisant toutefois bien moins de victimes que les vélos électriques au sol.

Le taxi finit par atterrir sur le toit d'un building commercial.

Jouets pour toustes se situe au vingtième étage. Père et iel se dirigent vers un hall vitré, gardé par des vigiles armés et empruntent un vaste ascenseur transparent qui les mène tout droit à l'entrée du magasin de loisirs. Le lieu, vaste, lumineux, attrayant, est peu fréquenté à cette heure de la journée. Des têtes de gondoles proposent les nouvelles consoles vidéo dédiés aux enfants entre un et trois ans, avec peu de boutons et des programmes intuitifs destinés à accélérer au plus tôt leur adaptation aux écrans. La loi dit qu'il faut acheter aux enfants des jouets éducatifs, conformes aux besoins scientifiquement mesurés à chaque âge de la vie.

Toustes deux arrivent au rayon « figurines ». Une jeune employée du magasin, couverte de tatouages jusqu'au sommet du crâne, les cheveux longs teints en rouge lâchés sur ses épaules, un débardeur moulant une poitrine généreuse, attend, immobile, derrière un pupitre. Iel la contemple bouche bée. La femme illustrée fait mine de l'ignorer. Le père s'adresse à elle :

— Bonjour, je viens récupérer un cadeau, voici le QR Code.

C'est une si belle surprise ! Pour l'anniversaire de son enfant, il a pensé au cadeau du moment, celui que tous les jeunes ados désirent par-dessus tout : la toute nouvelle poupée Barbu·e, mi-homme mi-femme, non genrée. Avec ses kits barbe, seins, appareils génitaux différenciés, robes et pantalons, sneakers neutres, etc.

Dans la pub en ligne, Barbu·e va au bureau, Barbu·e fait de la muscu, Barbu·e fait les courses et le ménage, Barbu·e tond la pelouse ou se maquille. La poupée porte tantôt sa belle barbe bien fournie en carré ou une abondante chevelure blonde qui lui tombe sur ses épaules larges. Barbu·e est un brin transformiste, Barbu·e en quelques secondes peut être homme ou femme, ou encore neutre. Vous pouvez l'équiper de seins et d'un appareil génital mâle.

Camille fait des bonds en s'emparant de l'immense boîte rose et bleue barrée du nom de la figurine qui bat tous les records de vente. La Barbu·eBox fait bien un mètre de longueur pour trente centimètres d'épaisseur et pèse son poids.

Camille retient une larme en serrant le trophée dans ses petits bras :

— Merci, père. Je suis tellement content·e !

L'employée illustrée sourit alors à l'ado en découvrant une dentition en or ornée d'étoiles. Iel réprime un frisson.

Conversation dans le taxi retour :

— Père, elle me faisait peur avec ses dents, ses tatouages et ses cheveux rouges. Tu crois qu'elle était lesbienne ?

— Je l'ignore, Camille, je l'ignore. Mais elle a droit à la différence. Elle peut afficher ses particularismes. C'est mieux ainsi...

Une bonne heure plus tard, de retour à la maison, iel regagne sa chambre, la box dans les bras. Elle pose le cadeau sur la moquette devant son lit et l'ouvre avec beaucoup de précaution. Pas question d'abîmer l'emballage !

Camille commence à sortir les pièces détachées de son Barbu·e, très intrigué·e par le contenu. Iel serre un sexe masculin dans sa main droite. L'objet, large et mou, un brin répugnant à son goût, est équipé d'un minuscule bouton : une simple pression et hop, le sexe se redresse de manière rectiligne et se raidit. Étrange... La notice internationale indique, page 12 : « Appareil génital destiné à la reproduction. Vous pouvez le remplir de gel (fourni) pour rendre l'action plus réaliste. » Et dans la main gauche de Camille, un clitoris. La page 13 précise : « Appareil génital réceptacle. » Un schéma explique comment emboîter l'un dans l'autre. Problème : Barbu·e ne peut en porter qu'un à la fois.

Père est installé dans son bureau devant un écran, absorbé par son travail.

Camille apparait dans l'encadrement de la porte, tenant la poupée par une jambe, la tête en bas, équipée de la chevelure et *de la barbe :*

— C'est un garçon ou une fille ?

Le père se tourne alors vers iel, le regard effrayé :

— Camille ! Mais qui t'a dit ça ? Qui t'a parlé de ça ?

La poupée Barbu·e, la tête à l'envers, le regard neutre, esquisse un sourire énigmatique.

4.
Mirage woke : les médias en font-ils trop ?

Ni marginale ni massive : voilà ce que nous pouvons dire de l'adhésion aux idées wokes dans notre société, avec les précautions de mise, à l'issue du sondage réalisé pour cet essai. Il est clair que le mouvement woke bouscule notre société, fait bouger les lignes de ce que la morale juge acceptable, engendre de nouvelles lois et l'apparition de nouvelles revendications. Ne peut-on pas, cependant, considérer que le traitement accordé par les médias à ce phénomène hautement polarisant est en partie biaisé, au point de contribuer à le discréditer ?

Lorsque le mot « wokisme » est jeté dans un débat, il est rarement question de discussion nuancée et de recherche de compromis. Pourquoi tant de passion, d'indignation, de colère ou de moqueries, et si peu de nuance et de raison ? De l'avis de plusieurs des personnes interrogées pour ce livre, opinion que je partage plutôt, nous sommes en train de vivre une période où nos névroses s'exposent à ciel ouvert. Elles se géraient autrefois dans l'intimité du cercle familial, avec un prêtre ou un psy. Aujourd'hui, grâce aux chaînes d'information en continu et aux réseaux sociaux, l'intime est projeté au premier rang du débat public. Chacun se positionne alors de manière d'autant plus émotionnelle qu'il le fait en fonction de parcours et de traumatismes personnels. Tout n'est par définition que subjectivité, là où le débat public devrait se fonder sur des éléments objectifs. Quand le débat public porte sur l'intime, sur nos traumas personnels, le dialogue est absolument impossible.

Ce carburant émotionnel est une formidable opportunité pour des médias qui souhaitent générer de l'audience, des clics et donc de l'argent. De l'aveu de certains journalistes ne souhaitant pas s'exprimer ouvertement ici, les thématiques liées de près ou de loin aux idées wokes sont devenues un marronnier, c'est-à-dire un sujet qui fait vendre du papier, et sont donc abondamment relayées. C'est le cas de journaux très à droite comme *Causeur* ou *Valeurs actuelles*, mais aussi de journaux plus *mainstream* comme *Le Point*, qui en parle assez souvent. Au-delà des raisons psychologiques qui expliquent l'extrême sensibilité du sujet, il est important de souligner que les phénomènes militants wokes sont hélas souvent caricaturés, déformés et tournés en dérision pour susciter l'indignation et être relayés *ad nauseam*, par des médias en quête d'audience. La question de leur responsabilité mérite donc d'être posée ici.

Un exemple parmi d'autres nous vient du Québec, où l'entreprise Hasbro a un jour annoncé qu'elle changeait le nom de sa marque « Mister Potato Head » pour « Potato Head ». Monsieur Patate, précisa l'entreprise, s'appellerait toujours ainsi, mais la marque commercialisant également Madame Patate serait désormais plus cohérente. Mal lui en a pris : l'*Associated Press* titra immédiatement, malgré les précisions apportées par Hasbro, « A mister no more: Mr. Potato Head goes gender neutral », et l'Agence France Presse : « Adieu "Monsieur Patate", la marque de jouets culte ne sera plus genrée. » Ni une ni deux : toute la droite et l'extrême droite hurlèrent au scandale. Et voici comment, par recherche de buzz et donc d'audience, les médias y compris les plus sérieux contribuent à caricaturer certaines idées ou certaines minorités – en l'occurrence, les porteurs de la théorie du genre, ou les personnes LGBTQ+ accusées de vouloir imposer leurs priorités. Certains médias sont allés jusqu'à insinuer qu'à cause de cette minorité, nous n'aurions bientôt plus le droit de dire les mots « monsieur » et « madame ». Or, il y a suffisamment de scandales aujourd'hui dans la pensée woke pour qu'il ne soit nullement besoin d'en inventer…

Alors oui, il est tentant de s'indigner lorsque *Causeur* nous apprend le 16 octobre 2023, soixante-dix ans après le *Casino Royale* de Ian Fleming, que le dernier roman de la série James Bond a transformé le mythique dandy macho en quasi-militant woke. Mais pour avoir lu ledit roman, je peux témoigner qu'il est moins outrageusement woke qu'horriblement mal écrit et insipide. En revanche, l'on aura sans doute raison de s'interroger lorsqu'il est question de réécrire l'intégralité de l'œuvre de Roald Dahl pour la conformer aux préceptes wokes, ou encore lorsque l'on décide d'ôter du titre d'un des romans les plus célèbres d'Agatha Christie le mot « nègre ». Les vrais scandales sont légion et il est parfois difficile de les distinguer des manipulations. Lorsqu'il s'agit d'analyser la nébuleuse woke et de mesurer ses conséquences sociétales, gardons-nous donc de céder à la facilité. Il y a suffisamment de vrais problèmes à soulever pour ne pas avoir besoin d'agiter des épouvantails à tout bout de champ.

Il n'est évidemment pas ici question de prétendre que les médias sont responsables de la propagation des idées wokes, ni qu'ils s'inscriraient majoritairement dans une démarche d'instrumentalisation mercantile, ni non plus qu'il serait aisé de traiter ce phénomène de manière adéquate et mesurée. Mais ils sont les garants de la qualité du débat public, au moins autant que ceux qui y participent, les politiques en tête. Simplifier les choses à l'extrême, lorsqu'on parle de concepts méconnus du grand public, peut avoir des conséquences regrettables.

Le débat autour des idées wokes nous conduit à nous interroger sur l'éthique journalistique et le fonctionnement du système médiatique. Première question et pas des moindres : qui, entre les wokes et les médias, instrumentalise qui ? Autre interrogation, majeure : est-il acceptable de voir les journalistes briser systématiquement le secret de l'instruction et aller ainsi à l'encontre des droits des accusés ?

*

* *

Souvent décriée, mise au pilori et raillée, Sandrine Rousseau a parfaitement compris le fonctionnement médiatique et a appris à le mettre au service de sa stratégie politique. Elle n'est pas dupe des stratégies utilisées pour la décrédibiliser. Elle dénonce un état d'esprit, une véritable culture qu'il faudrait combattre, et qui fait que l'on « fait des *standing ovations* à Roman Polanski, à Johnny Depp, à Luc Besson… alors que toutes leurs victimes ont quitté le cinéma ». Elle me fixe, l'air grave, et ajoute : « Je ne lâcherai pas. Les accusations de wokisme visent à ridiculiser des paroles qui sont les miennes ou celles d'autres militantes. Elles visent à nous faire lâcher, à faire en sorte que l'on rit de moi. Eh bien, riez les amis ! Mais je ne lâcherai pas. » La force de sa conviction est manifeste et au moment où elle prononce ses paroles, je ne peux m'empêcher d'admirer la ténacité de cette femme politique qui paye chaque jour de sa personne – menaces de mort multiples, etc. – pour défendre des idées auxquelles elle croit.

Le système médiatique, elle en connaît les travers, instrumentalisés par ses adversaires politiques. Elle ne s'interdit pas de l'utiliser elle aussi, et pense que les polémiques qu'elle sait habilement soulever permettent d'accélérer la prise de conscience de l'opinion publique sur les sujets qui lui tiennent à cœur. Elle déclare ainsi pour les déboulonnages de statues qui suscitent tant de polémiques : « Je porte sur ces actes un regard bienveillant. Je sais que ça va râler dans les chaumières… Mais notre espace public est marqué au sens premier du terme par des plaques de rues, des statues, par une histoire qu'on a choisi de mettre en exergue. Cette histoire-là, c'est souvent une histoire coloniale, une histoire de guerre, voire de traite négrière. C'est une histoire dominée par les hommes et pour moi, c'est un choix politique que l'on fait de mettre telle ou tel en exergue. Et je pense qu'on a le droit de contester ce choix, c'est pour ça que le mouvement de déboulonnage est légitime. »

De la même manière, lorsque j'évoque un autre sujet extrêmement clivant, elle revendique la nécessité de la polémique comme moyen de la prise de conscience, et donc de la propagation de ses idées dans la société. « Prenons *Blanche-Neige et les sept nains*, me dit-elle. Moi, je trouve qu'il est intéressant de voir ce dessin animé dans le jus de son époque. L'histoire est vraiment incroyable, mais c'est aussi intéressant de se demander ce que serait Blanche-Neige aujourd'hui : si l'on devait réécrire l'histoire et tenir compte des discriminations, de l'évolution de la société, comment est-ce qu'on ferait ? » De même pour les *Dix Petits Nègres* d'Agatha Christie : « C'est intéressant de les lire dans leur jus, mais c'est aussi intéressant de se demander comment on les écrirait aujourd'hui. Quand on retire le mot "Nègres" du titre, on n'efface pas l'œuvre d'Agatha Christie, mais on s'interroge sur l'évolution de la société à ce sujet. » Donc l'important ne serait-il pas davantage de contextualiser une œuvre, par exemple au moyen d'une analyse critique en introduction de l'œuvre, que de la censurer ou de la réécrire ? Pas vraiment, aux yeux de la militante écologiste et féministe : « Si on fait simplement une analyse critique, tout le monde s'en fout… Alors que si vous supprimez le mot "Nègres", ça fait immédiatement la Une des journaux, et donc la société s'interroge sur ce que devient ce mot. » Ainsi, le fait de susciter la polémique permettrait aux idées de cheminer plus rapidement. « Oui, ou en tout cas, on peut s'interroger. Moi, je n'ai jamais pris de position sur ça, mais si je me pose en analyste politique de cette affaire je me dis "Bon, le fait d'avoir posé la question du changement de ce mot pose une question bien plus fondamentale qui est la place du racisme, etc.". »

J'ai pour ma part de très sérieux doutes sur le fait que la polémique serve véritablement à faire progresser l'adhésion à certaines idées portées par les militants comme Sandrine Rousseau. J'ai plutôt tendance à fuir quand on me parle de la masculinité toxique du barbecue, lorsque la caricature est instrumentalisée par les politiques de quelque bord qu'ils soient pour véhiculer leurs idées. Il en va là de l'idée que l'on se fait de l'usage des moyens du politique. La fin peut-elle justifier tous les moyens ? Je crois que non, j'y reviendrai plus loin.

Médias et militants wokes : qui manipule qui ? Difficile à dire : les *talks* à succès sur les chaînes qui font de l'audience rebondissent à l'infini sur les controverses wokes, suscitant parfois colère et indignation. Tout est bon, tant que les courbes grimpent ! Les wokes en retour jouent sur cette viralité pour faire prospérer leur notoriété et leurs combats. Un deal gagnant-gagnant, un jackpot ! Mais la polémique jusqu'à la nausée sert-elle les causes jetées dans l'arène médiatique ? Pas sûr. Ce deal parfois nauséabond est conclu sur le dos du débat public. Seule certitude : le buzz accroît la polarisation. Il a pour effet de souder chaque communauté autour de ses figures de proues et les rend toujours plus imperméables aux arguments adverses.

*

* *

Reste la question du secret de l'instruction, sans cesse bafoué. Article 11 du Code de procédure pénale : « Sauf dans le cas où la loi en dispose autrement et sans préjudice des droits de la défense, la procédure au cours de l'enquête et de l'instruction est secrète. » Seul le procureur de la République est habilité, de manière très encadrée, à « rendre publics des éléments objectifs tirés de la procédure ne comportant aucune appréciation sur le bien-fondé des charges retenues contre les personnes mises en cause ».

Autant dire que la règle en question a depuis fort longtemps volé en éclats : les journalistes n'y sont tout simplement pas soumis. Ils peuvent certes être poursuivis pour recel de la violation du secret de l'enquête et de l'instruction dès lors qu'il est prouvé que l'informateur était dépositaire du secret. Mais un arrêt de la Cour de cassation de 1995, concernant *Le Canard enchaîné* qui avait publié six ans auparavant les avis d'imposition de Jacques Calvet, alors président de Peugeot-PSA confronté à un conflit social, est venu fermer le ban : selon la haute juridiction, une information, quelles qu'en soient la nature et l'origine, ne peut faire l'objet d'un recel. Les journalistes d'investigation, alimentés, nourris, disons-le, par les magistrats, les policiers-enquêteurs voire les avocats, mettent en avant le droit d'informer, qui est un des fondements de notre démocratie et s'assoient au passage sur un autre droit fondamental, la présomption d'innocence à travers le non-respect du secret de l'instruction.

Mais où est donc la limite ? Comme le souligne Marie Burguburu, « quand le secret de l'instruction est violé, le seul objectif est de porter atteinte à l'honneur et à la réputation de la personne mise en cause. Cela peut évidemment procéder d'un ras-le-bol parce que la justice est trop lente. Cela peut aussi procéder d'une frustration parce que l'on sait que les faits sont prescrits, et donc que la justice ne pourra pas condamner. Mais l'objectif derrière tout cela, c'est de porter un coup immédiat et irrémédiable à la réputation de la personne. Nous connaissons très bien les conséquences d'une accusation publique de cette nature (violences sexistes et sexuelles) : à partir du moment où il y a un doute, un soupçon, pour l'accusé c'est fini. Les conséquences, notamment professionnelles, sont dramatiques. Le principe de précaution appliqué dans ces cas-là est tel que la simple rumeur suffit à mettre quelqu'un à terre ». Julia Minkowski, qui a eu notamment à traiter d'affaires touchant des personnes très médiatiques comme Nicolas Bedos, abonde : « La libération de la parole est quelque chose de très bien, d'indispensable. Mais lorsque des informations sont publiées sur certaines enquêtes en cours, il y a aussi un côté militant, le *timing* de publication des articles est calculé pour faire un maximum de bruit, il y a une vraie volonté d'effacer (*cancel*) les accusés, de prononcer leur mort sociale. »

Je ne peux m'empêcher de m'étonner que les lois protégeant le secret de l'instruction ne soient jamais appliquées. L'on répondra qu'il en fut toujours ainsi en France. Le fait qu'une pratique soit ancienne n'en fait pas pour autant à mes yeux une pratique vertueuse ou même légitime. Les Britanniques font respecter de manière assez stricte le secret de l'instruction, et personne ne prétend pourtant que leur pays ne serait pas une vraie démocratie ou que les journalistes y seraient bâillonnés.

Il semblerait qu'à un moment donné, dans notre pays, nous ayons collectivement décidé que notre droit à être informés de tout, tout le temps, l'emportait sur le droit des citoyens mis en cause dans des procédures judiciaires à voir leur réputation publique préservée (au moins jusqu'à ce que la justice rende un jugement). Ne devrions-nous pas revenir sur cette mutation, pour ne pas dire dérive dans certaines situations ? Car le prix réputationnel que paient les personnes accusées de certains faits est infiniment plus lourd aujourd'hui qu'il ne l'était il y a vingt ans.

D'abord, parce que le regard porté par notre société sur certains crimes et délits a changé, et avec lui la sanction sociale que nous ajoutons à la sanction judiciaire. La société évolue sans cesse. Elle ne considérait pas le fait d'avoir des relations sexuelles avec des mineurs avec la même sévérité en 1970 qu'aujourd'hui, bien que ces relations fussent parfaitement illégales et condamnées. Elle jette désormais un regard de plus en plus impitoyable – peut-être encore insuffisamment – sur les violences sexistes et sexuelles à l'encontre des femmes. Ce que cela signifie, c'est qu'un homme accusé d'avoir frappé sa femme ou agressé sexuellement une ou un partenaire peut être aujourd'hui sanctionné socialement (en prime de la sanction judiciaire éventuelle), être considéré comme un paria dans son travail, dans sa vie sociale tout entière, là où il n'aurait guère provoqué d'indignation, et donc de sanction sociale de son entourage, il y a vingt ou trente ans. Dès lors, le coût réputationnel d'une erreur judiciaire, d'accusations portées à tort, est beaucoup plus lourd à assumer pour un accusé innocent. L'affaire Kevin Spacey exposée plus haut en est une illustration.

Or, dans le même temps, la mécanique médiatique a ceci d'impitoyable qu'elle ne permet en rien de corriger les erreurs, une fois que celles-ci sont écrites. Un internaute ayant un jour lu que tel responsable politique est accusé de viol, ou de violences, aura immédiatement jugé ledit politique comme un criminel, selon le fameux dicton « Il n'y a pas de fumée sans feu ». Et aucune décision de justice, qu'elle intervienne un mois ou trois ans plus tard, comme c'est plus fréquemment le cas, ne lui fera réviser son jugement. Aussitôt accusé, aussitôt condamné par l'opinion (surtout si vous êtes riche et puissant) : voilà la nouvelle règle du jeu médiatique à laquelle nous sommes tous confrontés.

Enfin, il conviendrait aussi de s'interroger sur le respect du secret de l'instruction parce que le web n'oublie rien. Une fausse information un jour écrite n'est pas seulement tenue pour vraie par ceux qui la lisent le jour où elle sort. Elle va perdurer un, deux, dix ans plus tard. Le droit à l'oubli n'existe pour ainsi dire jamais.

Alors que faire ?

Je n'ai pas la prétention d'être capable de trancher ce débat, mais je crois distinguer au moins deux manières de répondre aux nouveaux enjeux réputationnels nés des changements récents des frontières de ce qui est considéré comme acceptable et moral. La première fait appel à la responsabilité individuelle, et à l'éthique des journalistes. C'est à eux de soupeser, au moment de la publication d'une information, les gains et les coûts, y compris pour la réputation d'un accusé ou d'une victime.

Et de faire preuve d'une forme de modération face aux excès constatés ces derniers temps – l'exemple de Kevin Spacey est à ce titre un cas dont nous gagnerions à tirer tous les enseignements pour l'avenir.

La seconde manière d'aborder le sujet est celle évoquée par Marine Le Pen au cours de nos échanges. L'enjeu, selon la cheffe de file du Rassemblement national, est de reconstruire le rôle central de la justice. Pour cela, il faudrait, d'après elle, « mettre en place la présomption d'innocence qui passe par le secret de l'enquête et de l'instruction, le secret total ». Mais comment préserver le secret de l'instruction sans se voir opposer par la presse le secret des sources ? « Je ne demande pas qui a donné l'information à la presse, je dis que la diffuser est du recel de violation du secret de l'instruction. Il y a une enquête ouverte, un juge d'instruction est nommé, une ordonnance de renvoi devant le tribunal a été prise, et à partir de cette ordonnance de renvoi les affaires en France sont publiques. Avant ce moment-là, il est interdit d'évoquer la procédure. C'est ainsi que cela fonctionne en Grande-Bretagne. » Dénonçant l'idée que « les journalistes seraient une catégorie protégée qui aurait le droit de tout faire », elle estime prioritaire de rétablir le fonctionnement de la justice. « Notre construction juridique, intellectuelle et constitutionnelle est vraiment très aboutie, mais c'est un château de cartes, très fragile. Cela ne peut fonctionner que si l'intégralité des éléments sont à leur place et respectés par tous. À partir du moment où vous retirez un élément, tout l'édifice commence à être ébranlé et la justice y perd de sa puissance. »

La responsabilité, ou l'application stricte du droit. Peut-être existe-t-il une autre voie. Mais quoi qu'il en soit, j'ai la conviction que le *statu quo* dans ce domaine n'est plus souhaitable, ni possible. J'espère que le débat finira par avoir lieu, et que les journalistes s'en saisiront. Après tout, ils en sont les premiers concernés.

*

* *

Il ne serait possible de refermer ce chapitre portant sur le rôle des médias dans le combat woke sans s'interroger sur l'efficacité des méthodes qui furent employées pour « déboulonner » certaines figures extrêmement puissantes du monde médiatique et plus largement du monde culturel.

Harvey Weinstein serait-il tombé aux États-Unis sans la pression médiatique ? Les accusations portées à l'encontre de figures extrêmement puissantes, comme Patrick Poivre d'Arvor, auraient-elles réussi à les atteindre si elles n'avaient pris à témoin l'opinion publique ? Les conséquences de l'usage du tribunal médiatique sont nombreuses et potentiellement néfastes, j'y reviendrai plus loin. Je note au passage l'objection de Marie Burguburu à l'emploi de ce terme, car elle me semble pertinente :

« Moi, je n'aime pas l'emploi de ce terme, parce que précisément les médias sont tout sauf un tribunal. C'est une sentence, sans dialogue ni confrontation. Contrairement à ce qui se passe dans un tribunal, l'accusé ne peut pas parler, il est totalement inaudible. Et d'ailleurs les accusés de violences sexistes et sexuelles qui parlent, c'est souvent encore pire. Tout le monde, communicants et avocats, leur conseillent donc de se taire pour ne pas aggraver leur cas. Parce qu'ils ne seront de toute façon pas entendus. Or "on est esclave de ce que l'on dit, et libre de ce que l'on tait"… ».

Reste que malgré mon opposition philosophique à certaines méthodes employées pour dénoncer et ainsi contourner la justice, j'avoue ne pas avoir de réponse à la question suivante : eût-il été possible de faire autrement, dès lors qu'il s'agit de s'attaquer à des personnalités *a priori* intouchables ? D'un certain point de vue, Sandrine Rousseau a sans doute philosophiquement tort, mais médiatiquement raison. C'est triste à dire, mais vrai : le scandale répercuté par les réseaux, l'indignation ainsi suscitée dans une partie de l'opinion, s'avèrent être des armes infiniment plus puissantes que celles dont disposent les victimes qui ne font que se tourner vers la justice.

Dystopie : Blanche-Neige

Les chaînes d'info en continu ont installé leurs caméras dans la salle de presse du ministère de la Culture, rue de Valois à Paris, dans l'enceinte historique du Palais-Royal. Les journalistes, venus en nombre, échangent sur la dernière décision de bannir à jamais certaines œuvres classiques, pourtant dans l'atmosphère depuis plus d'un siècle pour certaines. La circulaire ministérielle fait polémique depuis plusieurs jours, le Premier ministre a tenté de justifier la décision du président lors d'une houleuse séance de questions au gouvernement à l'Assemblée nationale, puis s'en est expliqué dans la foulée lors d'une interview exclusive dans un 20 heures. Sans éteindre la controverse.

La conférence de presse doit débuter à 11 heures. Le ministre délégué auprès du ministre de la Culture, en charge de la liberté de création, fait son apparition d'un pas rapide et vient se placer debout, derrière son pupitre en plexiglas transparent. Il va débuter à l'heure.

Adrien Rivaud, la cinquantaine alerte, chemise blanche, costume-cravate impeccable, pur produit de l'INSP, l'Institut national du service public, est un ambitieux qui se rêve déjà à l'Élysée. L'ancien député de droite a accepté l'un des portefeuilles les plus sensibles et exposés, qualifié de « ministère de la Censure » par ses anciens amis désormais dans l'opposition.

Adrien Rivaud balaie la salle du regard, sourire aux lèvres, adresse un salut discret à certains journalistes. Puis il démarre :

— Bon, merci à vous d'être présents à cette conférence de presse, bilan d'une année d'action en faveur de la liberté de créer. Nous avons, comme vous le montre le livret qui vous a été distribué, investi cinquante millions d'euros en faveur des artistes qui s'engagent : art en ligne, vidéos, concerts, résidences, expositions, etc., grâce à l'engagement de toutes nos équipes, une centaine d'écrivains, plasticiens, musiciens, réalisateurs et j'en passe, ont pu mener à bien leurs projets et en faire profiter tous les publics. Vous le savez, il n'y a pas d'éducation sans culture. Là encore, notre action en faveur de l'ouverture à la culture dans les écoles, les collèges et lycées est un franc succès. L'engouement de nos jeunes est réel. Le retrait d'un certain nombre d'œuvres offensantes et dégradantes, couplé à la limitation drastique de l'utilisation des écrans, permet de faire progresser notre offre multiculturelle, tout en respectant les droits des minorités représentées.

Le ministre délégué marque une pause et contemple de nouveau l'assemblée de journalistes. Il va aborder le sujet que tous attendent :

— Un mot également sur la polémique Walt Disney. Je vous confirme l'interdiction totale de toute publication et diffusion de la première version de Blanche-Neige et les Sept Nains, *celle de 1937, sur tous les supports. Nous sommes en discussion avec les plateformes concernées. Vous le savez, cette première version d'animation qui date d'il y a près d'un siècle, avec ses représentations choquantes, trouble les jeunes esprits et propose une image de la relation femme/homme d'un autre âge. Non, l'héroïne n'a pas besoin d'un* prince *pour être sauvée. La femme moderne s'assume pleinement sans devoir dépendre d'une domination machiste et d'une organisation patriarcale pour s'épanouir pleinement. Non, les personnes à taille mesurée ne sont pas des* nains, *appellation dégradante qui porte atteinte au physique et instaure injustement une sous-catégorie d'individus au sein de la population française. Nos équipes sont en train d'étudier les versions ultérieures, dessins animés et films incarnés, du conte des frères Grimm, afin de voir si elles sont susceptibles d'être présentées aux publics sans porter atteinte aux minorités. Nous vous tiendrons bien évidemment informés de l'avancée de nos travaux. Il va sans dire que les concitoyens qui détiennent chez eux la version 1937 de* Blanche-Neige, *sur des supports antiques tels que les Blu-ray ou sur des disques durs personnels, sont priés de procéder à leur effacement ou leur destruction. Toute conservation de ces œuvres désormais classées DX, à savoir dégradantes et pornographiques, tombent*

sous le coup de la loi et sont passibles de poursuites. Des questions ?

Une forêt de bras se dresse instantanément sous le nez du secrétaire d'État :

— Jacques Rives, de Bibou Mag. *Vous ne trouvez pas cette croisade un peu... ridicule ? Des générations d'enfants se sont émerveillées pendant un siècle sur le film originel de Disney, sans que cela ne provoque de révolution. Pourquoi cette censure absurde ? Et n'est-ce pas l'arbre qui cache la forêt ?* Quid *des milliers d'autres œuvres, livres, films, musiques, toiles que vous passez à la trappe au prétexte qu'elles heurtent certaines minorités. Quelle est la limite ?*

Adrien Rivaud se penche en avant vers son interlocuteur et tente une diversion :

— Monsieur Rives, je reconnais bien là votre esprit de contradiction et je sais qu'il faut bien vendre votre magazine, soutenu au passage, faut-il le rappeler, par les aides gouvernementales. Mais je vais vous répondre : je ne sais pas si vous avez des enfants, mais voulez-vous les confronter dès leur plus jeune âge à des images choquantes, violentes, qui ostracisent la femme et sont susceptibles de troubler à terme leur orientation sexuelle ? Cette version 1937 de Blanche-Neige *est brutale. Elle a été tournée dans un monde au bord de la guerre totale, dans une Amérique de la ségrégation. Les nains sont une allégorie des populations noires traitées alors en race inférieure. Cette œuvre doit être bannie à jamais de l'espace public !*

C'est alors que son chef de cabinet s'approche et vient lui parler à l'oreille. Adrien Rivaud se raidit d'un coup et s'adresse aux journalistes, la mine grave :

— Mesdames et messieurs, vous m'en voyez désolé, je suis appelé à une urgence, je me vois obligé de vous quitter.

Brouhaha dans la salle : les alertes téléphoniques se mettent à tinter au moment où le ministre délégué s'éclipse précipitamment de la salle de conférence. L'information vient de tomber.

Adrien Rivaud a regagné son bureau. Son écran est allumé, ses collaborateurs restent immobile devant, médusés.

— Comment ont-ils osé ?

Les images tournent déjà sur les chaînes d'info : elles sonnent comme un affront, une déclaration de guerre.

L'attentat a été revendiqué, comme les précédents, par le FLNC, le Front de libération nationale de la culture. Son bras armé, insaisissable, qui s'est mystérieusement baptisé Twelve Monkeys, a tagué en pleine matinée, au vu de tous, une vaste fresque sur les murs au pied du pont de Iéna, devant la tour Eiffel. Malgré la surveillance renforcée, malgré le réseau de caméras de la ville de Paris. La police, qui a établi un périmètre de sécurité autour des lieux, tente d'éloigner une foule grossissante qui applaudit à tout rompre.

Les insaisissables Twelve Monkeys ont tagué une Blanche-Neige à la poitrine généreuse, en guêpière, porte-jarretelles et cuissardes, mais avec le même visage de douceur de celle du dessin animé de 1937. Elle est entourée de Prof, Grincheux, Simplet, Atchoum, Timide, Dormeur et Joyeux, qui la dévorent des yeux, le regard lubrique, la bave sur la commissure des lèvres. Avec ce titre, en lettres noires frémissantes : « Sept Salopards et une Vierge ». Et un sous-titre, rappelant les citations du 1984 *d'Orwell : « La Création, c'est la Censure. »*

Adrien Rivaud s'assoit alors derrière son vaste bureau ministériel de style Renaissance et se prend la tête dans les mains.

Au bout de cinq longues minutes, son chef de cabinet revient vers lui et lui glisse :

— L'Élysée au téléphone, Monsieur. Le président vous demande.

5.
L'université, temple du wokisme ?

Sciences Po Paris est-il le « patient zéro » de l'épidémie woke dans l'enseignement supérieur français ? Il fait beau, en ce lundi matin de septembre, lorsque je pénètre dans le bureau du directeur de Sciences Po pour évoquer le sujet avec lui. Le soleil tape déjà fort à travers la fenêtre donnant sur le jardin du 27, rue Saint-Guillaume. Un mois de plus qui restera comme « le plus chaud » dans les annales de la météo nationale… jusqu'à ce que de nouveaux records soient établis l'an prochain, sans doute. Au bout de quelques minutes de discussion, constatant que le soleil en question me tape en pleine figure, mon interlocuteur se lève pour abaisser le store. Puis se rassoit face à moi à la grande table de réunion occupant une partie de la pièce et sur laquelle j'ai posé mon téléphone pour enregistrer notre conversation.

Je connais bien ces lieux pour y avoir étudié il y a quinze ans, mais je n'étais jamais entrée dans ce bureau qu'avait occupé le mythique Richard Descoings jusqu'à sa disparition en 2012. À mon époque, l'on ne parlait pas encore de wokisme, mais les critiques pleuvaient déjà, de la part de nombreux responsables politiques et de médias, considérant Sciences Po comme une « fabrique à gauchistes ». Je n'ai pas eu, pour ma part, le sentiment d'y avoir été endoctrinée. Mon expérience personnelle m'a appris à me méfier des idées reçues et mauvais procès intentés contre une institution qui n'est certes pas exemplaire en tout, mais qui est depuis longtemps une cible.

Mathias Vicherat m'accueille en s'étonnant de ce que nous ne nous connaissions pas encore, alors même que nous avons tous deux travaillé pour des socialistes – Bertrand Delanoë et Anne Hidalgo pour lui à la mairie de Paris, les Premiers ministres Jean-Marc Ayrault et Manuel Valls pour moi à Matignon – à peu près au même moment.

Je le lance sur la définition même du wokisme, sachant que l'institution qu'il dirige est accusée d'en être un foyer : est-ce un concept pertinent ? Ou bien un épouvantail de plus, agité par certains courants politiques pour discréditer des militants anti-discriminations ?

« Tout d'abord, j'ai un problème avec le concept de wokisme qui est aussi une manière de chercher à délégitimer l'autre sans entrer dans le fond du débat. C'est une sorte de mot-valise qui recouvre le changement climatique, l'égalité, le genre, etc. » J'ai moi aussi le sentiment qu'il est régulièrement utilisé de la même manière que les mots populisme ou fascisme. Il est comme une étiquette permettant de disqualifier le contradicteur et d'évacuer tout vrai débat, voire toute étude universitaire qui mettrait en cause certaines thèses relatives à l'organisation de la société dans les domaines touchant les discriminations. Pour Mathias Vicherat, le wokisme n'est guère plus qu'une « auberge espagnole idéologique ». Malgré la fragilité du concept, il ne nie cependant pas qu'il y ait, dans l'université comme ailleurs dans la société, des « groupes minoritaires qui testent des demandes dont la forme s'approche de ce que l'on peut observer sur certains campus américains ».

Cette vague va-t-elle devenir invasive, majoritaire ? Le patron de Sciences Po relativise.

Il existe à ses yeux « une sorte de panique morale qui consisterait à se dire que tout ce qui vient des États-Unis finit par arriver en France. De plus, une partie de la classe politique et médiatique française se dit que s'il y a un patient 0, ce sera forcément Sciences Po. » Ces craintes lui paraissent largement infondées, même si la grande école compte une moitié d'étudiants étrangers. De plus, sa communauté étudiante, « plutôt animée », se place régulièrement à l'avant-garde sur un certain nombre de sujets de société. Pour autant, loin de lui l'idée de mettre la poussière sous le tapis : les démarches wokistes, pour minoritaires qu'elles soient, existent bel et bien et doivent être traitées sérieusement. Mathias Vicherat se veut attentif aux revendications des étudiants : « Il peut en effet y avoir des associations qui tentent de demander telle ou telle chose. Pour moi, c'est très sain, c'est ce qui fait partie du débat et je veux qu'il y ait du pluralisme. » Il me cite alors une étude portant sur près de 5 000 étudiants (sur plus de 12 000 inscrits dans l'un des trois cycles, bachelor, master et doctorat), de fait assez représentative des rapports de force idéologiques de son école, afin de démontrer que Sciences Po serait loin d'être majoritairement acquise aux idées et combats wokes. « 85 % se disent pour la laïcité. 87 % déclarent que le libre exercice d'idées contraires aux leurs est une valeur cardinale. À l'inverse, 53 % rejettent le terme "wokisme", perçu comme péjoratif. » Ceci dit, le terme qui recueille le plus de jugements positifs, devant « laïcité », est « #MeToo »… Notons que l'adhésion à ce terme est fortement polarisée en fonction du genre, puisque 33 % des étudiants le jugent positif, contre 54 % des étudiantes.

Dans cette étude[1], Martial Foucault et Anne Muxel montrent que ceux qui voient en Sciences Po un « bastion du gauchisme » n'ont pas tout à fait tort : ils relèvent que le niveau de politisation des étudiants de l'institution a fortement progressé entre 2002 et 2022 : 17 % se disaient alors fortement politisés, contre 54 % vingt ans plus tard. Politisés, et surtout de gauche : 57 % se situaient à gauche en 2002, 71 % en 2022 ! En outre, la part d'étudiants appartenant à la gauche radicale a augmenté de 13 points en vingt ans… Alors que 28 % se disent proches de LFI,

1. Martial Foucault et Anne Muxel, *Une jeunesse engagée*, Presses de Sciences Po, 2022.

21 % d'EELV et 12 % du PS, ils ne sont que 1 % à être proches du Rassemblement national. Par ailleurs, les étudiants vivent leur politisation sous des formes nouvelles, plus associatives que liées aux partis politiques traditionnels : 36 % adhèrent à une association de solidarité, soit trois fois plus qu'il y a vingt ans.

Mathias Vicherat souligne, pour conforter l'idée que Sciences Po n'est pas woke, que l'écriture inclusive a été interdite dans les documents officiels de l'école, mais pour une raison plus pratique qu'idéologique : « J'ai 50 % d'étudiants internationaux, et le point médian quand on apprend le français, c'est vraiment très compliqué. » Les réunions non mixtes sont également interdites par le règlement intérieur.

Pourtant, l'idée que Sciences Po serait un « temple woke » ne cesse de se propager depuis quelques temps. Et ce, notamment à la faveur de quelques polémiques abondamment relayées dans les médias. L'une d'elle a particulièrement enflammé les réseaux et les médias en décembre 2022 : selon *Le Parisien*, une professeure de tango de Sciences Po aurait été virée pour avoir refusé de remplacer les termes « homme et femme » par « leader et follower ». Certains étudiants, jugeant cette attitude sexiste, se seraient plaints à l'institution et auraient donc obtenu la tête de leur prof. L'info a rapidement été reprise par plusieurs journaux plutôt classés à droite comme *Le Point* ou *Le Figaro*.

Ainsi, nous pouvions lire ce récit détaillé dans *Le Figaro Étudiant* du 8 décembre 2022 : « La danseuse professionnelle n'avait pas souhaité modifier l'intitulé de son cours, comme l'exigeait Sciences Po. “La danse est un art. Dans tous les manuels, les termes ‘homme’ et ‘femme’ sont utilisés. C'est une discipline cadrée, justifie Valérie P. auprès du *Figaro Étudiant*. On m'a prévenue du changement de termes en septembre, sans me demander mon avis. Moi je ne veux pas utiliser ‘leader’ et ‘follower’. Sinon, c'est considérer qu'il y a une notion de soumission entre les deux rôles, ce qui n'est pas du tout le cas. Moi, je suis une femme, pas une followeuse. J'existe.” À plusieurs reprises, “Sciences Po lui a fait part de la nécessité de cesser ses propos à caractère discriminatoire, conformément à la loi et à notre charte de déontologie”, poursuit le communiqué de l'institution. Une version que confirme la principale intéressée. “Sciences Po m'a dit ‘Soit vous acceptez et on continue, soit vous refusez et on arrête’. C'est une dictature. On tombe dans le wokisme. J'ai donc pris la décision d'arrêter. Cela allait trop loin. Je suis désolée, mais une femme d'1 m 50 ne peut pas faire le porté de Patrick Swayze dans *Dirty Dancing*”, insiste la professeure de danse. »

Récit glaçant, contesté par le directeur de Sciences Po, pour qui cette affaire relèverait en fait de l'instrumentalisation : « Elle avait seize étudiantes et neuf étudiants et signifié qu'elle trouvait moche que deux femmes ou deux hommes dansent ensemble. La Fédération française de danse utilise d'ailleurs les termes leader/follower…

Et non seulement, contrairement à ses déclarations, elle n'a pas été virée, mais surtout il est absurde de dire que l'on ne peut plus utiliser les termes d'"homme" et de "femme" à Sciences Po. Par exemple, au moment de l'inscription dans notre école, il n'y a que deux cases, Monsieur ou Madame, quand certaines universités anglo-saxonnes proposent d'autres options. »

La polémique serait donc basée sur une interprétation des faits, ainsi déformés, ou même totalement faux ? Pour Mathias Vicherat, elle illustre avant tout le fait, selon lui, « qu'il y a dans une partie du corps social et politique, une sorte de fantasme sur le wokisme, la déconstruction et Sciences Po. Au début, j'avais traité ça par mépris en me disant, "C'est quoi cette histoire ?"… Et puis un jour ça arrive dans les médias, et les gens vous disent : "Ah bon, c'est vrai qu'à Sciences Po on peut plus utiliser le terme d'homme et femme ?" C'est n'importe quoi ! » Pour lui, la grande école de référence qu'il dirige serait victime « d'un prisme journalistique quasiment mercantile qui produit un effet loupe considérable » sur « certains phénomènes minoritaires qui ne représentent la pensée de l'immense majorité des étudiants, comme certains médias voudrait nous le faire croire ». Fermez le ban.

Je n'ai pas la compétence pour me prononcer sur ces faits. Comme observatrice, je constate juste une disjonction de deux récits, très signifiante sur le plan politique. Le contradictoire nous offre deux versions. Par-delà les dysfonctionnements d'un univers médiatique plus tenté par l'exploitation des émotions plutôt que de la raison, une dynamique semble se dessiner : la capacité des institutions et de ceux qui les dirigent, qu'il s'agisse d'écoles ou d'entreprises, à ne pas céder aux exigences et pressions multiples exercées par le militantisme woke. Comme si la société hésitait encore à limiter l'emprise de combats jugés justes sur le fond mais problématiques dans la forme. Le wokisme n'avance pas uniquement en convainquant de nouveaux adeptes. Il progresse surtout en se jouant de notre propre faiblesse et de notre manque de courage pour défendre les principes et valeurs de l'action qui sont les nôtres.

*

* *

Plusieurs choses majeures se jouent à travers le débat sur la place des idées wokes dans l'enseignement supérieur et il convient de ne pas se tromper de débat. Que des idées jugées radicales se propagent à l'université et dans la jeunesse française n'a rien d'inquiétant en soi. Cela n'a rien de nouveau. Le philosophe Pierre-Henri Tavoillot explique l'attrait des thèses wokes à l'université par le fait que la grille de lecture offerte par le wokisme est « formidable pour faire une thèse ou un mémoire ou un article, car on a les résultats avant même de faire la recherche. On voit se multiplier les mémoires de ce type-là, c'est une mécanique qui fonctionne toute seule, et les objections à cette grille de lecture sont immédiatement détournées ou renversées pour venir les confirmer. Dans un univers où il faut trouver des sujets de thèses et d'articles, il est fort pratique de passer tous les sujets à la moulinette woke, c'est pratique et le financement est assuré car les financements – notamment européens – sont très favorables à ce genre d'idées. Il suffit d'ajouter partout des mots comme “dégenrer” ou “décoloniser”, et voilà ! ». Les idées wokes se propagent ainsi avec une facilité déconcertante.

Mais bien plus que la prévalence de ces idées à l'université, le fond du problème est la manière dont l'expression des idées wokes impacte la capacité des étudiants et citoyens en devenir à affronter l'altérité, à tolérer les idées différentes quand bien même elles seraient blessantes ou offensantes. Dans ce débat, se joue aussi la place accordée à la parole scientifique dans l'enseignement.

C'est précisément ce second point que soulève Leonardo Orlando qui a enseigné à l'antenne de Sciences Po à Reims. Je l'ai interrogé à la veille de son départ pour l'Argentine, où il allait conseiller une candidate à la présidentielle, après avoir étudié puis enseigné en France pendant de longues années. Ce docteur en science politique et philosophie des sciences estime avoir été censuré par sa direction de Sciences Po Paris :

son cours aurait été déprogrammé parce qu'il reposait notamment sur la théorie de l'évolution de Charles Darwin, selon laquelle toutes les espèces vivantes évoluent en permanence pour survivre, se modifiant d'un point de vue morphologique et génétique.

Interrogé sur cette controverse Orlando, le directeur de Sciences Po Mathias Vicherat nie toute censure idéologique résultant d'une quelconque pression des militants wokes : « Son cours n'était pas au niveau, c'est tout. C'est sans doute désagréable à entendre mais partir sur un prétendu biais idéologique revient à tenter de masquer ses propres insuffisances. Et les sciences exactes telles que la biologie, la physique ou les mathématiques ont, contrairement à ce qu'il affirme, une place de plus en plus importante dans nos enseignements. Même chose en matière de recherche, où des ponts sont créés avec d'autres universités. C'est une des priorités de mon mandat. »

Leonardo Orlando m'indique, en préambule de notre échange, que la quantité – la prévalence de certaines idées, que j'ai tenté de mesurer à travers mes sondages – n'est pas le seul paramètre dont il convient de tenir compte : l'intensité compte également. « Certaines idées sont très peu présentes, mais l'intensité de l'engagement en fait un phénomène important. » Il juge de manière générale que l'université « forme mal les gens », et Sciences Po en particulier (dont je suis issue). « Je pense que les diplômes des écoles de sciences politiques ne devraient pas être reconnus pour intégrer la fonction publique, car ils nuisent à la démocratie. Tout simplement parce que l'on vous apprend tout un tas de théories qui sont juste fausses. Par exemple, si vous leur demandez pourquoi les petits garçons jouent plutôt à des jeux de guerre et les petites filles à des jeux de poupée, ils vont vous donner la même réponse – que nos constructions sociales nous poussent à ce partage genré des jeux. Or, chez les chimpanzés, les bonobos et autres, les femmes jouent avec des branches d'arbre, comme si c'étaient des poupées. Donc ce n'est pas une affaire uniquement de construction sociale imposée par l'humain… il y a une part d'héritage naturel. » Il renvoie à Henry Kissinger, pour qui « l'un des gros problèmes des leaderships de nos pays, c'est que l'université ne forme plus des citoyens, mais des militants. Sciences Po, c'est à mes yeux l'incarnation de tout cela. J'ai passé plus de six ans comme doctorant, puis j'ai été chercheur associé, j'ai enseigné plusieurs cours au collège universitaire de Sciences Po. Et comme responsable pédagogique, je voyais les choses "de l'autre côté du rideau", et je peux vous dire que c'était affreux… » Les réponses opposées par Mathias Vicherat sont citées plus haut.

Faute d'être capable d'enquêter afin d'arriver au fin mot de l'affaire, je relance Leonardo Orlando sur ce qui me paraît être le cœur du débat : à ses yeux, ce qu'il tentait d'enseigner gêne la vision du monde offerte par la théorie du genre ? Ce que je comprends, c'est que deux cents ans de recherches scientifiques en biologie évolutive, primatologie, archéologie, neurosciences et psychologie nous indiquent qu'un certain nombre de caractéristiques politiques et sociales découlent de la biologie et de l'évolution naturelle qui a été la nôtre depuis le début de l'humanité. Ces recherches indiquent par exemple qu'il existe des différences « naturelles » entre primates mâles et femelles, qui se traduisent dans leurs comportements et leurs préférences. Cela viendrait contredire la théorie du genre, chère aux wokes, selon laquelle le genre n'est qu'une construction sociale dont nous devons, et pouvons, nous détacher totalement. Par conséquent, il n'y aurait pas de déterminisme biologique.

« D'un côté, il y a la science, et de l'autre, la croyance, me répond-il. Les études de genre sont un système de croyance, au mieux religieux et au pire sectaire. Ce système n'admet pas le doute. En réalité, oui, il y a des éléments qui relèvent de l'acquis dans nos comportements, mais l'inné existe aussi. Le fait que nous aimions le sucre, la forme de nos poumons, certains réflexes que nous avons face à telle ou telle situation, tout cela est inné. Les jeux des garçons et des filles sont distincts pas uniquement à cause du patriarcat, mais aussi à cause d'éléments qui relèvent de l'héritage biologique. Or, à Sciences Po, on enseigne la sociologie du genre, mais aucun cours n'expose la réalité scientifique. » Il renvoie à l'éminent spécialiste de la théorie de l'évolution Jerry Coyne, qui a consacré une partie de sa vie à apporter des preuves scientifiques de l'évolution, pour déboulonner les théories créationnistes. Ce biologiste émérite s'est récemment montré extrêmement préoccupé par les positions de son propre camp politique, les progressistes, et appelle à mettre fin à l'instrumentalisation de la science au nom d'une idéologie, fût-elle vertueuse. Dans une interview à *L'Express*[1], Coyn déclare : « Mes principaux adversaires venant de la droite sont les créationnistes, les antivax et les climatosceptiques. Techniquement, plus de la moitié des Américains restent créationnistes. [...] Mais le créationnisme a pratiquement disparu des universités, et la Cour suprême américaine a interdit son enseignement dans les écoles publiques. Nous ne savons pas si cela risque de changer avec une Cour plus conservatrice. Mais, à l'heure actuelle, ce combat est gagné au niveau de l'éducation. Contrairement aux créationnistes, les mouvements climatosceptiques et antivax n'ont, eux, pas réussi à corrompre la science et les programmes scolaires. À l'inverse, les attaques contre la science venant de la gauche ont lieu à l'intérieur du système éducatif. C'est à mes yeux plus inquiétant, car ce qui est aujourd'hui enseigné – ou pas enseigné – dans les écoles aura une grande influence sur nos connaissances dans le futur. »

Il explique comment, à cause de la gauche woke, la biologie se trouve désormais au cœur de la polémique : « Le meurtre de George Floyd aux États-Unis a provoqué une grande mise au point raciale, incluant tout ce qui

1. Propos recueillis par Thomas Mahler et Laetitia Strauch-Bonart, 22 décembre 2022.

pouvait de près ou de loin être associé à du racisme. La science, et notamment la biologie, n'y ont pas échappé. On a commencé à accuser des figures comme Charles Darwin. Même Gregor Mendel, père fondateur de la génétique, s'est retrouvé sur la sellette, alors qu'il n'a jamais rien publié de raciste de sa vie. Aujourd'hui, le simple fait de s'intéresser aux différences génétiques entre populations est devenu un tabou. Les "races", telles que l'anthropologue Carleton Coon ou d'autres les avaient conçues, n'ont aucune validité scientifique. En revanche, les humains possèdent des différences génétiques, et ces différences contiennent des informations pour retracer le parcours de nos ancêtres autour du globe, en partant d'Afrique. » La biologie est donc attaquée au nom de l'idéologie woke : déni du sexe biologique ; promotion de « savoirs autochtones » mis au même niveau que la science, jugée « colonialiste » ; idéologie de la « page blanche » qui stipule que les humains sont uniquement le produit de leur environnement, et non de leurs gènes…

Coyne indique que la gauche woke américaine critique de grandes figures comme Charles Darwin, et refuse les enseignements de la psychologie évolutionnaire, discipline qui démontre que nos comportements peuvent être le fruit de la sélection naturelle. C'est précisément à ces controverses que fait référence Orlando, lorsqu'il accuse Sciences Po de privilégier l'enseignement de la théorie du genre à celui de certaines théories scientifiques.

Là encore, je ne suis pas journaliste d'investigation et laisserai donc à d'autres le soin d'établir la vérité sur le fond de cette polémique. Que la censure soit réelle ou fantasmée est une chose que je ne peux vérifier. Mais cet épisode permet surtout de révéler deux phénomènes très intéressants. D'abord, son retentissement, comme l'a souligné Mathias Vicherat plus haut, montre combien le fait de juxtaposer les termes « wokisme » et « Sciences Po » suffit à enflammer la toile et susciter l'intérêt du monde médiatique, sans qu'il n'y ait eu de réel contradictoire. Chacun se jette dans la bataille, armé de ses vérités, et vient y chercher la confirmation de ses idées préconçues. Ensuite, qu'elles soient fondées ou non, les craintes formulées par Leonardo Orlando d'un recul du dicible scientifique ne doivent en aucune manière être balayées d'un revers de main : il existe déjà, outre-Atlantique, un refus croissant dans l'enseignement supérieur d'évoquer certains faits issus de la recherche car considérés comme de simples « théories non avérées » par les militants wokes. La censure pratiquée là-bas pourrait-elle être importée ici ? Mais dans ce cas-là, *quid* de la liberté des chercheurs dans leur enseignement en dehors du nécessaire respect de la loi ? Qui pour trancher la validité de thèses dans des matières de sciences humaines et sociales forcément soumises à discussions, à critiques ? Il y a là un enjeu fondamental. Et ce n'est sans doute pas par l'acceptation d'un pouvoir de censure estudiantine que l'on doit résoudre les difficultés posées à des universitaires qui, en outre, sont confrontés aux difficultés de la grande précarisation des statuts et de l'obligation de publier toujours plus, de se démarquer tout en répondant à des cadres fixés par les chapelles susceptibles de les recruter.

*

* *

Jean-Michel Blanquer, lorsqu'il était ministre de l'Éducation d'Emmanuel Macron, fut l'une des figures de proue de la lutte contre un wokisme qu'il jugeait de plus en plus prégnant dans le monde universitaire et considéré comme un « nouvel obscurantisme ». Il le dit au micro de Sonia Mabrouk, le 25 octobre 2021, sur Europe 1 : « Il faut savoir regarder ce qui vient saper la démocratie et la République. Le wokisme fait clairement cela. »

Le sujet n'a rien de marginal à ses yeux et le rapport à l'histoire des militants wokes s'avère profondément problématique : « Il est délétère. Casser des statues, faire le procès de tous les personnages historiques [...] est une démarche dangereuse. Cela veut dire l'abolition du passé. Ce sont des choses que l'on voit dans George Orwell. Ce sont des choses qui préparent les marches vers le totalitarisme. »

Deux ans plus tard, attablée face à moi dans un restaurant proche de l'Assemblée nationale, Marine Le Pen abondera dans son sens, ajoutant : « Pouvez-vous me dire la différence entre le fait de censurer ou réécrire un livre comme le font les wokistes et le brûler ? »

Jean-Michel Blanquer, toujours : « Quand vous êtes un jeune étudiant à l'université et que vous voyez la liberté d'expression contrecarrée par une espèce de police de la pensée, cela vous rend tout simplement malheureux. »

Certains, notamment au sein du monde universitaire, ont postulé que la polémique aurait servi au ministre à détourner l'attention des problèmes considérables du secteur de l'enseignement dans notre pays et de la contestation importante dont il a fait l'objet notamment de la part du corps enseignant. Cette stratégie de diversion par une attaque sur un autre front politique est certes connue. Et les promesses, d'ailleurs, en matière de rapports et enquêtes sur le sujet, n'ont pas été tenues, apportant de l'eau au moulin de la suspicion en instrumentalisation strictement politique.

Mais le phénomène décrit par l'ancien ministre de l'Éducation n'est pas pour autant infondé : force est de constater que les études exhaustives et objectives permettant de quantifier ce que pèsent les idées de la nébuleuse woke dans le monde universitaire manquent cruellement. C'est l'une des raisons pour lesquelles le débat s'avère aussi complexe : les réalités qui s'affrontent sont purement subjectives. Aucun accord ne semble possible entre ceux qui perçoivent le wokisme comme largement répandu et ceux qui contestent l'idée-même que le wokisme existe. Or, quand deux parties ne parviennent pas à s'accorder sur les faits, il n'y a aucune chance qu'elles trouvent un terrain d'entente sur leur interprétation…

Il se trouve que le phénomène a été précisément examiné et documenté aux États-Unis par un certain nombre de chercheurs. Et les conséquences qu'ils pointent ont de quoi nous inquiéter. Deux d'entre eux ont signé en 2014 un essai au succès retentissant sur la question. Jonathan Haidt est un psychologue social et professeur d'éthique américain. Ses conférences TED (*Technology, Entertainment and Design*) ont cumulé des millions de spectateurs. Le magazine *Foreign Policy* l'a classé en 2012 dans sa liste des plus grands « penseurs globaux » de notre époque. Greg Lukianoff, quant à lui, est un journaliste et essayiste qui préside la FIRE, la *Foundation for Individual Rights and Expression*. Ses travaux portent en particulier sur la remise en cause de la liberté d'expression dans les universités américaines. Le titre de leur bestseller : *The Coddling of the American Mind: How Good Intentions and Bad Ideas Are Setting Up a Generation for Failure*. En quelque sorte : « Comment le dorlotement de l'esprit américain, entre les bonnes intentions et les mauvaises idées, affaiblit toute une génération ». En clair, les Américains, si puissants, si solides, basculeraient, le wokisme aidant, dans une forme de décadence moderne.

À l'origine de cet essai détonnant, un article initialement publié dans la revue *The Atlantic* défendait la thèse selon laquelle de nombreux parents, professeurs et administrateurs dans les universités américaines étaient en train, sans s'en rendre compte, d'apprendre à des générations d'étudiants à adopter les réflexes mentaux de personnes souffrant d'anxiété et de dépression. Les auteurs introduisirent dans le débat public l'idée selon laquelle des étudiants, de plus en plus nombreux, commençaient à réagir à des essais, des mots ou des conférenciers d'une manière totalement disproportionnée. Leur peur et leur colère seraient liées à une tendance à exagérer la menace que représentent les paroles ou encore ceux qui les prononcent. De tels raisonnements et schémas de pensée, selon Haidt et Lukianoff, porteraient directement atteinte à la santé mentale des étudiants et perturberaient leur développement intellectuel.

Face au succès recueilli par l'article, les deux auteurs approfondirent leurs recherches pour en faire un essai abouti. La thèse de leur livre est qu'un nombre croissant d'étudiants exigent d'être protégés contre certains discours jugés dangereux et offensants parce qu'on leur a enseigné un schéma de pensée exagérant la menace psychologique et physique représentée par certaines idées. Et plus les étudiants veulent se protéger de cette menace « imaginaire » ou exagérée, plus ils en deviennent « fragiles », anxieux et aisément bouleversés. Or, c'est le rôle-même de l'université que de les exposer, afin de les y préparer, à une diversité de situations et d'idées qu'ils pourraient ensuite avoir à affronter dans la « vie réelle ».

Haidt et Lukianoff révèlent que dans certaines écoles, « une culture d'auto-censure protectrice semble émerger, en partie en réponse à certains étudiants prompts à dénoncer ou humilier publiquement ceux dont les attitudes et les mots pouvaient être jugés “insensibles” ou “offensants” […]. Nous avons appelé ce phénomène *vindictive protectiveness* (protection agressive) et considérons qu’il rend de plus en plus difficile, pour les étudiants, le fait d’avoir des discussions ouvertes dans lesquelles ils pourraient s’exercer à la pensée critique et s’habituer à exprimer des désaccords de manière civile ».

Pour le dire autrement : une partie de la société américaine progressiste, avec les meilleures intentions du monde, a surprotégé la jeunesse américaine, avec pour conséquence bien plus d’inconvénients que d’avantages. Les auteurs pointent que le phénomène n’est qu’une facette d’une tendance plus globale appelée «*problems of progress*» (problèmes de progrès) : cette expression fait référence aux conséquences néfastes de progrès sociaux et sociétaux par ailleurs positifs. Notre économie produit la nourriture en abondance, à des prix relativement bas, ce qui est positif… mais engendre une épidémie d’obésité. Nous pouvons communiquer instantanément et à bas coût avec le monde entier… mais l’hyper-connexion porte atteinte à la santé mentale des plus jeunes. Les progrès techniques et technologiques nous apportent toujours plus de confort et nous préservent toujours plus des risques divers et variés… mais nous avons tendance à nous habituer à ces nouveaux environnements sans risque, sans effort. Nous tolérons, par conséquent, de moins en moins l'inconfort et le risque. Selon les standards de nos arrière-grands-parents, nous sommes tous des enfants gâtés, trop dorlotés, *coddled*, d'où le titre de l'essai. Chaque génération a tendance à juger la suivante trop faible, pleurnicharde, et insuffisamment résiliente. C'est l'inconvénient du progrès.

Pierre-Henri Tavoillot, philosophe cité plus haut, président du Collège de philosophie, a coorganisé les 7 et 8 janvier 2022 avec l'Observatoire du décolonialisme un colloque intitulé « Après la déconstruction : reconstruire les sciences et la culture ». Pendant quarante-huit heures, penseurs et universitaires ont exprimé leur inquiétude quant à la propagation des idées wokes et de la *cancel culture* dans nos universités. La simple tenue de ce colloque a fait l'objet de nombreuses critiques, certaines personnalités allant jusqu'à dire que ce colloque faisait « la courte échelle au fascisme[1] ». L'on reprocha aux organisateurs de faire preuve de la même intolérance à l'égard des idées wokes que celle reprochée à ses tenants. Nathalie Heinich a pourtant démontré les risques encourus lorsque la rigueur scientifique s'inclinait devant l'idéologie et lorsque la recherche bascule dans le militantisme[2]. La sociologue, interrogée par Eugénie Bastié

1. « Pierre-Henri Tavoillot : "L'université est un lieu propice au wokisme" », *Émile*, n° 26, octobre 2022.

2. *Ce que le militantisme fait à la recherche*, Gallimard, « Tract », 2021.

du *Figaro*, souligne que l'importation du mouvement woke dans nos universités conduit à focaliser le débat sur les discriminations, jusqu'à ce que ce thème envahisse tout l'espace, « et surtout à prendre la place d'autres travaux de recherches "non militants[1]" ». Elle dénonce les « académo-militants » qui seraient de plus en plus nombreux dans le milieu universitaire, c'est-à-dire les enseignants du supérieur et les chercheurs « qui considèrent que leur travail ne consiste pas seulement à produire et transmettre des connaissances, mais à faire aussi, à l'université, une forme de militantisme, et à transmettre un certain nombre de conceptions politiques ». Remplacer la production et la transmission des connaissances par la mise en avant d'opinions politiques serait de plus en plus fréquent, si l'on en croit la sociologue. Et cela conduit à « un gâchis total, car on produit de la mauvaise recherche, du mauvais enseignement, et on prive une génération de jeunes qui entrent à l'université de la compréhension de ce qu'est la recherche. On leur propose des slogans, on leur propose un catéchisme avec toujours les mêmes types de concepts extrêmement limités, "domination", "discrimination", "patriarcat", et ils croient – parce que c'est ce qu'on leur enseigne – que le travail universitaire consiste à prouver scientifiquement ce que l'on sait déjà. Ils ne comprennent pas que leur travail est de découvrir ce que l'on ne savait pas déjà ».

1. « Wokisme : l'université est-elle sous emprise ? », Club *Le Figaro* Idées, 23 mars 2023.

Il est extrêmement difficile, comme je l'ai expliqué plus haut, de mesurer avec précision l'ampleur de l'entrisme woke dans les universités françaises. Si je cite bien peu de noms – mis à part Sciences Po, dont le statut médiatique est un peu à part, et dont le directeur a accepté de me parler –, c'est par prudence ; celui qui s'intéresse à ces sujets aura eu de nombreuses occasions de rencontrer, au cours de ses lectures quotidiennes, des exemples qui interrogent… Il en est ainsi de celui, rapporté par Europe 1 en septembre 2022, et concernant la Sorbonne. « "Dernier Espoir" est une association étudiante née à Paris. La mission de ses quinze adhérents : promouvoir la laïcité. Ils ont par exemple organisé un concours de caricatures après l'assassinat de Samuel Paty, et espèrent rebaptiser un amphithéâtre de la Sorbonne "Charb". Cependant, aux yeux de plusieurs étudiants qui se plaignent sur les réseaux sociaux, cette association apolitique qui soutient Mila serait "raciste" et "islamophobe". Sur les bancs disposés en arc de cercle – l'emblématique "fosse" de Tolbiac –, Lydia et Floriane discutent. Elles sont assises au pied de l'immense tour du centre Pierre-Mendès-France de la Sorbonne, surnommé "Tolbiac", dans le 13e arrondissement de Paris. Lydia a dix-huit ans. Elle vient tout juste de commencer sa licence de philosophie mais porte déjà une étiquette. "On dit que je suis de droite, que je suis fasciste, alors que je ne me sens pas du tout de droite !", regrette-t-elle. "Certains étudiants mettent dans le même panier racisme et critique d'une religion", souligne la jeune femme. "Je pense que les jeunes de notre âge ne savent pas ce qu'est la laïcité, ni ce qu'elle représente", pointe-t-elle. "Ils ne savent pas non plus que la laïcité les protège." Ces critiques vont très loin pour la présidente de l'association, Floriane, 20 ans. Elle est victime de cyberharcèlement pour avoir soutenu Mila en 2020 et a, depuis, entamé une procédure judiciaire avec un avocat. » Le reportage d'Europe 1 souligne l'attitude du corps enseignant, souvent retranché dans le silence, ou contraignant les étudiants à s'auto-censurer dans les sujets de cours. L'une des jeunes filles interrogées explique par exemple : « Je me souviens d'un cours qui s'intitulait "Comment contourner la censure ?". L'enseignant voulait aborder le livre de Michel Houellebecq, qui s'appelle *Plateforme*, mais il a pris toutes les précautions du monde pour argumenter le fait que c'est un objet d'étude intéressant, mais que ça ne reflète pas ses convictions. » Des contorsions qui me paraissent inimaginables, et injustifiables, et qui, pour se déployer dans des espaces non publics, à bas bruit, illustrent très bien la manière insidieuse dont certains réflexes, certaines idées pourraient se déployer dans nos universités sans que l'on se rende vraiment compte de l'ampleur du phénomène.

Il faut le souligner : le wokisme n'est évidemment pas le seul courant de pensée dont les dérives sont à l'origine d'une atrophie de l'espace des libertés – notamment d'expression – dans le monde académique, tant s'en faut. Mathias Vicherat souligne, à juste titre, que la liberté académique régresse en France en raison d'atteintes et de pressions diverses et variées, qui peuvent notamment être de nature économique.

À ce titre, une affaire de procédure-bâillon a particulièrement marqué le monde universitaire du droit : le recours en diffamation d'une entreprise chimique contre le professeur Laurent Neyret, auteur d'une note de jurisprudence au titre accrocheur : « Trafic de déchets dangereux : quand les dépollueurs se font pollueurs. » Déboutée en première instance, l'entreprise avait intenté un recours devant la Cour d'appel de Paris, qui s'avéra plus dure pour elle encore et plus protectrice de la liberté des enseignants. Les magistrats ne se contentèrent pas d'estimer, dans leur arrêt du 28 septembre 2017, que la bonne foi de l'auteur suffisait à écarter toute condamnation, mais bien plus encore que cette attaque attentait à sa liberté, et ce en des termes très clairs : « Dès lors que sont ni établies, ni même évoquées, une animosité personnelle de l'auteur – à l'égard de Chimirec et de ses dirigeants – ou l'existence de propos étrangers à la question de droit traitée, le seul fait d'examiner le caractère diffamatoire d'un article tel que celui rédigé par Laurent Neyret est une atteinte à sa liberté d'expression. La liberté de commentaire est donc essentielle au progrès de la connaissance et des pistes possibles pour faire évoluer le droit. Limiter cette liberté peut donc porter atteinte à la fonction même de l'exercice du commentaire juridique. »

La solution est classique. Elle se situe dans la ligne d'une jurisprudence établie favorable à la liberté. Mais le recours vise à intimider. Mathias Vicherat, le directeur de Sciences Po, rappelle ainsi l'inadéquation aux besoins de la « protection fonctionnelle des enseignants-chercheurs qui sont attaqués. Ils ne sont pas toujours protégés financièrement et juridiquement par leurs institutions. Il y a également des campagnes de cyberharcèlement : les enseignants-chercheurs se trouvent soudain au cœur d'un *shitstorm* – un déchaînement de critiques et d'insultes en ligne – et ne sont pas nécessairement protégés par la direction de la communication de leur établissement ou par une agence qui viendrait en appui. J'ai mis en place ici tout un dispositif pour ça. »

Il s'avère que Thierry Mandon, ancien secrétaire d'État chargé de l'Enseignement supérieur et de la Recherche sous la présidence de François Hollande, en mars 2017, a commandé à une commission présidée par le professeur Denis Mazeaud un rapport sur les procédures-bâillons. Le document a mis au jour les désagréments « financiers et psychologiques notamment » auxquels sont confrontés les auteurs ainsi poursuivis, visant « à les dissuader de faire usage de leur liberté d'expression en toute indépendance et à opérer une autocensure par volonté d'éviter ce type d'actions ». Presque aucun média n'en a fait écho, malgré un phénomène de censure réel. Pour la commission Mazeaud, la protection fonctionnelle prévue à l'article 11 de la loi du 13 juillet 1983 est insuffisante pour répondre au défi des procédures-bâillons.

Qu'a dit le rapport ? « Cette protection joue en cas de poursuites judiciaires ou d'attaques extra-judiciaires en tout genre dont [les auteurs] font l'objet de la part de tiers (agressions physiques, diffamations ou tout autre mise en cause) » parce qu'elle « ne se présente cependant pas comme un outil de dissuasion ». Par ailleurs, nécessairement demandée par l'agent attaqué, « ses conditions de mise en œuvre sont [...] l'occasion d'appréciations qui, pour des non-juristes, peuvent donner lieu à des hésitations ». Finalement, les membres de la Commission ont estimé que « la protection fonctionnelle n'est pas un instrument suffisamment puissant ni efficace pour dissuader les procédures-bâillons. Son déclenchement, aléatoire, intervient souvent trop tard, à l'issue d'une procédure juridictionnelle que l'agent aura dû engager ». Dès lors, « s'agissant d'actions portées au pénal pour des propos écrits relevant de la liberté académique, il faudrait prévoir un enclenchement automatique, ne laissant aucune marge d'appréciation à l'administration ».

On attend les mesures, depuis... Et cela pourrait bien devenir plus problématique encore, alors que des tensions croissantes existent sur la parole des enseignants dans nos universités. Les auteurs du rapport Mazeaud ont fait des propositions, qu'attend donc le législateur pour s'en emparer ?

Résister à la censure est un sport de combat dans lequel les armes qui sont à votre disposition sont essentielles. La censure woke n'est pas fondamentalement différente dans ses effets.

*

* *

Le wokisme a-t-il réellement envahi nos universités ? Difficile de se faire une idée précise, tant les témoignages que j'ai pu recueillir sont divergents. Le phénomène existe, c'est absolument manifeste. Mais le volume des productions estampillables « wokes » n'aurait aucune espèce d'importance – il relève après tout de la liberté d'expression – s'il n'engendrait pas, par une multitude de pressions plus ou moins insidieuses, ce basculement d'une culture de la pluralité vers une forme de censure et d'autocensure, phénomène décrypté par Haidt et Lukianoff, au nom de l'idée qu'il ne faudrait offenser personne. Plus que jamais, nous devons rester vigilants.

Et sur ce sujet, les exemples inquiétants existent malheureusement : les plus évidents, les plus visibles, sont les conférences annulées ou fortement contestées par des minorités estudiantines fort bruyantes. Ainsi, celle de Sylviane Agacinski, qui devait traiter de PMA à l'université de Bordeaux-Montaigne le 24 octobre 2019, fut annulée sous la pression d'associations jugeant « homophobe » la philosophe auteure de *L'Homme désincarné : du corps charnel au corps fabriqué* chez Gallimard, connue pour ses réserves quant à la procréation médicalement assistée pour toutes les femmes et qui alerte l'opinion sur la marchandisation progressive du vivant.

Mais derrière ces événements médiatisés, en soi inadmissibles, combien de propos ou de travaux censurés ou autocensurés, à bas bruit, loin des projecteurs, parce que non conformes à la nouvelle *doxa* ? La célèbre citation apocryphe de Voltaire, écrite par la femme de lettres britannique Evelyn Beatrice Hall, auteure de la biographie sur le philosophe des Lumières, *The Life of Voltaire* publiée en 1903 – « Je ne suis pas d'accord avec ce que vous dites mais je me battrai jusqu'au bout pour que vous puissiez le dire » – ne pourrait pas être plus éloignée de la pensée dominante chez les militants les plus fervents de la nébuleuse woke. Bien que minoritaires en nombre, leur influence est réelle et proportionnelle au manque de courage dont beaucoup de dirigeants d'institutions font preuve. « Pas de vague » est devenu le mot d'ordre de bon nombre de personnes qui ne veulent pas risquer la disqualification publique et le bannissement social pour avoir exprimé ou toléré l'expression de propos qui relèvent du champ de la liberté d'expression, mais sont jugés insupportables par les militants wokes.

Là encore, l'administration n'est pas exempte de reproches lorsqu'elle n'hésite pas, par exemple, à étouffer la parole des lanceurs d'alerte, comme l'affaire du traitement des dossiers de harcèlement par l'Académie de Versailles l'a montré l'été dernier… Dans cette affaire sordide, les parents de la victime de harcèlement devenaient coupables de parler, d'en appeler à une réaction de l'administration. La différence avec le wokisme est qu'avec celui-ci le mécanisme d'intimidation est insidieux et s'exerce au travers d'une pression décentralisée. N'ayant donc pas de commanditaire identifiable, il est extrêmement difficile de le quantifier et d'en mesurer la portée. Les témoignages recueillis pour ce livre, qui bien souvent requièrent l'anonymat précisément pour échapper à la vindicte, démontrent que la pression existe réellement, mais ne me permettent pas de dire si nous avons à faire à un phénomène massif ou anecdotique.

*
* *

Existe-t-il des solutions pour faire en sorte que l'université française ne suive pas l'exemple américain ? Pouvons-nous éviter qu'elle ne devienne un incubateur à citoyens surprotégés et donc fragiles, incapables de supporter la moindre expression différente de leur opinion ? Est-il possible d'y préserver l'expression de pensées différentes, parfois radicalement opposées ?

J'ai une conviction : la réponse à ces questions dépendra moins des décisions politiques qui seront éventuellement adoptées que du courage dont feront preuve les gardiens de ces temples des savoirs que sont nos écoles.

Ces questions se posent naturellement à Mathias Vicherat, comme sans doute à tous les présidents d'université et enseignants quel que soit leur grade, leur statut. La réponse qu'il privilégie est « de s'en tenir à la loi, rien qu'à la loi, ou au règlement intérieur ». Par exemple, le Code du travail requiert que les locaux professionnels soient dotés de toilettes *hommes* et *femmes*, « donc il n'y a pas de toilettes non genrées, c'est aussi simple que cela ». De même, le règlement intérieur de Sciences Po stipule que les réunions non mixtes sont interdites « car contraires à nos valeurs ». En ramenant les situations aux textes, il est donc possible d'apporter des réponses claires à un certain nombre de demandes.

Mais que faire lorsque la loi est floue ? C'est là, dans les interstices des textes, que s'engouffrent les demandes et qu'apparaissent dilemmes et tensions. Le directeur de Sciences Po plaide pour tenter de « ramener ça à des textes et des règles », quitte à en forger de nouvelles lorsqu'elles font défaut, et prend pour exemple un projet de charte visant à organiser le débat. « Je suis contre les interdictions. S'il y a des personnalités qui peuvent apparaître comme anguleuses, je ne suis pas pour leur interdire de parler dans notre enceinte. En revanche, je suis pour que soit appliqué le principe du contradictoire. Il faut que nous retrouvions une éthique du débat, mais cela nécessite de penser l'organisation, les conditions. »

De la même manière, il plaide pour une approche pragmatique et dépassionnée du traitement des discriminations dans son institution. « Nous avons une magistrate à la tête d'un groupe contre les violences sexistes et sexuelles. Ses membres peuvent être saisis lorsque, par exemple, un étudiant se sent victime d'une discrimination. Ils instruisent alors les dossiers, la démarche est professionnalisée. » Auparavant, les agents de la direction de la formation étaient chargés d'entendre les victimes et auteurs présumés, se faisaient leur propre opinion et rendaient un rapport. Désormais, la cellule d'enquête peut mener une investigation au terme de laquelle elle dira si oui ou non la justice mérite d'être saisie ou bien une sanction disciplinaire appliquée. « Il s'agit d'éviter de tomber dans des débats idéologiques, subjectivité contre subjectivité, qui conduisent à des impasses. Il faut sortir de l'incantation et des débats philosophiques, qui sont des dialogues de sourds et une perte de temps. Et pour faire cela il faut que les situations soient traitées de manière rigoureuse, au cas par cas. »

C'est justement parce que ces solutions sont considérées comme « trop wokes » par certains, et au contraire clairement insuffisantes par les militants les plus actifs dans la lutte contre les violences sexistes et sexuelles, que Mathias Vicherat est une figure particulièrement exposée aux critiques de tous côtés. J'ai pu pleinement le mesurer lorsque, le 4 décembre 2023 – alors que j'avais déjà interrogé le patron de Sciences Po, qu'il avait validé les citations retenues, et que je croyais être sur le point de boucler cet ouvrage –, éclata ce que l'on appelle désormais l'« affaire Vicherat ». L'information tomba par une dépêche AFP : « Violences conjugales : Mathias Vicherat, directeur de Sciences Po Paris, est sorti de garde à vue ». Il fallait lire l'intégralité de la dépêche pour comprendre que le directeur de Sciences Po Paris avait en fait été placé en garde à vue le dimanche soir avec sa compagne, les deux s'accusant mutuellement de violences conjugales, puis qu'ils avaient été relâchés le lundi en fin d'après-midi. La dépêche précisait également que « l'unité médico-judiciaire n'a relevé d'incapacité totale de travail sur aucun des deux », qu'aucun des deux gardés à vue « n'a souhaité déposer plainte à ce stade », et qu'une enquête était ouverte (procédure automatique dans ces cas-là). Elle concluait en rappelant les « déboires de Sciences Po », en citant les circonstances dans lesquelles Olivier Duhamel, ex-président tout-puissant de la Fondation nationale des Sciences Politiques, avait été contraint à la démission suite à des accusations d'inceste, et avec lui le directeur de l'époque Frédéric Mion, qui avait eu connaissance de ces accusations sans pour autant s'en saisir.

À peine la dépêche était-elle publiée que se multipliaient déjà sur les réseaux les publications n'en reprenant que le titre – donc propageant une forme de présomption de culpabilité de Mathias Vicherat – pour se féliciter de ce que le roi des wokes finisse par périr de la main des militants féministes auxquels il aurait prétendument trop cédé durant son mandat. C'est précisément parce que la plupart des études disponibles montrent que la majorité des lecteurs relayant des contenus sur les réseaux n'ont en réalité lu que le titre, que la dépêche AFP est un modèle en matière de manque de rigueur et de prudence.

En quelques jours, les appels à la démission se multiplièrent chez les étudiants, et le malaise se répandit dans le corps enseignant. Les échanges que j'ai alors pu avoir avec certains professeurs faisaient état de divers sentiments mêlés. La surprise, d'abord. L'incompréhension. La colère de voir Sciences Po à nouveau dans la tourmente pour des affaires de violences sexistes et sexuelles. L'amertume, aussi, de voir celui qui voulait son école exemplaire sur le sujet entaché par le soupçon. La peur, enfin, même si non avouée, d'être un jour une cible de revendications toujours plus intransigeantes.

Sachant la moitié de l'humanité par nature inaudible pour les militants féministes les plus radicaux, j'ai attendu quelques jours que des voix s'élèvent contre des appels à la démission qui me semblaient être une folie. Ne voyant rien venir, j'ai pris ma plume, et publié dans *La Tribune du dimanche* le texte suivant :

> Nous aurions tort de sous-estimer l'importance de ce qui se joue depuis une semaine à Sciences Po, et de ce que cette affaire dit du débat sur les violences sexistes et sexuelles en France. Rien ne va dans la manière dont la polémique se déploie autour de Mathias Vicherat, directeur de l'Institut d'études politiques de Paris, ayant passé quelques heures en garde à vue avec sa compagne pour des accusations mutuelles de violences. À commencer par son traitement médiatique. La dépêche AFP par laquelle le scandale est arrivé titre : « Le directeur de Sciences Po Paris placé en

garde à vue pour violences conjugales. » Aucune mention du fait que la compagne fut aussi en garde à vue, et que les accusations étaient réciproques. Pourtant, nul journaliste digne de ce nom n'ignore que l'immense majorité du public ne va pas au-delà du titre, et que les informations tronquées peuvent être relayées à l'infini. Chacun sait qu'inscrire « Sciences Po » et « violences conjugales » dans un titre, c'est s'assurer la viralité d'un message qui joue sur des biais anti-élites et faire tourner la mécanique qui conduit certains à se réjouir des perversions réelles ou fantasmées de puissants enviés autant que détestés.

Le traitement médiatique de l'affaire est également marqué par le silence assourdissant de la plupart de ceux que l'on entend habituellement dénoncer les dérives du wokisme. Ce silence dit beaucoup d'élites politico-médiatiques en partie gagnées par la haine de Sciences Po « temple du wokisme ». Et l'immense majorité de ceux qui se soucient en général du respect des principes et du droit ont sans doute peur de devenir eux-mêmes des cibles en prenant la défense de celui qui est accablé (à défaut d'être accusé). Le défendre, ce serait être suspect…

Face à ces voix muettes s'exprime la véhémence d'un militantisme toujours plus intransigeant, qui considère que la fin justifie tous les moyens, que la défense d'une cause juste – celle des femmes – autorise à jeter par la fenêtre l'éthique et la rigueur journalistique, mais aussi tous les principes et les droits les plus élémentaires.

Personne ne sait à ce stade si Mathias Vicherat est coupable de violences, mais tout indique que son cas ne sera jamais traité de manière objective : parce qu'il s'agit de Sciences Po, et parce que l'ont précédé des figures comme Olivier Duhamel, dont il devrait payer les fautes.

Revenons-en aux faits : un couple a passé un bon nombre d'heures en garde à vue, car s'accusant mutuellement de violences. Des éléments ont filtré dans la presse, sans être validés ni par les concernés ni par la justice qui enquête, et ils sont immédiatement devenus pour tous une réalité irréfutable. Or il n'existe à ce jour pas de plainte et l'ex-compagne de Vicherat a dénoncé sur son compte Instagram « l'acharnement médiatique » sur leur vie privée, précisant que les « tristesses de couple » ne sont jamais toutes noires ou blanches.

Oui mais voilà : le gris n'existe pas aux yeux des militants radicaux qui se sont emparés du débat. Il n'y a que des malheureux et des coupables. Ce qui est ici assez nouveau, c'est que le débat public tourne à l'affrontement entre victimes et bourreaux sans même qu'il y ait besoin d'une mise en cause personnelle. Des étudiants considèrent que la possibilité d'une future accusation de violence émise par l'ex-compagne équivaut à une condamnation immédiate, sans contradictoire ni défense possible. Donc à une démission obligatoire.

La demande d'exemplarité formulée par certains étudiants est légitime. Mathias Vicherat a fait de la lutte contre les « VSS » un des marqueurs de son action.

Quoi de plus normal que d'exiger que son comportement privé ne renie pas ses engagements publics ? Or nous dépassons ici les frontières du raisonnable, car pour prouver son exemplarité, Mathias Vicherat devrait établir non pas qu'il est innocent des faits dont on l'accuse, mais démontrer qu'il n'y aura jamais de dénonciation à son encontre.

Peut-on lutter contre la rumeur ? Jusqu'ici, le débat opposait ceux qui considèrent que la moindre accusation doit immédiatement conduire à la démission, et ceux qui pensent que la démission ne doit intervenir qu'après condamnation par la justice.

Nous basculons ici dans une ère où l'hypothèse d'une plainte future vaut désormais sanction.

Je souhaite m'adresser dans cette tribune à tous ceux qui espèrent s'en tirer en faisant profil bas face à l'escalade de la radicalité woke. À tous ceux qui croient échapper à la mécanique implacable de la quête d'exemplarité en jetant en pâture un homme qu'ils croient moins exemplaire qu'eux : n'ayez aucune illusion, vous êtes les prochains sur la liste. Céder, ce n'est pas acheter la paix, c'est nourrir l'appétit de cette révolution. Celle-ci est par nature insatiable puisque la pureté n'existe pas chez les êtres humains que nous sommes. Céder à Sciences Po, institution à laquelle je suis attachée et où j'ai fait mes études, c'est s'assurer que Mathias Vicherat ne sera que le premier d'une longue liste. Et son dernier directeur non-woke.

À mon grand étonnement, le tweet par lequel je postais mon texte ce jour-là me valut plus de compliments, parfois venus de personnes inattendues, que d'invectives. Je ne pus cependant à moi seule empêcher l'inéluctable : le lendemain, Mathias Vicherat annonçait sa mise en retrait (tout en contestant fermement les accusations de violences, toujours à l'état de rumeurs en l'absence de toute plainte), confiant à la directrice de la Fondation nationale des sciences politiques le soin de dessiner la suite de cette affaire. Même si ce geste fit redescendre la pression, certains syndicats étudiants continuèrent à appeler à sa démission définitive, et le malaise persista dans une grande partie du corps enseignant, pour les raisons explicitées ci-dessus. Notons ici que de telles affaires ne seraient pas dramatiques si la justice avait pour habitude d'aller vite.

Trois jours après sa mise en retrait, je décidai donc de lancer un sondage pour mesurer l'ampleur de l'adhésion au principe de présomption d'innocence dans l'opinion. C'est un rejet net que je découvris, en tout cas lorsqu'il s'agit de l'appliquer aux puissants.

Pour les deux tiers des Français, la présomption d'innocence ne devrait ainsi pas être appliquée à nos élites en matière de violences sexistes et sexuelles.

Notons que dans ce sondage, les réponses varient très peu selon que l'on parle de violences conjugales ou de violences sexuelles, comme si pour les Français les termes étaient interchangeables.

Plus des deux tiers des personnes sondées estiment, dans les deux cas – violences conjugales et sexuelles –, qu'une personnalité publique (artiste, chef d'entreprise, personnalité politique, etc.) à qui l'on reprocherait ce type de violence doit démissionner avant d'avoir été condamnée par la justice – soit dès une mise en cause publique, soit au moment du dépôt d'une plainte, ou encore au moment d'une mise en examen. Près du quart estiment même que la démission doit intervenir dès une « mise en cause dans les médias ». C'est-à-dire se soumettre à la dictature de la rumeur, et de nos humeurs.

Les plus jeunes sont sur ces questions les plus intransigeants : 77 % des 25-34 ans souhaitent une démission avant la condamnation par la justice, dont 29 % « dès une mise en cause dans les médias ».

Doit-on s'étonner de ce que la présomption d'innocence soit méconnue dans un pays qui connaît un effondrement éducatif important ? Tout se passe comme si nous avions oublié que l'état de notre école ne détermine pas seulement l'employabilité future de nos enfants, mais aussi leur capacité à exercer pleinement leur rôle de citoyen « éclairé ».

Doit-on s'étonner de ce que ce principe soit jeté aux orties par les citoyens les plus informés et sensibles à ce sujet, qui constatent l'incapacité flagrante de la justice à traiter avec célérité les cas dont elle est saisie, et notamment à protéger les femmes victimes de violences ou de viol, si bien que 1 % des viols déclarés donnent lieu à une condamnation ? Hélas, non. On peut même les comprendre, si ce n'est les approuver. Je regrette pour ma part qu'une partie de la gauche renonce à ce qu'elle professe depuis des décennies, à savoir l'idée qu'il vaut mieux dix coupables dehors qu'un innocent en prison. En matière de violences sexistes et sexuelles, force est de constater que nous sommes en train d'abandonner un principe au nom duquel de grands hommes et femmes menèrent jadis de magnifiques combats.

Doit-on, enfin, s'étonner de ce que la défiance énorme des Français vis-à-vis de leurs élites les conduise à leur dénier un droit pourtant si important, celui de ne pas être condamné avant un procès équitable ? Nos élites artistiques, économiques et politiques payent certainement ici l'accumulation de scandales petits et grands, ayant durablement inscrit dans les esprits l'idée qu'ils bénéficiaient depuis trop longtemps d'une forme d'impunité ou du moins de clémence excessive de notre système judiciaire.

Tout cela est, hélas, bien compréhensible. Mais peut-on accepter que, dans le cas précis qui concerne le directeur de Sciences Po Mathias Vicherat, la présomption d'innocence, principe cardinal de notre droit, ne soit pas défendue à l'unanimité par le corps professoral et les étudiants ? Est-ce acceptable, pour une institution qui prétend précisément former nos futures élites dirigeantes, et les préparer notamment à appliquer et défendre notre État de droit ? Peut-on comprendre que ceux qui étudient le droit, ceux qui aspirent un jour à voter et à faire appliquer la loi, soient à ce point animés d'un désir de revanche sur le patriarcat ou de calculs moins avouables – Sciences Po a toujours été aussi un lieu de luttes de pouvoirs – qu'ils abandonnent tout ce qu'ils sont supposés savoir et défendre ? Face à la pression militante, l'hypocrisie et le manque de courage ne sont jamais à exclure.

Le devoir d'exemplarité de nos élites ne devrait jamais être confondu avec une condamnation à mort sociale dès le moindre soupçon, la moindre accusation publique, et encore moins la moindre rumeur. Et dans l'affaire qui nous occupe ici, c'est moins un militantisme féministe radical que la bêtise crasse et le manque de courage et de discernement qu'il faut combattre.

Je veux ici redire que je ne confonds pas la bêtise et la radicalité ou l'intransigeance. Car nul ne peut contester, par exemple, à Sandrine Rousseau la sincérité et la force de son combat pour les femmes. Et pourtant, au cours de nos échanges durant cette période, elle fit souvent preuve de nuance, et me cita à ce titre un extrait d'interview donnée un an plus tôt à *Elle*, à la suite de l'affaire Quatennens (abordée dans mon précédent essai, *On aura tout essayé*...), que je trouve particulièrement intéressant. Dans cet extrait, dont elle s'étonnait tout en le déplorant qu'il était passé totalement inaperçu dans le débat public, elle disait les choses suivantes, qui tiendront lieu de conclusion à ce chapitre car elles permettent d'ouvrir une voie, peut-être la seule possible vers un traitement plus efficace et apaisé des violences :

« *ELLE* : Avez-vous l'impression que les hommes politiques sont prêts à accepter la création d'une telle instance (équivalente de la HATVP sur les violences sexistes et sexuelles dans le monde politique) ?

S. R. : Un des moyens de les convaincre de ne pas s'y opposer, c'est de proportionnaliser la sanction à l'agression. Le bannissement à vie n'a aucun sens : lorsqu'un homme a payé, il doit pouvoir revenir dans l'espace public. Je pense par exemple que Denis Baupin doit revenir. À titre personnel, je ne souhaite absolument pas le recroiser, mais, en tant que personne publique, je n'ai pas d'hésitation : il a été condamné, il a payé. Le temps de la réhabilitation doit succéder au temps de la sanction. Je sais que certaines vont hurler, mais je me dois de le dire. »

Personne n'a hurlé, car ce passage est passé inaperçu. C'est précisément pour qu'un débat sur ce sujet essentiel s'ouvre que je reprends cette citation ici.

Dystopie : Uchronie

— Répétez après moi : nos ancêtres, les Afro-Eurasiens…

Les vingt élèves filles, garçons et neutres de la classe de première non-genrée du lycée Emmanuel-Macron du Grand-Paris-Périphérique-Ouest (GPPO éducation) lancent en chœur :

— Nos ancêtres, les Afro-Eurasiens !

Des images de foules multiraciales défilent en même temps sur le télécran qui couvre la totalité du mur latéral de la salle de cours mais aussi sur les tablettes numériques intégrées aux pupitres derrière lesquels sont assis les élèves en uniforme bleu marine.

Le professeur, le regard sévère derrière de fines lunettes métalliques, longue blouse grise, debout sur son immense estrade devant un tableau noir numérique, demande alors à la classe de se reporter au Manuel d'Histoire des Peuples, *chapitre « France moderne et actuelle ».*

— Vous y êtes ? Nous allons étudier rapidement la vie politique de notre pays à la fin du XX*e* *siècle et dans la première moitié du* XXI*e*.

Son regard se pose alors sur Louise, jeune fille blonde aux cheveux d'or bouclés, assise au premier rang, qui secoue la tête nerveusement, visiblement irritée :

— Quel le problème ?

— C'est mon implant Neuralink... *J'ai des nausées...*

L'enseignant ne laisse transparaître aucune forme de compassion :

— Cela arrive parfois. Vous avez fait la mise à jour ? Voulez-vous vous rendre au service maintenance ? Je vous enverrai le cours en AirDrop+ *pour une intégration complète, si nécessaire.*

La jeune Louise hésite :

— Non, merci à vous. Je vais quand même essayer de tenir... Sinon, je me déloguerai, avec votre autorisation.

Le professeur acquiesce, sa silhouette semble vibrer un instant, sans doute une baisse de tension du réseau.

Le voisin de Louise au premier rang pouffe alors de rire. Diego est un garçon corpulent, jovial, très bon camarade. Il s'arrange toujours pour sélectionner une place aux côtés de Louise qu'il admire, même s'il doit se pré-loguer en pleine nuit pour arriver à ses fins.

Le professeur lui demande sur un ton glacial :

— Diego ? Vous nous faites partager votre sujet de bonne humeur ?

L'élève rougit et se met à balbutier :

— Heu... c'est Louise... elle m'a dit qu'elle avait une question à vous poser... mais c'est mieux que ce soit elle qui le fasse...

Louise, d'un signe de la main, fait taire son bon ami Diego, esquisse un sourire presque timide tout en tripotant l'une de ses boucles d'or :

— Oui, Monsieur, alors voilà... est-ce qu'il y a eu... une présidente blonde ?

Le professeur marque un long temps d'arrêt, parfaitement immobile.

— Oui et elle a fait deux mandats. C'est l'un des objets de notre cours. Allez à votre manuel.

Un autre élève, au milieu de la classe, lève le bras à son tour :

— Oui, Abdel ?

— Monsieur, vous nous faites redire à chaque fois : « Nos ancêtres, les Afro-Eurasiens. » Mes parents m'ont dit qu'on faisait dire à leurs grands-parents : « Nos ancêtres les Gaulois. » Qu'est-ce que ça veut dire ?

L'enseignant à la longue blouse grise se déplace au milieu de son estrade. Des bulles de BD jaillissent sur le tableau noir dans son dos.

— Vous voyez ceci ? Il s'agit d'une bande-dessinée à succès d'il y a un siècle, intitulée Astérix, le Gaulois, *parue à l'époque des livres en support papier. C'était une série historique pour tous publics, certes comique, mais violente et genrée. Vos anciens doivent confondre. Leur souvenir a dû leur faire défaut.*

Il marque une pause et enchaîne :

— Ce qu'ils ont évoqué, sans le savoir, remonte à l'éducation française de la deuxième moitié du XIXe siècle.

C'est un certain Ernest Lavisse qui a inventé ces Gaulois tous droit sortis de son imaginaire. Cet historien, auteur de manuels scolaires fallacieux, est coupable d'avoir semé le trouble en glorifiant le roman national*, une façon d'amalgamer des faits pour réécrire l'Histoire. Il est décédé en 1922, mais un récent procès a permis de le faire arrêter* post-mortem*, juger et condamner aux travaux forcés à Cayenne.*

Abdel fronce le sourcil et relance le débat :

— Ah bon ? Mais, Monsieur, le pénitencier de Cayenne n'existe plus ?

— À son époque, il existait – il l'a rejoint a posteriori.

— Et « nos ancêtres les Gaulois » ? Ma famille a été abusée ?

*— Je vous l'ai dit, un souvenir confus de vos aïeux. Les Gaulois n'ont jamais existé. La fable nationale a également tenté d'imposer les Francs, les Celtes ou je-ne-sais quelle autre peuplade. La France de souche a toujours été composée d'Européens, de Sarrasins et d'Africains noirs, depuis la nuit des temps. Tous ont vécu en harmonie et coconstruit le pays. Avec un apport asiatique important au XX*e *siècle. Grâce à la Chine Populaire, nous avons pu acquérir les bases de la vie de partage et de paix. De plus, les Asiatiques nous ont apporté le savoir-faire électronique et les pâtes, que nos voisins italiens ont copié pour se réapproprier la spécialité culinaire qui a fait leur succès touristique.*

Le professeur écarte les bras, regarde ses élèves tour à tour et leur lance :

— Avant de poursuivre, j'aimerais savoir où vous en êtes de vos recherches ? Demba ? Où en êtes-vous de votre sujet sur les relations France-Afrique, du général de Gaulle à nos jours ? Votre exposé est prêt ?

Le lycéen franco-ivoirien acquiesce :

— Presque fini, Monsieur. J'en suis à la normalisation totale de la relation avec l'ancien colonisateur, discours de Nicolas Sarkozy du 26 juillet 2007, à l'université Cheikh-Anta-Diop de Dakar au Sénégal, quand l'ancien président de la République française a déclaré : « L'homme africain est totalement entré dans l'histoire », discours salué dans tous les pays africains, qui a ouvert la porte à une immigration positive et maîtrisée, non seulement en France mais dans tous les pays de l'Union européenne.

— Bien, Demba. Vous nous présenterez l'ensemble lundi de la semaine prochaine. Et vous, John ? Où en êtes-vous de Kennedy ?

Un grand gaillard, franco-américain, plutôt belle gueule, assis au fond de la classe, lève le nez et répond nonchalamment :

— Ça avance, ça avance...

— C'est-à-dire ?

— J'en suis à son procès fédéral pour crimes sexuels. J'ai presque fini.

— Bien. Présentation juste après Demba, ce lundi.

John soupire. Heureusement, l'IA native ne va pas jusqu'à lire dans ses pensées. Pas encore. La technologie mise au point par un Israélien serait fin prête, mais sa mise en application poserait, entre autres, quelques problèmes de souveraineté nationale pour l'ensemble des pays.

John ne sait que faire de ses recherches. Le président Kennedy, lors d'un retentissant procès cinq ans auparavant, a été condamné à titre posthume à la déchéance nationale à perpétuité pour une série de viols et faits de harcèlement sexuel durant son court mandat lors du siècle dernier, de 1961 à 1963. Les statues à son effigie ont été déboulonnées, les avenues, les rues, les édifices publics portant son nom rebaptisés. Les semaines d'audience ont été diffusées sur les chaînes du monde entier. Son récit officiel a dû être rectifié par le Comité fédéral d'histoire américaine. Sa mention a été effacée des manuels officiels. Le monde a haï ce prédateur d'un autre temps. Et pourtant... John a discrètement enquêté sur le dark web, *allant jusqu'à contacter les responsables de l'IKSC, l'International Kennedy's Support Committee, organisation désormais interdite, ainsi que des habitants de Hyannis Port dans le Massachusetts, là où résidait la famille de l'ancien président honni, au Kennedy Compound, le refuge de la famille au cap Cod, sur le bord de l'océan Atlantique. John a découvert une tout autre réalité : celle d'un président qui a séduit le monde entier, a su faire preuve de courage face aux*

Soviétiques dans la crise des missiles de Cuba mais aussi dans son engagement, avec son frère Robert, en faveur des droits civiques, contre la ségrégation raciale aux États-Unis. Tout le contraire de l'histoire officielle, celle qui est enseignée au GPPO comme partout ailleurs. Que faire ? Que vaut ce qui est enseigné ?

Le cours se déroule avec méthode. Les élèves l'apprécient particulièrement. Ils y apprennent la grande histoire de l'humanité apaisée et ses turpitudes. Et notre histoire de la France d'aujourd'hui décrit un pays très rigoureux, à cheval sur les droits de toutes les minorités. Deux procès spectaculaires, à l'image de celui de Kennedy outre-Atlantique, initiés par le gouvernement sous la pression de l'opposition de gauche, ont marqué les esprits en France : le premier contre Jean-Baptiste Colbert et son fils le Marquis de Seignelay, pour avoir préparé l'ordonnance de 1685 qui a permis l'instauration du Code Noir dont l'objet était de préciser le statut juridique des esclaves. Au terme de la procédure, les Colbert ont été condamnés à l'indignité de la nation, toutes leurs représentations et références supprimées des manuels et des musées. Le deuxième grand procès, qui a duré près d'un an, a concerné Napoléon Ier pour avoir rétabli l'esclavage, pourtant aboli en France en 1794. Le décret du 20 mai 1802 stipulait que « l'esclavage sera maintenu conformément aux lois et règlements antérieur à 1789 ». Le Comité de soutien corse à l'Empereur, le CSCE d'Ajaccio, s'est pourtant fortement mobilisé pour expliquer à l'opinion publique et numérique nationale que Napoléon Bonaparte s'était battu pour libérer les esclaves lors de sa campagne d'Égypte, mais avait dû revenir sur l'abolition après son traité de paix d'avec les Anglais, la Couronne britannique redoutant que le vent de liberté qui soufflait sur les Antilles françaises ne menaçât son propre empire. Tous ces arguments ont été balayés par les juges. Napoléon s'est retrouvé rejeté dans les noirceurs de l'histoire, malgré son héritage : les différents Codes, civil, pénal, du commerce, les préfets, les lycées, le baccalauréat, les universités, la Légion d'honneur, le Concordat qui a consacré la liberté de culte en France et autres créations effacées des tablettes, avant d'être réattribuées à d'autres. Les experts en mémoriel ont estimé qu'une génération suffirait à imposer cette nouvelle version officielle, conforme aux nécessaires impératifs de sortie de l'occidentalo-centrisme et du patriarcat.

L'heure a tourné. La séquence visio prend fin. Le professeur, incarnation digitale créé à partir de l'IA, salue brièvement ses élèves en leur donnant rendez-vous au lendemain. Son image s'efface. Chaque élève se retrouve seul chez soi. Diego n'a pas le temps de saluer Louise, déjà envolée, avec ses nausées consécutives à son système d'exploitation cérébral défaillant. Demba s'étire dans la chambre de sa Cité de la Joie à Clichy, un gigantesque complexe social qui brûle depuis un mois, à cause d'émeutes. Ses parents lui interdisent de sortir de peur de le voir emporté par le mouvement de révolte qui s'est étendu à un grand nombre de quartiers.

John va à la fenêtre du loft de ses parents au dixième étage de son immeuble érigé sur l'Île Seguin, là où se trouvaient les usines Renault qui ont fermé il y a soixante ans. Le Grand-Paris s'étend presque à l'infini. Les lumières de la cité la nuit ont quelque chose de féérique et d'inquiétant à la fois. Les lumières du chaos. Celui d'une histoire en perpétuelle évolution, hier comme demain.

6.
Le wokisme dans les entreprises

Faire parler les chefs d'entreprises, petites et grandes, sur les revendications faisant partie du répertoire woke n'est pas aisé. J'ai essuyé des refus polis, recueilli des anecdotes, et au moins autant de témoignages laissant penser que, dans la gestion quotidienne de leurs collaborateurs, les revendications n'étaient pas un sujet de première importance.

Identifiée par la sociologie du travail comme un espace où peuvent se déployer des pratiques discriminatoires multiples, l'entreprise se situe en réalité au cœur du processus de prise de conscience des discriminations. Dès les années 1970, par exemple, les sociologues américains se sont intéressés aux discriminations subies par la communauté homosexuelle sur le lieu de travail. Ces études ont traversé assez tardivement l'Atlantique mais ont abouti dans les années 2000 aux mêmes conclusions, à savoir l'existence d'une discrimination à l'égard des LGBT dans notre pays. Embauche, placardisation, insultes, pressions morales et physiques existent. De la même façon, les entreprises ne sont pas indemnes des questions de discriminations raciales. En réalité, les entreprises étant au cœur de la société, il n'est pas surprenant que l'on y retrouve l'ensemble des questions qui concernent la société dans sa globalité. Ce n'est pas un hasard si l'intersectionnalité a été pensée par Kimberlé Crenshaw en réponse à des conflits du travail, à des discriminations faites par des employeurs.

Depuis les années 1970, les choses ont évidemment beaucoup évolué, mais l'entreprise reste un des lieux où existent et persistent des discriminations, qu'elles soient d'origine managériale ou entre collègues. La disparité des salaires hommes/femmes est un exemple, l'exclusion des seniors, de plus en plus jeunes, en est un autre. Ces phénomènes résistent à la mise en avant de concepts comme celui du management par la diversité, ou au développement des services dédiés à la responsabilité sociale des entreprises. Il faut faire attention à ne pas confondre les droits et les faits. Le législateur a depuis longtemps fait son travail. Aujourd'hui, l'article L-1132-1 du Code du travail est très clair : « Aucune personne ne peut être écartée d'une procédure de recrutement ou de nomination ou de l'accès à un stage ou à une période de formation en entreprise, aucun salarié ne peut être sanctionné, licencié ou faire l'objet d'une mesure discriminatoire, directe ou indirecte, [...] en raison de son origine, de son sexe, de ses mœurs, de son orientation sexuelle, de son identité de genre, de son âge, de sa situation de famille ou de sa grossesse, de ses caractéristiques génétiques, de la particulière vulnérabilité résultant de sa situation économique, apparente ou connue de son auteur, de son appartenance ou de sa non-appartenance, vraie ou supposée, à une ethnie, une nation ou une prétendue race, de ses opinions politiques, de ses activités syndicales ou mutualistes, de son exercice d'un mandat électif, de ses convictions religieuses, de son apparence physique, de son nom de famille, de son lieu de résidence ou de sa domiciliation bancaire, ou en raison de son état de santé, de sa perte d'autonomie ou de son handicap, de sa capacité à s'exprimer dans une langue autre que le français, de sa qualité de lanceur d'alerte, de facilitateur ou de personne en lien avec un lanceur d'alerte [...]. » La simple lecture de ce texte dit l'ampleur des possibles en matière de discriminations et, dès lors, du champ des combats à mener pour traduire la loi dans les faits.

Ainsi en 2022, le baromètre LGBT+ de l'institut de sondage Ifop en lien avec l'association L'Autre Cercle montrait qu'un salarié LGBT sur trois avait été victime d'au moins une agression « LGBT-phobe » dans son entreprise au cours de l'année, soit par des membres de l'entreprise, soit par des clients ou fournisseurs. Le Défenseur des droits a ainsi, à de multiples reprises, traité de ce sujet y consacrant des fiches thématiques ou dépliants à destination du monde du travail, estimant par exemple que l'homophobie était encore mal prise en compte dans le traitement des discriminations au travail.

Il convient de distinguer d'emblée ce qui concerne la *vie interne* de l'entreprise, qui relève du règlement intérieur, du contrat de travail et du dialogue social, et ce qui touche à la *réputation externe* de l'entreprise. À ce stade, en France, le premier domaine paraît touché de manière marginale par les revendications que l'on pourrait catégoriser comme relevant de l'activisme woke, alors que le second peut être extrêmement exposé aux polémiques et risques réputationnels. Je voudrais risquer une hypothèse quant à la relative discrétion du wokisme dans la sphère de l'entreprise : la présence des syndicats. Nous avons ici des institutions installées, reconnues par les employeurs comme par l'État, dont l'objet est de défendre les droits des salariés. Parmi ces droits, celui d'être protégé des discriminations, possiblement jusqu'à l'appui devant le juge des prud'hommes, avec des conditions aménagées quant à la charge de la preuve, forcément plus complexe… La présence syndicale peut y être apaisante.

C'est ici qu'il faut faire attention à ce qui se passe sur le terrain. À quel point telle ou telle anecdote est-elle représentative de ce que connaissent les entreprises aujourd'hui ? Difficile de le savoir, tant l'interrogation de dirigeants d'entreprises se heurte à la peur de la polémique. En mettant à part le fait religieux, objet d'une attention particulière des pouvoirs publics dans le cadre de l'application des principes de laïcité dans notre pays, à la frontière du wokisme et sur lequel je vais revenir, une bonne partie des entreprises françaises apparaissent relativement préservées des tensions internes que peuvent susciter les revendications identitaires. C'est notamment le cas des entreprises qui comptent peu de jeunes de moins de trente-cinq ans, ou peu d'urbains très diplômés. D'autres sont beaucoup plus touchées par la multiplication des revendications et des tensions parce qu'elles ont une envergure internationale, ou des donneurs d'ordres ou partenaires américains.

La conscience qu'ont les dirigeants des conséquences de la propagation des idées wokes sur la vie dans leur entreprise est encore limitée, mais progresse extrêmement vite. C'est ce qu'ont pu constater Benoît Lozé et Arielle Schwab, qui observent et analysent ce phénomène au sein du groupe Havas depuis quelques années, dans le cadre de leurs activités de conseil auprès de grands groupes. Leur questionnement est parti du mouvement Black Lives Matter aux États-Unis, et de la manière dont de grandes entreprises américaines se sont saisies de ce mouvement politique pour modifier leurs manières de faire, de produire, ou de recruter. Uber Eats annonça ainsi, en juin 2020, vouloir supprimer les commissions sur les livraisons pour les restaurants tenus par des Noirs, afin de les aider à développer leurs activités. À cette époque, le Covid avait engendré des difficultés économiques inouïes, tout le secteur traversait de graves difficultés. Une telle décision de la part de la multinationale américaine n'était donc pas anodine. À la même époque, me racontent Benoît Lozé et Arielle Schwab, le quotidien libéral de référence *The New York Times* annonce que désormais, il écrirait «*Black*» avec un *B* majuscule pour désigner les personnes d'origine africaine. Le seul précédent à cette directive interne date de 1930, quand le *NYT* annonça que ses journalistes écriraient désormais «*Negro*» avec un *N* majuscule «comme acte de reconnaissance raciale». L'éditeur du *Times* indiqua alors «*noir* ou *Noir*, un changement qui peut paraître mineur, mais pour certaines personnes c'est toute la différence entre la couleur et la culture».

Le mouvement BLM, Black Lives Matter, a donné lieu à énormément de questionnements et de débats sur le sol américain. «Et nous avons alors constaté que les entreprises internationales françaises que nous suivions étaient fortement incitées à rejoindre le mouvement, à l'intégrer tel quel… comme si la réalité à laquelle BLM renvoyait valait aussi pour la France. Comme si notre héritage historique était le même. Nous avons alors échangé, réfléchi, et c'est là qu'est née l'idée de chercher à imaginer ce que serait une entreprise "républicaine", c'est-à-dire l'ensemble de valeurs qui nous sont propres et l'implication qu'elles peuvent avoir pour la vie dans l'entreprise» ajoute Arielle Schwab.

Cette réflexion arrive au croisement de deux tendances. D'une part, l'arrivée de l'entreprise sur le terrain de l'engagement social et sociétal. Elle est devenue non seulement un acteur légitime à prendre la parole et agir sur ces sujets, mais aussi attendue par les consommateurs comme par ses collaborateurs. Et d'autre part, une capacité des entreprises à prendre un certain recul, à aborder les sujets actuels avec une forme de modération que l'on ne retrouve pas dans le monde médiatique ou politique, parce que l'entreprise est un collectif et qu'elle doit préserver ce collectif quels que soient les débats et les tensions qui traversent la société. « Même quand elles s'engagent sur des sujets politiques, elles sont tenues à une forme de modération. Leur manière d'aborder les sujets nous laissait penser qu'elles pourraient être un espace de préservation d'un modèle de valeurs – les valeurs républicaines, tout simplement – qui est par ailleurs assailli de toutes parts. »

L'étape suivante du raisonnement consista à interroger un échantillon national représentatif de Français, puis des salariés, sur ce qu'ils entendraient par « entreprise républicaine », se distinguant du modèle de l'entreprise très woke que les États-Unis étaient en train de développer. Y a-t-il un modèle d'entreprise possible où l'on choisirait l'universalisme plutôt que le communautarisme, l'égalité plutôt que la concurrence victimaire et l'inversion des privilèges… ? Pour le dire autrement : y a-t-il dans les entreprises un modèle de traitement des inégalités « à la française » ? Ou vont-elles inéluctablement se tourner vers les solutions adoptées outre-Atlantique ? Deux études ont été réalisées à deux ans d'intervalle, et la première conclusion que l'on peut en tirer c'est que la vitesse à laquelle le sujet apparaît dans les entreprises est vertigineuse.

La connaissance de concepts quasi-inconnus du grand public en 2020, tels que la *cancel culture*, la pensée décoloniale ou encore la masculinité toxique, a considérablement progressé en deux ans. Mais l'approbation de ces concepts n'a, elle, pas augmenté. Ce qui fait dire à Arielle Schwab : « Les marqueurs qui ébranlent le plus le modèle républicain – espace en non-mixité, port du voile, salle de prière et quotas de recrutement selon l'orientation sexuelle ou l'origine ethnique – sont massivement rejetés. »

Cette étude laisse aussi apparaître, comme les sondages réalisés pour cet essai par OpinionWay, une rupture générationnelle très nette : près d'un salarié de moins de trente-cinq ans sur deux approuve le port du voile et l'usage de l'écriture inclusive, soit vingt points de plus que les salariés plus âgés. Il y a donc fort à parier que les revendications identitaires s'installent durablement dans les entreprises – ce qui ne veut pas dire qu'elles ne seront pas capables de les gérer de manière apaisée.

Arielle Schwab résume : « L'impression que nous avons eue c'est qu'au début, les dirigeants que nous interrogions sur le sujet le jugeaient éloigné et nébuleux… il y a encore trois ans c'était encore très nouveau pour beaucoup d'entreprises françaises. Nous étions sans doute en avance. Mais aujourd'hui, quand nous arrivons avec nos questions, qu'ils connaissent le terme woke ou non, ils voient quels sont les concepts et les situations auxquels il renvoie. La pression monte en interne et ils sont obligés de penser au sujet. »

Cette pression, c'est par exemple celle qui fut exercée par des internautes chinois puis par Pékin sur Dior, parce que certains de ses modèles auraient plagié des vêtements traditionnels chinois. « Appropriation culturelle ! » ont dénoncé des dizaines d'étudiants massés devant la boutique Dior des Champs-Élysées.

Cette pression a également été connue par Évian, lorsque le *community manager* a posté un tweet recommandant de boire de l'eau… le premier jour du Ramadan. Face aux réactions offensées qui se multipliaient, il a dû supprimer le tweet et s'excuser. Suppression qui, à son tour, a engendré une polémique de bien plus grande ampleur, les internautes lui reprochant d'avoir cédé aux intégristes. Isabel Marant, la créatrice de mode française, a dû présenter ses excuses au Mexique en novembre 2020 après que le gouvernement – par la voix de la ministre de la Culture – lui a reproché d'avoir exploité commercialement des motifs traditionnels. Elle dut « expliquer publiquement sur quels fondements [elle privatise] un bien collectif, en utilisant des éléments culturels dont l'origine est pleinement documentée ».

Y-a-t-il une autre voie, pour se protéger des pressions multiples, que de s'acheter une sorte de « moralité woke » ? L'image d'Assa Traoré, icône française de la lutte « contre les violences policières » posant en Louboutin a beaucoup fait réagir. La marque d'escarpins se protège-t-elle ainsi de futures accusations ? Rien n'est moins sûr.

En réaction aux nouvelles revendications wokes réelles ou imaginées, le business identitaire prospère depuis quelques années et des consultants à la compétence autoproclamée se donnent pour mission de rééduquer les salariés et leurs dirigeants pour qu'ils se conforment aux mots d'ordre wokes – le premier d'entre eux étant de n'offenser aucune minorité. Les militantes féministes se muent en entrepreneuses réalisant des audits et remettant les entreprises sexistes sur le droit chemin… Le business identitaire pourrait avoir de beaux jours devant lui, sauf que ces solutions et les valeurs wokes dont elles émanent ne sont pas – ou pas encore ! – celles plébiscitées par les Français.

Les résultats du sondage réalisé par l'Ifop pour Havas sont rassurants pour tous ceux qui ont confiance dans le modèle républicain : pour les Français, une entreprise qui aurait des valeurs républicaines, ce serait d'abord une entreprise qui « paye ses impôts en France » (92 % de oui), « fait vivre le principe d'égalité hommes/femmes » (90 %), « défend la progression de carrière et les promotions au mérite » (83 %) ou encore « applique de manière stricte le principe de laïcité dans l'entreprise » (82 %). Les priorités fixées par les Français aux entreprises sont claires, conclut Frédéric Dabi, auteur de l'enquête : universalisme, égalité, mérite, exemplarité.

Que peut-on en conclure ? D'abord, comme le confirment la plupart des directeurs des ressources humaines interrogés pour cet essai, que les tensions internes existantes peuvent être résolues la plupart du temps avec les outils juridiques à disposition. Revenir au contrat de travail, au règlement interne de l'entreprise, ou emprunter les voies habituelles du dialogue social permet de résoudre la plupart des questions posées, qu'il s'agisse de revendications religieuses, d'accusations de discriminations, ou encore d'agressions sexistes ou sexuelles. Cela implique souvent, pour les dirigeants d'entreprises ou leurs cadres, de renforcer leur formation juridique. Ensuite, cela signifie que le modèle républicain et ses valeurs restent opérants, au moins aux yeux de la plupart des salariés de plus de trente-cinq ans. C'est en-deçà de cet âge que se posent, du moins pour le moment, la plupart des interrogations émergentes. Et dans ce domaine, comme pour ce qui concerne les risques réputationnels plus généraux décrits plus hauts, et qui n'épargnent aucune entreprise, j'ai acquis une certitude au fil de mes recherches qui converge avec les conclusions de Schwab et Lozé : ce n'est pas en courant après les demandes wokes que l'entreprise sauvegardera la paix sociale en interne, et sa réputation. Plus elle joue sur le terrain des wokes, plus elle perd. Mettre le doigt dans l'engrenage des revendications identitaires ne fait que nourrir l'escalade des demandes. S'excuser d'être insuffisamment tolérante à l'égard de tel ou tel groupe, ou d'avoir tel ou tel biais discriminatoire, c'est ouvrir la voie à des remises en causes futures, parce que la nature même du mouvement est de demander aux entreprises comme aux individus une pureté qui n'existe tout simplement pas.

Dystopie : Le steak

Le chant du coq. Cinq heures du matin. C'est l'immuable signal du réveil.

Charles s'étire dans son bon vieux lit en fer forgé, qui aura accueilli les trois générations de la famille Sage qui se sont succédé à la ferme. Le vieux paysan s'extirpe lourdement de ses couvertures, il fait plutôt froid dans la chambre. Il enfile sa veste, saute dans ses sabots sans traîner, une nouvelle journée de rude labeur l'attend, mais ce n'est pas ça qui va l'effrayer.

Un détour par les latrines et cap sur la cuisine. Dehors, dans la basse-cour, le coq a cessé de chanter. On n'entend plus que le tic-tac régulier de la vieille horloge avec balancier suspendue au mur dans la vaste salle à manger. Mais de quand date-t-elle ? Qui l'a installée, jadis ? Son père, hélas parti trop tôt ? Ou bien le grand-père, qu'il n'a pas vraiment connu, mort à la guerre pour défendre la patrie en danger ?

Le temps a passé pour Charles également, surnommé « Sage l'Ancien » au village, les quelques fois où il s'y rend, pour aller vendre sa petite production agricole et faire quelques rares achats de nécessité à l'épicerie centrale.

Il ne s'intéresse guère aux actualités, à ce qui se passe au-delà d'un rayon de dix kilomètres. C'est bien assez, peu lui importe, la vie est assez rude en somme. Étrangement, il n'est jamais tombé malade, malgré la gnole qu'il siffle au quotidien, celle qu'il fabrique dans son alambic, à l'abri des regards et qu'il stocke pour les longues soirées d'hiver. Le puits lui fournit toute l'eau nécessaire à l'élevage et à la toilette, pour son bain hebdomadaire. Les bêtes mangent le foin et donnent le lait. Elles lui tiennent compagnie également, notamment ses trois chevaux de trait, Malabar, Douce et Lubie, qu'il soigne avec tendresse et qui le lui rendent bien.

Il est quand même heureux, Charles, dans sa ferme du Nord-Cotentin, avec ses vieilles bâtisses de pierre annexes, ses hectares de pâturages et de bois, ce domaine, ce paradis terrestre perdu dans les terres humides qu'il occupe et entretient seul avec fierté et courage depuis tant d'années.

Non loin toutefois de Saint-Vaast-la-Hougue, où il se rendait une fois l'an à pied, pour y boire une bière fraîche et discuter avec ses amis pêcheurs, des anciens comme lui, tout en regardant les belles gens venues de la ville, parfois de très loin, de Paris pour certains.

Mais Sage l'Ancien n'y va plus. Depuis l'incident.

La journée se déroule comme à l'accoutumée, le scénario est immuable : le matin est consacré aux bêtes, l'après-midi aux terres. Et il ne manque pas de travail ! Charles ne s'ennuie jamais, surtout quand il s'agit de réaffuter le soc de la charrue ou encore de réparer une gouttière cassée. Il affectionne le bricolage et n'hésite pas à faire appel à Léon Brillebabil, un fermier voisin retraité qu'il aime bien, même s'il a vendu toutes ses terres, cinq hectares, pour se replier dans une grange réaménagée avec un petit pécule pour y finir ses jours. Charles n'a jamais compris pourquoi Léon avait cédé aux spéculateurs venus lui soutirer tout ce qui lui restait. Son voisin, pourtant beau parleur, s'est littéralement fait plumer. Mais tous deux ont gardé une bonne relation. Et après tout, les vieux amis, ça ne court pas les rues.

Charles aujourd'hui a le sourire, malgré le temps maussade qui plombe le ciel depuis trois jours. Il sait que ce soir, un petit plaisir l'attend pour le dîner. Il l'a planqué au frais, en hauteur, hors d'atteinte, bien emmailloté. Il en a fait l'acquisition à l'aube au village, en échange de deux sacs de belles pommes qu'il a amenés sur la charrette tirée par Malabar. Le canasson n'a cessé de hennir de plaisir tout en s'ébrouant et en secouant sa crinière tout au long du trajet. Le vieux paysan et son cheval ont même fait une halte repos sur le chemin du retour, ce qui a permis au vaillant Malabar de se désaltérer dans le Vaupreux, passé le bourg de Quettehou. Pendant ce moment de détente, au cours duquel Charles a quitté ses sabots de bois pour tremper ses pieds meurtris dans le ruisseau, il n'a eu cesse de surveiller le sac de jute posé sur le plateau vide de la charrette. Gare à celui qui aurait tenté de s'en emparer !

Le soleil a abdiqué depuis bien longtemps. Avec une telle purée de pois dans l'atmosphère, la nuit va vite tomber. Toutes les bêtes ont été rentrées et les dépendances rangées et fermées, entre chien et loup. Charles allume un bon feu de bois dans la cheminée de sa salle à manger et dispose une écuelle, une fourchette et un couteau sur la grande table de bois, éclairée par deux bougies. Il sort également deux généreuses tranches de pain noir, des fayots, du gros sel et un grand gobelet de sa gnole secrète. Un parfum de fête règne dans l'air.

Ce soir, c'est festin.

Le vieux paysan déballe le bien précieux qu'il a ramené du village, puis caché sur une étagère, abrité au frais depuis de longues heures : un beau steak bien rouge, bien saignant, qui ne demande qu'à être cuit d'un simple aller-retour dans l'âtre.

Les flammes crépitent en léchant la viande, une bonne odeur se dégage dans la pièce.

Sage l'Ancien s'installe devant son écuelle et contemple le chef-d'œuvre : le steak est posé là, sous ses yeux, cuit juste ce qu'il faut, juste pour lui. Alors il se met à le saler et en découper un morceau généreux, qu'il porte à sa bouche, les yeux mi-clos.

Quand soudain, un bourdonnement puissant et une lumière aveuglante à travers la fenêtre viennent interrompre le dîner : une voix puissante venue de nulle part jaillit dans la nuit :

— Charles Sage, au nom de la loi, veuillez-vous rendre immédiatement !

Le paysan se lève alors d'un trait, effrayé : un drone d'attaque fait face à lui, derrière la vitre, à l'extérieur. L'engin en suspens, tous feux allumés, semble prêt à passer à l'action. Va-t-il ouvrir le feu ? Charles fait un pas de côté et saisit une fourche posée près de la cheminée. Il sort de la maison et se rue vers l'engin en essayant de lui asséner un grand coup. L'aéronef l'évite de justesse et va se positionner plus loin, tout en maintenant ses projecteurs sur sa cible. L'assaut ne fait que commencer. Une dizaine d'hommes en armes des forces spéciales du ministère de l'Intérieur, équipés de lunettes de vision nocturne, ont fait irruption dans la cour de la ferme en hurlant et en pointant leurs armes de guerre vers Sage l'Ancien, qui lâche sa fourche et lève les bras comme pour se rendre.

C'est alors que s'avance un homme au long manteau de cuir noir, visage fermé, lèvres pincées. Charles le reconnaît aussitôt et se remémore l'incident survenu quelques mois plus tôt à Saint-Vaast-la-Hougue : le même individu l'avait abordé sur le port. Un commissaire du gouvernement, accompagné de deux inspecteurs vêtus comme lui.

Ils l'avaient coincé en surplomb d'un petit chalutier, comme s'ils allaient le pousser dans le vide. Ils étaient venus le menacer. Sage l'Ancien se rappelle leur terrible récit : il devait leur céder ses arpents de bonne terre et sa ferme, pour rien ou presque. Parce que le ministère des Urgences climatiques voulait y bâtir un projet de cent cinquante villas basse-consommation, destinées à une riche clientèle qui fuit la capitale. Le Nord-Cotentin et son humidité reste l'un des rares endroits encore supportables depuis que la température terrestre s'est élevée de plus d'un degré, même si certaines plages sont menacées par la montée des océans. Des villes comme Marseille ou Cannes, ou le thermomètre atteint presque 60 °C, se sont partiellement vidées, livrées aux pillards. Les citoyens les plus aisés, ceux qui ont pu partir, protégés par des milices privées, se sont rabattus notamment sur la Manche, vite surpeuplée. Mais encore vivable.

Charles, un survivaliste qui se passe longtemps de l'électricité ou de la voiture, s'est alors mis en colère, se débattant et projetant les deux inspecteurs dans le port. Le commissaire n'a pas tenté de le retenir et lui a lancé :

— Je reviendrai ! Je vous forcerai à vendre !

Il se tient donc de nouveau devant lui, impavide, déterminé, protégé par sa troupe. Le fonctionnaire sort un écran de sa poche et se met à lire un acte d'accusation :

— Charles Sage, vous venez d'enfreindre le Code agricole, en acquérant frauduleusement et en consommant une pièce de viande animale. Je vous rappelle que

700 litres d'eau sont nécessaires pour produire un kilo de viande de bœuf. Votre steak de 125 grammes équivaut à un kilo d'aliments usuels. Sa consommation est prohibée depuis cinq ans, ce qui fait de vous un criminel, coupable de trafic et recel de viande animale, ce qui est passible de dix années de réclusion dans un pénitencier en zone sud. Vous savez que, selon le règlement général édicté par la police des mœurs, seule la viande de synthèse est désormais autorisée au nom de la lutte contre le dérèglement climatique et contre les souffrances animales. Mettez-vous à genoux, les mains croisées derrière la nuque.

Un policier vient lui placer son fusil d'assaut sur la nuque.

— Si vous résistez, nous ouvrons le feu.

Charles, gagné par la peur, obtempère. C'est alors que l'agent gouvernemental au long manteau de cuir s'approche de lui et lui susurre à l'oreille :

— À moins que vous et moi, nous passions un accord. Vous renoncez à vos terres, vous échappez à votre condamnation, je vous laisse libre dans une grange et vous donne un pécule pour finir vos vieux jours.

Charles, toujours à genoux, regarde droit devant lui et contemple le long mur de pierres d'enceinte et derrière lui, le petit bois sombre dans lequel il a toujours débité ses bûches pour se chauffer. Ce décor-là, rassurant, il ne le verra plus.

Ce sont désormais cinq drones qui contrôlent la zone. D'autres policiers armés ont investi les lieux. Certains perquisitionnent la ferme. L'un d'eux, en treillis, une arme au poing, marque un temps d'arrêt et contemple la grande table en bois de la salle à manger.

Un morceau de viande interdite sèche au bout d'une fourchette abandonnée. Le steak est là, semblable à une vieille semelle, refroidi dans son écuelle. Mais qui peut avoir l'idée de consommer une chose pareille ?

7.
Critique du wokisme

Nous avons beaucoup entendu Marine Le Pen et Sandrine Rousseau jusqu'ici. J'ai expliqué plus haut en quoi elles incarnent à mes yeux deux visions de la société, en particulier sur le sujet de l'égalité femmes-hommes. Il existe – heureusement – quelques alternatives qui apparaissent dans le sondage. Mais si l'on ne prend que celles qui ont une chance de gouverner dans les années qui viennent, une seule émerge à ce stade : Édouard Philippe.

Je suis allée le voir dans sa ville, Le Havre, par un après-midi pluvieux d'octobre. En arrivant à la gare, je prends le fameux tram dont il m'avait parlé lors de nos précédents échanges sur le courage politique : ce tram dont personne ne voulait quand il s'agissait d'éventrer la ville et de perturber la circulation pendant des mois, et que tout le monde trouve formidable aujourd'hui. La mairie est, comme dans de nombreuses communes de cette taille, un bâtiment imposant, centre d'un ensemble architectural imaginé par et construit sous la houlette d'Auguste Perret après-guerre, aujourd'hui classé au patrimoine mondial de l'UNESCO et qui fait désormais l'identité de la ville presque autant que son port. Par comparaison, Matignon et l'Élysée, ces lieux de pouvoir que les Français fantasment comme des lieux où s'étale le luxe accaparé par nos gouvernants, ne paraissent pas bien grands… Pas de luxe à l'intérieur de la mairie du Havre, les couleurs sont même plutôt ternes. Le geste architectural de Perret était une utopie de béton. Mais l'ex-Premier ministre qui m'accueille sur le seuil de son bureau m'avoue immédiatement s'y sentir bien. Il lui ressemble vraiment. « Matignon, j'avais du respect pour le lieu, évidemment. Mais ça n'était pas moi. » Ici, il a tout choisi. Du bureau de son grand-père, qui trône dans un coin, jusqu'à la grande carte de France sur laquelle il a épinglé tous les lieux visités en tant que Premier ministre et en tant que patron du parti Horizons. Je note qu'il n'y a pas d'épingle chez moi, à Vallon-Pont-d'Arc en Ardèche. Mais il y en a tout de même beaucoup. J'y vois le signe que ce futur candidat à la présidentielle prend les choses au sérieux, et entend bien sillonner la France de bout en bout, pour la connaître dans chacun de ses recoins.

Au fil de nos conversations, il m'a toujours semblé très déterminé à se présenter à la présidentielle de 2027, bien qu'extrêmement humble et prudent compte tenu du grand nombre de paramètres ne dépendant pas de lui – et pourtant susceptibles d'influencer considérablement son parcours politique. C'est un candidat que j'ai face à moi, mais un candidat qui n'a pas des idées arrêtées et définitives sur tous les sujets. D'ailleurs, le fait qu'il n'ait pas une réponse toute faite à tout sujet, une solution à tout problème, fait dire à certains journalistes – toujours à bas bruit et sans doute jamais devant lui – qu'il ne travaillerait pas suffisamment. L'obsession des journalistes politiques pour les annonces et les « Monsieur-je-sais-tout » ne cessera jamais de m'étonner.

Je lui expose mon projet, lui décris les recherches conduites au cours des derniers mois. Au moment de notre rencontre, le 26 octobre, j'arrive au terme des entretiens réalisés pour cet essai. J'ai donc une idée assez précise de la manière dont mon propos sera organisé.

Assis face à moi, mains posées sur la table de réunion qui nous sépare, il précise d'emblée ne pas être certain que le wokisme soit une idéologie à proprement parler. En revanche, le terme lui semble intéressant : « On est éveillés. Mais éveillés à quoi ? À quelque chose qu'on ne pouvait pas voir, comme si on était en sommeil. C'est-à-dire qu'il existe une réalité avec laquelle on vivrait, mais que l'on ne voit pas… Tout cela fait furieusement penser, même s'il y a des différences, à "l'avant-garde éclairée"… » Dans la théorie marxiste, l'avant-garde est la fraction la plus consciente et la plus politisée du prolétariat. Dans « La théorie marxiste du parti », le chercheur Michael Löwy explique que « le parti révolutionnaire de Marx […] est *l'avant-garde* des classes dominées qui luttent pour s'émanciper ; il est *l'instrument* de la prise de conscience et de l'action révolutionnaire des masses.

Son rôle n'est pas d'agir à la place ou "au-dessus" de la classe ouvrière, mais d'*orienter* celle-ci vers le chemin de son auto-libération, vers la révolution sociale[1] ». Édouard Philippe voit dans la mythologie de l'éveil ou de l'avant-garde une logique presque messianique : « On voit avant [les autres], on voit bien, on voit vrai. Les autres au fond se trompent parce qu'ils ne voient pas vrai. Comme ils se trompent, il faut les réveiller. C'est extrêmement puissant. » Il souligne par ailleurs un paradoxe qui n'est pas nouveau : toutes les grandes idéologies ont été portées par ce que l'on pourrait appeler « le monde de la raison » – chercheurs, philosophes, sociologues, historiens – alors même que l'on pourrait s'attendre à ce qu'ils soient un frein aux emportements idéologiques. Il me fait remarquer que le maoïsme des années 1970 se développe avant tout à l'université, le lieu même du savoir. « On est le lieu de la raison, donc on est le lieu de l'éveil, donc on est le lieu de l'intelligence, donc on voit avant les autres et par définition on voit mieux parce qu'on voit avant… et en avant Simone, si je puis dire. »

Pour lui, au fond, il n'y a rien de très nouveau dans l'emballement woke auquel nous assistons aujourd'hui. Sous des formes différentes, avec des contenus différents,

---

1. Michael Löwy, « La théorie marxiste du parti », *Actuel Marx*, 2009/2 (nº 46), p. 27-51. DOI : 10.3917/amx.046.0076. URL : https://www.cairn.info/revue-actuel-marx-2009-2-page-27.htm

de telles vagues idéologiques lui semblent revenir de manière cyclique, et condamnées, à plus ou moins longue échéance, à disparaître comme elles sont venues, tout simplement en se brisant sur la digue de la réalité. « Il n'y a plus beaucoup de maoïstes aujourd'hui ! » Au bout d'un moment, si l'idéologie ne rencontre jamais la réalité, elle perd son attrait. Il note également qu'à chaque emportement idéologique succède un mouvement inverse de balancier : « Je pense d'ailleurs que le balancier, s'agissant du wokisme, est déjà en train de repartir. » Je n'en suis pour ma part pas si certaine – une idée laisse un héritage dans la société, parfois négatif, parfois positif – mais c'est une hypothèse que je pense tout à fait crédible pour les années qui viennent.

Enfin, il me fait remarquer que si les injustices et les inégalités touchant les femmes sont encore très nombreuses, force est de constater que leur situation n'a jamais été si bonne dans l'histoire. « On crie au scandale précisément au moment où on est en train de sortir la tête de l'eau. » Mais dire cela, ajoute-t-il, c'est être certain de se faire traiter de gros con qui n'a rien compris par les militants wokes. Aucune statistique, aucun fait établi ne semble – selon lui – pouvoir convaincre les activistes que nous progressons. L'idéologie est toujours hermétique à la raison et aux faits. À mon sens, en termes moins violents, il rejoint ici le sentiment du philosophe Xavier Laurent Salvador qui m'affirmait, quelques semaines auparavant, que les wokes « épuisent le combat, car ils ne sont que dogmatisme, ils se comportent comme le pape au XIVe siècle, ils n'émettent que des bulles pontificales pour dire ce qui est bien ou mal».

Rien, au fond, dans les idées et les méthodes wokes – jusqu'à l'adhésion au recours à la violence, mis en évidence par les sondages cités dans le chapitre 2 – ne semble très nouveau aux yeux d'Édouard Philippe. «La question est plutôt: qu'est-ce que tout cela implique? Cela implique beaucoup de conneries, et beaucoup de gâchis…» Je lui rappelle alors que pour les wokes, les accusations infondées, les réputations défaites sont négligeables au regard de l'ampleur des violences qui ne sont jamais condamnées par la justice. Il y a là un raisonnement qui consiste à dire qu'on ne fait pas d'omelette sans casser des œufs, et que pour modifier les paramètres de ce qui est acceptable et moral dans nos sociétés, il faut en passer par là. «Oui, en général c'est le raisonnement du cuisinier qui a beaucoup d'œufs sous la main, c'est plus rarement le raisonnement du poussin. C'est très facile à dire, mais qui sont les œufs?» Derrière cette interrogation, c'est la question du respect des principes de droit et des personnes qui est posée.

Être attentif au sujet ne l'empêche pas d'être optimiste: de la même manière que beaucoup de jeunes maoïstes sont devenus bourgeois ou même très riches en vieillissant, il est prêt à parier que beaucoup de jeunes militantes wokes reproduiront un modèle hyper-bourgeois dans quelques années. La provenance sociale de cette nébuleuse laisserait à penser qu'il a raison. Combien de soixante-huitards sont passés avec armes et bagages chez l'adversaire conservateur ? Il faut néanmoins « livrer le combat intellectuel ». Je lui fais remarquer qu'à gauche, bien peu de figures s'élèvent pour dénoncer les dérives des activistes wokes. « C'était pareil dans les années 1970, il a fallu du temps avant qu'une autre gauche que cette gauche très, très dure se fasse entendre. »

*

* *

Comme je l'ai déjà indiqué, il n'existe pas de véritable consensus sur la définition de ce qu'est le wokisme. De nombreuses définitions concurrentes existent, et toutes ne considèrent pas ce courant de pensées assez diverses comme une idéologie à part entière. Parmi celles que j'ai pu recueillir au travers de mes lectures et entretiens, je trouve que la définition offerte par le philosophe – fermement anti-woke – Pierre-Henri Tavoillot est l'une de celles qui m'a le plus aidé à réfléchir au phénomène.

Pour lui, le wokisme se définit moins par un ensemble d'idées que par un mode de raisonnement dont il est possible de faire l'idéal type. « Tout d'abord, c'est une mécanique qui considère le monde de façon binaire, comme un rapport de force entre des victimes et des coupables. Tout est domination, et l'histoire est lue à travers ce prisme. » Le deuxième élément de définition est que « le maximum de domination et d'oppression est atteint à travers le colonialisme occidental, car il condense toutes les dominations : le Nord sur le Sud, les Blancs sur les Noirs, le productivisme sur la nature, les hommes sur les femmes… » C'est l'apothéose de la domination et c'est pour cela que les études post-coloniales sont assez en pointe et avant-gardistes par rapport au mouvement woke. Troisième élément de définition : « On pourrait penser que les choses vont mieux, c'est-à-dire que la décolonisation a eu lieu, le statut des femmes en Occident s'est amélioré, le racisme s'éloigne peu à peu… En réalité, nous disent les wokes, la domination monte en puissance, elle n'est pas derrière nous mais devant ! On nous explique que le post-colonialisme est plus sournois et abominable que la colonisation, la femme n'est pas libérée, et on lui fait même aimer ses chaînes, le racisme est si ancré que nous n'en avons même pas conscience… » Quatrième idée qui permet de définir le wokisme : face à cette illusion de l'amélioration et du progrès, il faut donc se réveiller. On passe d'une vision du monde à une pratique politique : il faut agir, « *canceller* »… « La thérapie se veut violente, car si nous sommes les seuls éveillés, et que les autres sont endormis, il faut dans un premier temps tenter de les réveiller, et s'ils ne veulent pas – complices ou bien naïfs –, il faut des actions radicales. »

La plupart des militants wokes se situent à gauche de l'échiquier politique. Pourtant, j'avoue avoir du mal à accepter l'idée que le wokisme serait un courant politique de la gauche, tant ses méthodes de combat politique sont à l'opposé de tout ce que la gauche a porté depuis des décennies. Carole Delga, présidente socialiste de la région Occitanie, partage manifestement cette opinion : « Le wokisme s'inspire de certaines théories d'intellectuels de gauche, notamment pour l'égalité réelle. Je pense aux références que sont Derrida, Bourdieu ou encore Foucault. Mais l'obsession identitaire développée par ce phénomène est perpendiculaire à la pensée de gauche universelle. Les militants wokes partagent certainement une partie de nos objectifs, mais leurs méthodes d'action sont à mes yeux très éloignées de ce que la gauche doit proposer aujourd'hui, sur la nécessité de rassembler demain. On peut aussi évoquer les exemples récents d'interdiction de discuter de tel ou tel sujet dans les universités, d'étudier le nu dans la peinture en histoire de l'art, ou l'effacement et la réécriture de livres. Pour moi, c'est la négation de la complexité de l'histoire et de la culture. Le projet de la gauche, c'est au contraire l'émancipation de chacun par le développement des savoirs et l'esprit critique. Résultat : la dénomination même de wokisme est instrumentalisée par la droite et le RN qui amalgament tout type d'évolution sociétale à une dérive pour disqualifier la gauche. Par ailleurs, la conception trop figée des identités alimente la bataille culturelle des conservateurs et de l'extrême droite. »

J'ai émis dans le chapitre consacré au sondage sur le wokisme une hypothèse pour expliquer la propagation des idées wokes dans notre société. J'évoque d'une part notre culture politique, qui fait la part belle à l'égalité comme valeur cardinale, et d'autre part l'échec patent des courants politiques supposés lutter contre les discriminations et faire advenir une « égalité réelle ».

D'autres facteurs peuvent expliquer la propagation des idées wokes. Dans une jeunesse qui a toujours eu besoin de causes, d'abord. Si elle s'est puissamment saisie de la lutte pour la préservation de la planète et de la biodiversité (je parle ici au moins d'une partie de la jeunesse, ce corps social n'étant pas homogène, loin de là), elle trouve nécessairement dans le combat contre les discriminations une raison de se mobiliser et de chercher à donner des débouchés concrets à ses aspirations et indignations.

Mais au-delà même des plus jeunes d'entre nous, les idées wokes peuvent trouver un écho important pour des raisons très diverses. Il y a la tentation très humaine et au fond très compréhensible de se penser victime et donc de rejeter sur l'autre ou sur le « système » la responsabilité d'une situation que l'on juge insatisfaisante. La panne de l'ascenseur social, et l'idée désormais fermement ancrée dans les esprits que nos enfants ne vivront pas mieux que nous, et que nous ne vivons pas mieux que nos parents, est un autre puissant levier d'adhésion à une nébuleuse idéologique dont le point de départ est précisément la prévalence d'inégalités et d'injustices criantes, comme en miroir de nos inquiétudes. La crise du sens dans une société sécularisée n'est pas en reste. Tout comme ce que je suis tentée de nommer, faute de mieux, la « crise de la nuance », accélérée d'une part par un système médiatique qui ne valorise que les personnes aux avis tranchés et ne doutant de rien, et facilitée d'autre part par une sorte de démission des modérés, las de participer au pugilat permanent qu'est devenu le débat politico-médiatique, de répondre à des interviews où l'intervieweur est procureur, sinon star adoubant ou rejetant l'interviewé… Enfin, les idées wokes prospèrent d'autant mieux qu'une partie de notre société semble vivre une forme d'effondrement culturel et intellectuel qui la conduit à méconnaître l'histoire, à ignorer le second degré, à effacer par facilité ou par ignorance tout ce qui fait la complexité du débat intellectuel. Comment expliquer autrement la méconnaissance ou le rejet par des pans entiers de la population de ce qu'est réellement la liberté d'expression, ou même de valeurs cardinales pour notre construction sociale telles que la laïcité ? Au fond, le wokisme prospère sur la déliquescence de ce qui nous tient ensemble, à savoir nos valeurs et principes fondamentaux.

Carole Delga, présidente de la région Occitanie, fait partie des figures qui, à gauche, tentent d'incarner un progressisme ne transigeant pas avec nos valeurs humanistes et universalistes. Elle regrette que le militantisme woke soit une tentation d'enfermer chaque individu dans sa condition, son origine ou sa religion. Un enfermement qui va à l'encontre de tout ce pour quoi la gauche se bat depuis des décennies. Elle pointe également des méthodes qui vont à l'opposé des valeurs progressistes, car « le recours à la violence est aux yeux des militants wokes justifié par le fait que la société est perçue comme violente à l'encontre des personnes discriminées. Or, pour nous [la gauche de Carole Delga], le refus de la violence doit rester fondamental. Parmi leurs méthodes de combat politique, il y a aussi la limitation des libertés. Il serait légitime de restreindre les libertés de certains au nom du fait que d'autres en auraient été privés, ou de l'idée qu'il ne faudrait offenser personne. Le délit de blasphème n'existe plus en France depuis près d'un siècle et demi, c'est profondément contraire à ce que nous sommes ». Elle m'indique avoir affiché des unes de *Charlie Hebdo* – qui caricaturaient toutes les religions – sur l'Hôtel de région en signe de solidarité au lendemain de l'assassinat de Samuel Paty. Ce qui lui valut de nombreuses critiques, y compris de la part d'élus de droite – les mêmes qui nous ont davantage habitués depuis quelques années à critiquer et essentialiser les musulmans à l'excès qu'à combattre les discriminations dont ils sont la cible…

Cette élue, qui se fait fort d'être avant tout proche des gens et se méfie donc des débats déconnectés des réalités agitant nos élites, m'a fait part de son étonnement face à l'ampleur que les critiques de la laïcité et de la liberté d'expression ont prises, notamment auprès d'une partie de la jeunesse biberonnée à la culture anglosaxonne. Elle se voit opposer l'idée que ces principes fondamentaux ne seraient qu'une insulte de plus, une discrimination de plus infligée aux musulmans, déjà bien mal traités dans ce pays. « Ces débats au départ cantonnés à la sphère intellectuelle et académique ont véritablement glissé dans le débat populaire. Sur le terrain et dans certains milieux, on a pu me dire : “Vous allez heurter les sensibilités, ils sont déjà assez discriminés.” Mais cela est une insulte infantilisante faite à nos concitoyens de confession musulmane qui ne sont nullement heurtés dans leur sensibilité ou qui acceptent de l’être comme tout autre type de croyants. C’est encore une manière d’essentialiser un groupe qui n’est pas homogène en prenant le parti des plus rigoristes. C’est un contresens dans le combat contre les discriminations qui est une matrice de mon engagement en politique. » Comment mieux exprimer la perte de repères qui sont fondamentaux et permettent la paix civile ? Les idées véhiculées par le militantisme woke – comme d’autres systèmes de valeurs – se développent grâce à la perte de nos propres valeurs.

Alors, quel est le problème, me direz-vous ? N’y a-t-il pas d’autres menaces bien plus graves pour l’humanité que le wokisme, dont par ailleurs personne ne se réclame ouvertement (même pas Sandrine Rousseau, que l’opinion publique associe pourtant au mouvement et qui s’en est notamment distanciée assez clairement après le 7 octobre et les massacres terroristes du Hamas en Israël, que de nombreux militants wokes n’ont pas condamnés comme tels), et qui n’a jamais menacé personne, à la différence du terrorisme ?

Est-il anormal de lutter contre les violences sexistes et sexuelles ? Évidemment pas. En revanche, transformer ce combat en une croisade contre les hommes, en un conflit des sexes, l'est.

Est-il anormal de porter un regard critique sur la période de colonisation, qui compte parmi les pages sombres de notre histoire ? Évidemment pas. Faut-il prendre en compte cette histoire ? Bien sûr. Mais doit-on pour autant ignorer le chemin parcouru depuis les décolonisations et dès lors clouer les sociétés occidentales – en particulier celles qui permettent le débat démocratique – au pilori, les dénoncer pour un « racisme structurel » impardonnable et indépassable, qu'elles auraient vocation à reproduire et donc à expier jusqu'à la fin des temps ?

Est-il anormal de lutter contre l'homophobie ? Pas le moins du monde, au contraire. Mais interdire toute forme d'interrogation sur les questions relatives à la famille, à la filiation, aux conséquences de la GPA par exemple, est problématique.

Est-il anormal de lutter contre la « transphobie », pour assurer aux personnes transgenres une égale dignité et un droit de vivre en paix ? Non, mais doit-on pour autant nier les critères biologiques de distinction des sexes, pour ne retenir que la « construction sociale » et non biologique dont découlerait le genre ?

Les chapitres précédents m'ont offert l'occasion d'évoquer un certain nombre de limites et de conséquences à mon sens négatives, voire franchement néfastes que peut avoir l'activisme woke dans notre société. Ce ne sont pas tant les idées et les intentions qui sont en cause – encore que ce point puisse être sujet à débat démocratique – comme l'a démontré le premier chapitre de cet ouvrage, mais leur application concrète et systématique, sans nuance et sans réflexion globale sur leurs conséquences, par des activistes radicaux. Ce faisant, ils prennent un risque majeur : *celui de discréditer aux yeux d'un grand nombre de Français des causes que je crois nobles*. En politique, il faut toujours se méfier des effets de réaction face à des phénomènes qui prennent une ampleur trop dérangeante pour la majorité. C'est d'ailleurs tout le problème des actions militantes, qui doivent trouver un équilibre précaire pour frapper l'opinion sans la braquer, pour l'embarquer et non la repousser… Jusqu'où peut-on bousculer ?

Le débat occupe aussi les militants de l'environnement par exemple. Qui peut affirmer que, demain, par rejet voire détestation de figures comme Sandrine Rousseau ou Jean-Luc Mélenchon (que j'ai renoncé à solliciter à force de refus, mais qui a fait siens un certain nombre des combats wokes et aurait amplement mérité de figurer dans cet essai), une part importante de la population ne rejettera pas en bloc tous les combats pour l'égalité et contre les discriminations ? Si un exercice critique de la pensée identifiée comme woke n'est pas réalisé par ceux qui sont les plus attachés au combat pour l'égalité et contre les injustices – c'est-à-dire la gauche « non woke », dont je suis –, alors ils seront demain jetés dans le même sac et disqualifiés durablement par les Français. N'oublions pas que le combat politique passe aussi par l'essentialisation du camp adverse sur ce qui est considéré comme ses pires travers par ses opposants.

La thèse principale que je défends dans cet ouvrage est la suivante : si les « wokes » et les « progressistes » (c'est-à-dire la gauche non woke) partagent les mêmes objectifs en apparence, à savoir combattre les injustices et les discriminations, une chose fondamentale les distingue. Pour les premiers, comme je l'ai évoqué plus tôt, la fin justifie tous les moyens. En revanche, pour les seconds, il existe encore un certain nombre de principes fondamentaux auxquels il n'est pas question de porter atteinte.

Comme je l'ai explicité dans les chapitres consacrés au féminisme et au rôle des médias, les activistes wokes considèrent que l'on ne fait pas d'omelette sans casser des œufs. Ils pensent que l'on pourrait sans grand dommage contourner, voire abolir, les principes de présomption d'innocence (au profit de la « présomption de sincérité » de la parole de la victime) ou de contradictoire dans une procédure judiciaire s'il s'agit de poursuivre des faits de violences sexuelles et sexistes. C'est oublier que ce serait changer le sens même de l'État de droit, la garantie des libertés fondamentales. La démocratie serait balayée.

Comme d'autres à l'opposé du champ politique, l'activisme woke considère qu'il est acceptable d'empêcher un conférencier ou un universitaire de s'exprimer lors d'une conférence publique sur un campus, dès lors qu'ils portent des pensées jugées offensantes pour certaines minorités, ou non conformes aux préceptes moraux que porte la pensée woke. Pour le dire plus clairement : la liberté d'expression – dans le respect de la loi – n'est pas sacrée et doit s'arrêter là où commence le sentiment des uns et des autres d'avoir été offensés. Un ordre moral s'imposerait donc au droit… par un régime de peur. Un contrôle général qui, pour employer les mots de Paul Valéry, reflète plutôt « un symptôme de la dégénérescence du goût de la responsabilité[1] ».

Citons ici la Fondation pour les droits individuels dans l'éducation (FIRE) qui a publié en 2020 une étude portant sur 20 000 étudiants américains. Cette étude tend à confirmer celles qui la précèdent : un grand nombre d'étudiants déclarent censurer leurs opinions, de peur d'être mal jugés par leur entourage, ou par leurs professeurs. Parmi les étudiants les plus enclins à l'auto-censure, les conservateurs (70 %), davantage que les modérés (61 %) et les libéraux (l'équivalent des progressistes, 55 %). S'agissant de l'acceptation de la violence pour empêcher quelqu'un de s'exprimer publiquement, l'étude note que 11 % des étudiants américains conservateurs et 22 % des étudiants libéraux jugent le recours à la violence acceptable. Ce phénomène a fait l'objet de questions dans le sondage réalisé pour ce livre, mais je n'ai hélas pas pu

1. Paul Valéry, *Le Bilan de l'intelligence*, Allia, 2011 [1935].

les poser à des échantillons spécifiques d'étudiants français. Il n'est donc pas possible de mesurer l'ampleur de la menace dans nos universités aujourd'hui, mais les scores obtenus auprès de la population des jeunes de 18 à 35 ans sont assez significatifs pour mériter des études plus approfondies à l'avenir.

Quoi qu'il en soit, le phénomène de censure, y compris par des moyens violents, n'existe aujourd'hui pas dans les proportions que l'on constate aux États-Unis depuis dix ans. Au regard de certaines affaires rendues publiques par la presse, on peut même se poser la question de savoir si la véritable lutte n'occupe pas plus les équipes de chercheurs et d'enseignants en regard de la place que chacun veut occuper dans la hiérarchie des disciples et donc les priorités de financements. Cela n'empêche pas de constater que le discours des activistes wokes des deux côtés de l'Atlantique est le même : la parole est une violence, qui peut légitimement être combattue par la violence physique.

L'histoire nous a montré que la censure est un phénomène classique. Chaque époque a connu la censure, sous des formes différentes, imposées par la loi ou par certains groupes, etc. Le cinéma américain a connu ce phénomène avec le code Hays institué en 1934 qui interdisait de rendre visibles le sexe, l'homosexualité… Un ordre moral bourgeois voire franchement conservateur était en place. Il ne faudrait pas qu'il soit, un siècle plus tard, remplacé par un ordre moral progressiste. Car nous voyons de plus en plus d'initiatives visant la remise en cause de la *liberté d'expression*, d'une part, mais aussi de la *liberté de création.*

Qui sait si Agatha Christie eût toléré que l'on corrige un titre de son œuvre ? Ici, le débat est plus complexe qu'il n'y paraît, car si le mot « Nègres » apparaît dans le titre au Royaume-Uni en 1939 dans le titre *Ten Little Niggers*, il ne l'est pas aux États-Unis en 1940 avec le titre *And Then There Were None*… avant de disparaître au Royaume-Uni en 1985, neuf ans après la mort de l'auteure. Qui sait si Roald Dahl, mort il y a trente-trois ans, trouverait sain que l'on réécrive des pans entiers de ses mythiques œuvres pour enfants – *James et la grosse pêche* en 1961, *Charlie et la chocolaterie*, datant de 1964, *Sacrées sorcières* en 1983… –, afin de les conformer aux préceptes moraux de la pensée woke dominante ? Faut-il réécrire ou carrément effacer les *Tintin au Congo* et *Tintin en Amérique*, dont chaque page est, au fond, devenue non plus un reportage en direct, mais un miroir historique d'une époque et d'un auteur qu'il nous faut tout de même regarder en face pour mesurer le chemin parcouru par notre approche du monde ?

L'activisme woke veut changer les mots, pour faire évoluer les mentalités. C'est une arme somme toute classique faisant partie du combat politique, tant il est vrai que les mots gouvernent les idées et que la politique consiste à imposer son récit du monde par le verbe… S'il faut sans cesse redire que le « *N word* » des Américains est une pure atteinte à la mémoire et à la dignité des Afro-Américains qui ont connu une ségrégation épouvantable jusque dans les années 1960 – avec des comportements qui perdurent aujourd'hui –, faut-il pour autant retirer « Nègres », ôter les expressions offensantes, obsolètes, voire ouvertement racistes ou sexistes d'œuvres qui ont pu être écrites aux époques incriminées ? Avoir accès au langage d'une époque, c'est aussi mieux en connaître les fondations, les fantasmes, les valeurs. Cette approche-là est indispensable pour que tout un chacun mesure les évolutions d'une société. Il appartient en revanche à nos générations d'être suffisamment éduquées pour prendre du recul, lire avec le contexte en arrière-plan… Cela passe par l'école, mais aussi par l'ensemble de la sphère médiatique, de la culture, etc.

Il n'y a évidemment pas uniquement la question des œuvres passées, et jugées dépassées, qui se pose. Il faut également interroger la création actuelle : combien d'œuvres ne seront pas produites, financées, voire imaginées, simplement parce que le groupe social auquel les artistes appartiennent est en ce moment étouffé par le conformisme woke ? Dans son ouvrage *Woke Fiction*[1], Samuel Fitoussi fournit nombre d'illustrations de ce phénomène de censure plus ou moins ouvertement assumé qui touche les États-Unis. Il relate notamment la manière dont certains des créateurs et acteurs centraux

1. Samuel Fitoussi, *Woke fiction. Comment l'idéologie change nos films et nos séries*, Le Cherche Midi, 2023.

de la mythique série *Friends* ont désavoué la série qui avait fait leur carrière. L'une des cocréatrices, Marta Kauffman, a ainsi dit: « J'ai mal quand je me regarde dans le miroir, j'ai honte de ne pas avoir su mieux faire il y a vingt-cinq ans. » L'acteur David Schwimmer, incarnation de Ross abonde: « Je suis désormais conscient de mon privilège de mâle blanc hétérosexuel. » Comme si le personnage joué disait la réalité de la personne qui l'incarne, ses valeurs et ses travers…

En France, l'ampleur du phénomène reste difficile à évaluer. Que n'a-t-on dit des œuvres de Nicolas Bedos depuis sa mise en cause dans l'affaire citée plus haut? Machistes, rétrogrades… Il faut bien avouer que *Les Inrocks* lui avaient déjà attribué le titre de « réalisateur le plus misogyne et le plus vulgaire de France » en novembre 2022… On retiendra notamment contre lui les « saillies racistes, le machisme invétéré et la "beauferie" intégrale [d']*OSS 117* » (troisième opus), qui affiche selon *Marianne* un « profil plus consternant encore que dans les précédents épisodes de la saga ».

Censurer le passé, façonner l'avenir: voilà la mission que se sont assignée les activistes wokes en matière de culture. Nous touchons ici à un débat séculaire sur le rôle de l'art. Certains considèrent que l'art doit s'affranchir de toute considération, de tout jugement moral. Le débat est en réalité aussi vieux que l'art et sa censure ainsi que celle des artistes et écrivains. Les activistes wokes ont choisi leur camp: dès lors que les spectateurs sont influencés par les œuvres, ils pourraient prendre exemple sur les travers et comportements immoraux des personnages de romans ou de cinéma... Il faudrait ainsi supprimer les œuvres participant à la création d'une « culture du viol ». *Exit Blanche-Neige* et *La Belle au bois dormant* ! Les scènes de viol qui se trouvaient dans les premières saisons de *Game of Thrones* se sont faites de plus en plus rares, jusqu'à disparaître totalement après le début du mouvement #MeToo. Samuel Fitoussi rappelle également que la chaîne Disney + a modifié certains de ses vieux films. Ainsi, une scène de *Toy Story 2*, où un vieux bonhomme essaie de draguer deux poupées en leur proposant un rôle dans le futur *Toy Story 3*, a tout simplement été effacée. Plusieurs images du postérieur de la Petite Sirène ont été recadrées ou supprimées. Chez Roald Dahl, une « séduisante femme d'âge mûr » devient une « bienveillante femme d'âge mûr ».

En d'autres temps, ce sont les conservateurs qui ont tenté d'influencer l'art, à travers un encadrement de la liberté de création, pour inculquer au « bas peuple » jugé forcément bête et inculte des règles de vie et principes moraux. Les nouveaux censeurs se sentent d'autant plus légitimes à écraser la liberté des artistes qu'ils sont animés de la certitude d'être une avant-garde « éveillée », et donc forcément détentrice d'une vérité que les « endormis » seraient trop bêtes, incultes ou bornés pour accepter comme telle. Étonnamment, dans ce tableau de censure, la violence, les meurtres, les blockbusters esthétisant un monde de feu et de sang jusqu'à l'écœurement sont bien moins visés, comme si certaines formes de violences étaient supportables aux yeux de tous, et d'autres moins… Deux poids deux mesures, en regard des combats menés par les activistes.

J'ai évoqué dans le premier chapitre de cet ouvrage le mouvement perpétuel de déconstruction qui animait la recherche en sciences sociales. Il ne me paraît pas en soi infâmant, constituant même une méthode essentielle d'évolution des savoirs et des interprétations du monde. Ce qui est infâmant, c'est l'arrogance avec laquelle les activistes wokes pensent pouvoir imposer leur vision de l'histoire, ou de la langue, à un peuple jugé par essence trop aveugle pour pouvoir atteindre sa propre vérité par sa raison critique. Favorable au débat, à la critique y compris virulente, je ne pense pas que l'on élève le débat en présupposant la bêtise ou l'ignorance de son contradicteur. Je ne suis donc pas opposée à ce que les œuvres soient contextualisées, interrogées. Que l'on réécrive des biographies, que l'on éclaire telle ou telle personnalité sous un jour nouveau m'apparaît légitime. Que l'on expurge tel ou tel livre d'histoire, que l'on interdise de lire tel ou tel auteur, que l'on débaptise toutes les places et les rues au prétexte que celui dont elles portent le nom ne se conformerait pas entièrement aux préceptes moraux dominants aujourd'hui, me paraît autrement plus problématique, même s'il est aussi légitime de repenser nos panthéons en regard de l'image que nous voulons donner de nous-mêmes…

La démocratie ne fonctionne pas parce qu'une « avant-garde éclairée » (éveillée, devrais-je dire) montre le chemin à un peuple ignorant. Elle fonctionne parce que l'on fait le pari de l'intelligence du peuple, donc de son instruction, et de l'apprentissage à l'exercice de son libre-arbitre. En quoi le « roman national » de la droite, tant décrié par la gauche, vaudrait-il moins que le nouveau roman national woke ? Le *Tour de France par deux enfants*, ouvrage paru en 1877 et qui fit l'objet de pas moins de 500 rééditions, est l'expression de l'air du temps et de l'idéologie dominante d'une époque. Ce livre « d'édification patriotique » paraît à la suite de l'annexion de l'Alsace-Moselle par les Allemands, et donne à voir une France au moins autant fantasmée que réelle. Faudrait-il s'interdire de se pencher sur ce qu'il dit d'une autre époque ? Ou lui substituer un autre *Tour de France* plus éveillé, où les enfants découvriraient une France mosaïque, tolérante, ouverte à l'immigration ? S'engager dans la culture de l'effacement, au lieu de contextualiser les événements passés, revient à nous condamner nous-mêmes à être effacés plus tard parce que nos descendants ne manqueront pas de nous trouver indignes sur bien des points.

Quel que soit le bord politique auquel nous appartenons, nous verrons toujours la vérité chez nous et l'idéologie chez l'adversaire. Édouard Philippe, que j'ai interrogé pour ce livre, m'a dit qu'à son sens la faculté de penser contre soi-même est un impératif de la liberté de penser. Je partage totalement cet impératif trop oublié des cercles militants les plus radicaux. Le dialogue est ainsi au fondement de la liberté d'expression. L'important, c'est de savoir reconnaître que ce que l'on tient pour vrai n'est pas forcément la vérité de tous. Il me semble que les activistes wokes l'ont trop oublié.

Comme expliqué plus tôt, le wokisme a pour pierre angulaire un souci éminemment respectable en apparence : éviter à tout prix toute expression susceptible d'offenser ou d'être perçue comme stigmatisante envers tel ou tel individu ou groupe d'individus. Il circonscrit ainsi la liberté d'expression, et la soumet à l'arbitraire du jugement individuel puisque personne d'autre que moi n'est capable de dire ce qui peut m'offenser. C'est précisément la pente sur laquelle de nombreux responsables politiques – j'ai cité l'exemple de Marine Tondelier – se sont engagés en toute bonne foi, sans voir le régime dans lequel un tel mot d'ordre nous ferait basculer.

*

*　*

La fin justifie tous les moyens, donc. La subordination de la liberté d'expression à la nécessité de ne pas offenser. La censure et la liberté de création mises au service de la rééducation de nos sociétés. La réécriture de l'histoire, également, mais aussi la modification de la langue. La violence est un moyen acceptable pour faire taire ceux qui prononcent des paroles offensantes. Certains concepts très français, comme la laïcité qui garantit notre coexistence pacifique quelle que soit notre religion, et ce depuis plus d'un siècle, sont attaqués comme anti-religieux. Et plus spécifiquement, islamophobes, sans voir qu'ils sont le fruit d'une volonté historique de repousser le plus possible dans la sphère de l'intime le fait religieux quel qu'il soit… Le libre exercice de l'esprit critique n'est plus considéré comme sain et émancipateur, puisque les moyens éducatifs et créatifs sont mobilisés pour nous rééduquer. *Exit*, toute forme de second degré, de nuance, de volonté de contextualiser les événements pour les comprendre : toute notre histoire doit être jugée à l'aune de notre morale actuelle (ou plutôt, pour les wokes, la leur). Et l'on pourra par ailleurs joyeusement saborder deux éléments fondamentaux pour une démocratie vivante : d'une part, notre conception de la représentation politique ; et de l'autre, notre conception du débat en démocratie.

Le principe de représentation, en France, suppose que chaque citoyen puisse représenter l'ensemble de ses concitoyens, et ce indépendamment de leurs origines, couleur de peau, orientation sexuelle, richesse. Le député est certes attaché à une circonscription, mais il est avant tout député de la Nation. Il entretient un lien particulier avec ses électeurs, mais ceux-ci sont divers dans leurs origines, catégories sociales, religions. S'il est riche, il pourra représenter les pauvres, s'il est blanc, il pourra représenter les Noirs, s'il est un homme, il pourra représenter les femmes, et inversement.

Cette fiction politique issue de la Révolution française trouve évidemment des limites : que peut connaître un riche héritier de la condition des femmes de ménage ou des ouvriers du bâtiment ? Que peut comprendre un homme de ce que vivent les femmes battues ou violées ? Pour ces raisons, depuis des décennies, chaque parti politique s'est attaché à promouvoir en son sein une diversité de profils. Les catégories populaires, d'abord (qui ne sont pas nombreuses au Parlement), les femmes ensuite, et les personnes issues de la diversité « et autres minorités » enfin. Sandrine Rousseau, interrogée sur ce que devrait être la représentativité au Parlement, me livre une réflexion intéressante, même si elle a des limites évidentes : « S'il n'y a pas de député issu des classes populaires, issu de minorité discriminée, ou encore de député femme, les sujets qui les concernent spécifiquement sont oubliés. Porter une loi, cela demande de l'énergie, c'est un affrontement, il faut du temps... Il faut donc que cela soit un sujet qui vous tienne vraiment à cœur. Par exemple, j'ai vu dans l'hémicycle que lorsque Rachel Keke parle de la sous-traitance, elle en parle comme aucun d'entre nous pourrait le faire. Ça ne veut pas dire que je ne peux pas représenter, moi, Sandrine Rousseau, les hommes noirs par exemple... mais cela veut quand même dire que les problématiques auxquelles ils sont confrontés – par exemple d'insécurité dans l'espace public ou de discrimination au travail – seront moins fortement portées à l'intérieur de l'hémicycle. »

La diversité peut donc être considérée comme une richesse… Jusqu'à ce que sa recherche tourne à l'obsession de l'essentialisation de chacun et vienne supplanter tout autre critère de sélection politique. Car si l'on va au bout de la logique qui est celle que les wokes (ce que Sandrine Rousseau se garde de faire ici) poussent jusqu'à la caricature, pourquoi ne pas modifier les représentations en scindant le corps électoral en communautés qui éliraient leurs représentants (c'était la représentation de l'Ancien Régime d'une société de trois ordres), voire supplanter le Parlement par des « échantillons nationaux représentatifs » comme les constituent les instituts de sondage pour leurs études quantitatives ? Pourquoi ne pas supprimer purement et simplement l'élection, si l'on considère que la qualité du travail fournie par un parlementaire ne compte pas, et que seule compte son identité ? Si chaque élu est un quota, la part d'universel de chaque citoyen est évacuée, et chacun se voit ramené à son identité. Et enfermé dedans.

La logique identitariste – par laquelle chaque citoyen est légitime à participer aux décisions communes pour ce qu'il est, non pas pour ce qu'il dit, pense ou fait – qui est fortement promue par les wokes porte atteinte à un autre élément fondamental de notre démocratie, outre le principe de représentation : une certaine idée du débat public. Puisque seules les minorités raciales peuvent parler de racisme, car elles sont seules à en faire l'expérience, ou puisque les femmes sont les seules à pouvoir parler d'atteintes sexistes et sexuelles, il n'y a plus de débat public possible, au sens de dialogue national visant à partager un diagnostic et à trouver des solutions communes. Chacun dans sa bulle, chacun dans son couloir, replié sur un groupe d'appartenance toujours plus étroit – car les femmes noires n'ont pas la même expérience des discriminations que les femmes blanches, les femmes noires lesbiennes n'ont pas la même expérience des discriminations que les femmes noires hétérosexuelles, etc. L'on aboutirait ainsi à la France du face-à-face que redoutait Gérard Collomb dans son discours de passation de pouvoir en quittant le ministère de l'Intérieur le 3 octobre 2018.

La part des Français engagés dans cette logique identitaire mortifère pour notre démocratie est heureusement moins grande que ne le laisse parfois croire le paysage politico-médiatique. Mais tout de même : selon un sondage que j'ai commandé à OpinionWay, 23 % des Français – et 31 % des 25-34 ans – pensent qu'une personne âgée ne peut pas comprendre le quotidien des jeunes et n'est donc pas légitime pour les défendre. 27 % pensent qu'une personne blanche ne peut pas comprendre le quotidien des personnes noires et n'est donc pas légitime pour les défendre, dont 41 % des 25-34 ans. 28 % des Français pensent qu'un homme ne peut pas comprendre le quotidien des femmes et n'est donc pas légitime pour les représenter, dont 42 % des 25-34 ans et 36 % des femmes. 28 % des Français pensent qu'une personne hétérosexuelle ne peut pas comprendre, et donc représenter, les personnes homosexuelles ou bisexuelles, dont 38 % des 25-34 ans. Enfin, particularité très française qui dit beaucoup de notre rapport à l'argent : 56 % des Français considèrent qu'une personne issue des catégories aisées ne peut pas comprendre le quotidien des personnes issues des catégories populaires et n'est donc pas légitime pour les représenter.

Ce nouveau clivage affaiblit, de jour en jour, notre démocratie. Les « non-identitaristes » – ceux qui ne cèdent absolument jamais à cette logique – pèsent encore 40 % au sein de la majorité présidentielle ou chez Les Républicains, et 27 % chez les sympathisants LFI ou 22 % au RN. Aucune famille politique n'est donc épargnée par le phénomène.

La logique identitariste – ceux qui répondent systématiquement oui aux questions du sondage OpinionWay cité ici – ne pèse que 8 % au sein de la population, contre 31 % qui sont absolument universalistes et républicains. Mais les jeunes cèdent de plus en plus à la tentation communautariste – 13 % des 25-34 ans, contre 3 % des plus de 65 ans. Le phénomène conduira inéluctablement, s'il perdurait, à la dislocation du débat et à la remise en cause du principe fondamental de représentation. C'est un péril que nous négligeons encore trop souvent. Il est grand temps d'ouvrir les yeux sur ce péril qui menace notre démocratie.

Faut-il s'étonner que, dans cette société « tour de Babel » où plus personne ne cherche à trouver et à consolider ce que nous avons en commun mais où chacun vise à exacerber et faire valoir sa différence, les tensions et les fractures semblent de plus en plus béantes ? La logique identitaire que la gauche a constamment critiquée lorsqu'elle venait de l'extrême droite, considérant que c'est une logique du repli et d'*exclusion* de l'autre, est aujourd'hui utilisée par sa fraction woke au nom même de *l'inclusion*. Les individus sont assignés à des identités ou à des communautés d'appartenance sur la base desquelles ils se sentent discriminés. Femmes, Noirs, personnes transgenres, homosexuels, personnes en surpoids, musulmans, personnes atteintes de handicap… Alors que la France ne reconnaît que des citoyens membres de la communauté nationale, les activistes wokes, inspirés du modèle communautariste anglosaxon, souhaitent que chacun soit reconnu non pas en dépit, mais en raison même de ses spécificités.

Cependant, en instaurant des rapports d'ayant droit vis-à-vis de l'État et de la communauté nationale *sur la base* de leur identité, chacun se trouve essentialisé, enfermé dans une identité figée, détruisant ce qui a fait la singularité de la nation française construite par l'État. Le chacun chez soi pourrait ainsi être au départ d'une destruction de la nation. Comme le dit Carole Delga : « Lorsqu'on commence à enfermer les gens dans une identité figée, à leur dire qu'il ne faudrait plus bouger, c'est que tôt ou tard on limitera leur liberté de pensée. Cet enfermement, cette abolition de l'émancipation est vraiment quelque chose que je trouve insupportable. Chacun doit pouvoir évoluer, sans se voir assigné à résidence dans un lieu, une religion ou une identité quelconque. »

La guerre des identités survient dès lors qu'une communauté estime que sa place n'est pas respectée. Ce qui, dans une société où les discriminations restent nombreuses et où les injustices le sont plus encore, conduit une large majorité de citoyens à se sentir insuffisamment protégés, reconnus, valorisés. Dans cette lutte pour la reconnaissance, chaque groupe a besoin de se définir « contre » pour parvenir à exister. Comme l'explique très bien Nathalie Heinich : « Contre l'ennemi qui se refuse à les reconnaître ou à les traiter dignement, mais aussi contre les concurrents dans la lutte pour la reconnaissance. » Les Noirs contre les Blancs, les femmes contre les hommes, les musulmans contre les catholiques… Elle conclut : « L'identitarisme est une exacerbation victimaire de la définition communautariste de la citoyenneté. »

Pour conclure ce chapitre, nous arrivons à un ultime argument qui justifie le fait d'analyser et de porter un regard critique sur la nébuleuse idéologique woke, en particulier si l'on se dit de gauche : c'est un épouvantail idéologique utile pour le bord politique opposé, et notamment pour le Rassemblement national. Mon entretien avec Marine Le Pen montre combien elle incarne une vision de la société très différente de celle des wokes, et entend les combattre pied à pied. Elle n'est évidemment pas la seule à s'opposer à leur vision de la société, Édouard Philippe et bien d'autres le font aussi. Mais il est manifeste qu'à travers ses expressions, elle cherche à prendre la tête de ce combat de la droite et des conservateurs de tous ordres comme ce qui est perçu comme une nouvelle menace progressiste à tendance totalitaire.

Il est difficile de le démontrer à travers les études d'opinion, cela reste donc à ce stade une hypothèse qui pourra faire l'objet de recherches ultérieures : il est possible que les figures du wokisme soient un repoussoir tel, pour les électeurs potentiels de Marine Le Pen, qu'elles seront demain, finalement, un levier de vote en sa faveur.

Comme je l'ai écrit plus haut, deux tiers des Français n'accordent pas aux puissants – responsables politiques, artistes, chefs d'entreprise… – le bénéfice d'un droit pourtant fondamental : celui de la présomption d'innocence. Certains cas sont relativement clairs, comme celui de Mathias Vicherat dont j'ai déjà parlé ici, et pour lequel il n'y a ni plainte ni même accusation publique de violence conjugale. Il est relativement facile, dans ces situations-là, de prendre position et de défendre des principes. Mais il y a d'autres histoires – peut-être sont-elles d'ailleurs majoritaires dans le flot continu des cas d'accusations de violences sexistes et sexuelles que relaient nos médias depuis #MeToo – où la frontière entre le vrai et le faux, le noir et le blanc, est bien plus difficile à définir sur la seule base des informations publiques. L'affaire Depardieu fait à mes yeux partie de ces cas-là.

Reprenons les ingrédients de cette affaire : un acteur monumental, puissant parmi les puissants dans un monde du cinéma qui ne s'est jamais illustré par son courage face aux excès ; une première plainte pour viol déposée par l'actrice Charlotte Arnould contre Depardieu en 2018, il y a une éternité… il fut alors mis en examen en 2020 et depuis, plus un signe de la part de la justice sur cette affaire ; une deuxième plainte déposée par l'actrice Hélène Darras pour agression sexuelle en 2023 ; seize femmes supplémentaires l'accusant d'agressions sexuelles, au travers d'enquêtes publiées par Mediapart et France Inter, sans avoir pour autant porté plainte… En octobre 2023, l'acteur se défendait dans une tribune publiée par *Le Figaro*, dénonçant un « lynchage médiatique » : « Je ne peux plus consentir à ce que j'entends, ce que je lis sur moi depuis quelques mois. Je croyais m'en foutre, mais non, en fait non. Tout cela m'atteint. Pire encore, m'éteint. »

Dernier ingrédient, celui qui met le feu aux poudres : un reportage de *Complément d'enquête*, conçu à partir d'images tournées par Yann Moix en Corée du Nord, montre un Depardieu multipliant les propos et les gestes obscènes envers des femmes et une petite fille.

Tout, dans cette affaire, suscite chez moi un profond malaise. Le silence ahurissant du monde du cinéma qui, pendant des années, aurait connu des attitudes et des propos qui ne tombent pas tous sous le coup de la loi, mais dont un bon nombre auraient pu, et auraient dû, être dénoncés plus tôt par ceux qui en avaient le pouvoir (il faut écouter Sophie Marceau à ce sujet, elle avait dénoncé les comportements déplacés et scandaleux de l'acteur en 1985 après le tournage du film *Police* de Maurice Pialat, elle avait alors dix-huit ans, et personne ne l'avait écoutée). Le lynchage sans nuance ni retenue qui succède désormais à l'omerta, puisque même sans décision de justice nous avons à présent collectivement accepté que le nombre des témoignages excluait la possibilité d'une erreur. La puissance du rejet dont l'acteur est frappé aujourd'hui est proportionnelle à l'opacité du silence qui l'a protégé jusqu'ici. La quête de vengeance de celles que l'on aura si longtemps muselées et effacées est compréhensible.

Pour autant, la couardise et le panurgisme qui prévalent des deux côtés, avant et après #MeToo, doivent-ils désormais être élevés par notre époque au rang de vertus cardinales ? Peut-on accepter que ceux qui se rattrapent aujourd'hui à coups de tribunes accablant Depardieu soient lavés de toute responsabilité ?

Comment ne pas se trouver mal à l'aise lorsqu'il s'agit de défendre des principes auxquels on croit – et la présomption d'innocence est un droit éminemment important à mes yeux – y compris pour des porcs ? Sandrine Rousseau a raison lorsqu'elle écrit dans *Libération* le 29 décembre 2023 : « **Nous ne voulons pas effacer l'acteur, nous voulons lui demander des comptes** [...]. La tribune en soutien à Gérard Depardieu a été initiée par un proche de la campagne d'Éric Zemmour. Cela n'a rien d'anodin. Ce qui se joue dans la défense de l'acteur, c'est la défense d'un monde en déliquescence. On n'entrave pas la jouissance d'un homme puissant. Voici en quelques mots résumés le message passé par ceux qui prennent sa défense, et derrière, c'est l'ordre patriarcal, racial et spéciste au complet dont la préservation est appelée. » Il y a sans doute en effet derrière la tribune signée par quelques grands noms du cinéma et appelant à ne pas « effacer » Depardieu autre chose que la simple défense de l'acteur. Le fait qu'il soit un grand artiste ne le place pas au-dessus des lois, contrairement à ce qui est dit de manière subliminale dans ce texte. Mais pas au-dessous non plus.

Je le dis tout net : je n'aurais jamais signé une telle tribune. Je refuse de tomber dans la police des mœurs, mais je crois pour autant qu'il est plus que temps de nous débarrasser de certaines attitudes qui, sans être forcément illégales, salissent les femmes. Où commencent les leçons de morale, et où finit le combat légitime pour la dignité des femmes ? C'est parfois extrêmement difficile à dire. Et il est dans certains cas bien plus facile de jeter en bloc un « porc » et son œuvre à la poubelle que se poser des questions auxquelles les réponses nous échappent.

Mais voilà : les principes n'ont de force que s'ils sont appliqués partout et pour tous. Il faut donc dépasser la nausée et rappeler que cet homme est innocent des faits de viol et d'agression tant que la justice n'en a pas décidé autrement.

Je ressens également un malaise face au rôle des médias dans cette affaire, indispensable et nocif à la fois. Ils restent indispensables, parce que les monstres sacrés et les puissants de toute sorte ne tombent toujours pas par la seule force de la justice. La médiatisation est encore, hélas, un ingrédient incontournable pour accélérer les enquêtes qui traînent, démasquer les oppresseurs logés au cœur de systèmes de pouvoir, et pour encourager les victimes à oser parler, ne serait-ce qu'en découvrant qu'elles ne sont pas seules. Rôle incontournable, mais tellement néfaste lorsque les accusations sont excessives ou infondées. Car nous savons que l'accusation médiatique vaut désormais condamnation par l'opinion et ce sans retour en arrière possible. Les féministes répondront que les fausses accusations sont marginales, en comparaison de l'immense majorité des viols qui ne sont jamais poursuivis ni condamnés. C'est vrai… mais la gauche féministe a, en d'autres temps, combattu la peine de mort au nom même de l'idée que la possibilité de l'erreur judiciaire disqualifiait toute peine irréversible. Comment peut-elle dès lors s'accommoder de l'idée que de simples déclarations publiques, voire de simples rumeurs, vaillent condamnation à mort sociale ?

Malaise aussi parce que ni le président de la République dans son interview d'avant Noël ni la cinquantaine de signataires de la tribune du *Figaro* parue le 26 décembre 2023 et défendant Depardieu n'ont guère de considération pour les plaignantes. Or en 2024, en France, il est encore difficile, très difficile de parler lorsqu'on a été victime de violences sexistes et sexuelles.

Le « je te crois » des néo-féministes est une invitation à basculer dans l'arbitraire. Nous ne devons pas pour autant revenir au « circulez, y a rien à voir » qui prévalait avant. Se rend-on compte que, il y a quelques années à peine, on demandait encore aux victimes de viol de prouver qu'elles s'étaient suffisamment débattues face à leur agresseur ? Entre libération de la parole et protection des droits de l'accusé, nous sommes encore vraiment loin d'avoir trouvé le bon équilibre.

Malaise, enfin, de ce que l'affaire Depardieu dit de notre manière d'appréhender le réel, non par les faits, mais par l'image, et si possible la vidéo. Non par la raison, mais par l'émotion. Sommes-nous aussi sensibles lorsqu'il ne s'agit pas d'un mis en cause riche et puissant ? En parlerions-nous tant s'il n'y avait pas eu les images et les vidéos ? Est-ce que cela veut dire que les victimes de viols « anonymes », dont les agresseurs sont eux aussi inconnus, ne compteront jamais ? Les propos abjects égrenés pendant de longues minutes dans le reportage de *Complément d'enquête* ont produit une forme de bascule médiatique. Sans remettre en cause le rôle des journalistes (ce qu'a hélas semblé faire Emmanuel Macron dans son interview à *C à vous*), il est de notre devoir de les regarder avec prudence. Au fond, sont-ils un petit échantillon d'une réalité sordide, du quotidien d'un acteur visiblement rongé par l'alcool ? Doit-on croire que cet homme se résume à cela ? Ce débat-là est sans fin et ne pourra être tranché par chacun qu'en son for intérieur, face à sa conscience et selon l'idée qu'il se fait de la morale. Car enfin, sans le condamner à l'effacement, rien n'oblige quiconque à regarder les œuvres de quelqu'un que l'on jugerait moralement condamnable.

Restent le sujet judiciaire et le débat juridique, qui n'ont pour le moment pas été tranchés. Et c'est sans doute là que se trouve le seul élément avec lequel je me sens à peu près à l'aise dans cette histoire. Car il n'est pas ici question d'être pour ou contre Depardieu. Cet affrontement stérile n'aidera pas les victimes. Le vrai débat que nous devrions avoir porte sur la justice. Tout d'abord, comment se fait-il que, cinq ans après une plainte pour viol et trois ans après une mise en examen, rien n'ait avancé ? Peut-on être un jour reconnu innocent si l'on a été présumé coupable par les Français pendant cinq ans ou plus ? Peut-on accepter, quand on est victime d'un viol, de vivre suspendue à une décision de justice pendant cinq ans ? L'État peut-il prétendre rendre justice efficacement s'il met des années à le faire ? Il me semble que non. On comprend pourquoi certaines victimes préfèrent la célérité médiatique à l'immobilisme judiciaire…

Par ailleurs, la condamnation à mort sociale qui s'impose de fait à de plus en plus d'agresseurs – même s'il reste des milieux où l'omerta règne encore – ne devrait pas être considérée comme une alternative valable à la condamnation judiciaire. Sandrine Rousseau, qui n'est pourtant pas modérée en la matière, le rappelle elle-même lorsqu'elle se prononce en 2022 pour un retour de Denis Baupin ou d'Adrien Quatennens en politique, au nom de l'idée qu'une peine purgée doit ouvrir la voie à la réhabilitation. Mais pour que la réhabilitation ait lieu, encore faut-il que la justice fonctionne et condamne dans des délais raisonnables. La boucle est bouclée… et l'impasse dans laquelle nous nous trouvons n'a jamais semblé aussi sombre.

Conclusion
Rester éveillés

30 octobre 2023. Le gratin du football mondial est réuni, comme chaque année, au Théâtre du Châtelet pour la cérémonie du Ballon d'Or. Suspense : Messi, sacré champion du monde l'année précédente au Qatar, va-t-il remporter son huitième trophée ? Mbappé a-t-il une chance ? Le monde du foot retient son souffle. En attendant, on amuse la galerie à coups de trophées mineurs – le Ballon d'Or féminin est remporté par l'Espagnole Aitana Bonmatí, l'internationale du FC Barcelone – et d'intermèdes comiques et musicaux. Rema, star nigériane de l'Afrobeat, smoking noir et lunettes de soleil, interprète son succès mondial *Calm Down*, à quelques minutes de la remise du trophée. Les médias se félicitent de ce qu'il est le premier artiste africain à être convié à la cérémonie. Descendant de la scène, le jeune chanteur serre chaleureusement la main des footballeurs assis au premier rang… sans accorder le moindre regard aux footballeuses, installées au même endroit. Il ne s'arrête même pas devant Aitana Bonmatí, qui vient pourtant d'être récompensée. En un instant à peine, voilà le

symbole du progressisme du monde du foot qui se mue – devant des millions de téléspectateurs dont trop peu auront été choqués – en symbole de l'invisibilité et de goujaterie. Pour l'égalité femmes-hommes dans le foot, on repassera. Espérons que ce soit avant 2043.

L'actualité offre quotidiennement des occasions de désespérer de l'humanité. Les injustices ne régressent pas aussi vite que nous le souhaiterions. La tentation est parfois grande de jeter le bébé avec l'eau du bain et de basculer dans une forme de radicalité afin de faire advenir ce que des siècles d'habitudes et de normes empilées ne cessent de retarder. Je comprends – sans la vivre néanmoins – l'urgence de celles et ceux qui n'en peuvent plus d'être maltraités, humiliés, oubliés, violentés, insultés. Mais je leur dis que le chemin compte autant que la destination.

Ce livre contient au moins autant de questions que de réponses, de doutes que de convictions. Il se veut avant tout une invitation à la réflexion, et s'il a permis au lecteur de douter de ses convictions, de revenir sur ce qu'il croyait acquis, ou simplement d'apercevoir la complexité d'un sujet qu'il croyait simple, mon objectif aura été atteint.

Les personnes interrogées ont pour la plupart, à ma grande surprise, une opinion formée mais relativement nuancée sur les sujets abordés. Sans doute est-ce parce que je n'ai pas interrogé, ou du moins cité dans ce livre, la base des activistes wokes dont je dénonce les modes d'action. Les interlocuteurs politiques rencontrés, quels que soient leurs bords, se sont montrés préoccupés, voire inquiets sur l'avenir, au gré de leurs convictions. Inquiets et graves, car conscients que lorsque l'on traite d'égalité, de justice et d'un mouvement que tant de médias aiment prendre à la légère ou caricaturer, on parle en réalité de l'essentiel, de ce qui fait la France, et de ce qu'elle sera dans les siècles qui viennent.

Dans vingt ans, que restera-t-il du wokisme ?

Je retiendrai, parmi les personnalités rencontrées, la réponse d'Édouard Philippe, sans doute bien plus optimiste que la mienne : « Bonne question… » a répondu le maire du Havre, dans son bureau, en marquant une pause. Puis il enchaîne : « Je pense qu'il en restera une forme d'accélération de l'égalité entre les hommes et les femmes, je crois. Les choses totalement excessives vont disparaître, je ne crois pas une seconde que l'écriture inclusive va s'imposer sur le long terme… Je pense qu'en revanche l'idée fondamentale selon laquelle "une femme est égale à un homme, point", elle, va perdurer. »

Il est certain que, dans les décennies qui viennent, l'on inventera bien d'autres causes pour remplacer celle qui est en vogue aujourd'hui. La capacité de l'extrême gauche à s'enflammer autour de l'idée qu'elle se fait de son rôle historique est inépuisable, tout comme sa propension à sacrifier certains principes dès lors qu'elle pense une cause juste. Au fond, parle-t-on encore du maoïsme ? Tant de ceux qui ont défendu, à gauche ou à droite, l'indéfendable nous donnent encore des leçons de morale aujourd'hui… Notre propension à l'oubli est sans doute notre meilleure garantie contre un basculement dans la guerre civile, de Gaulle l'avait compris mieux que tout autre.

Alors pourquoi s'affoler, au fond ? Un cycle de plus qui arrivera à sa fin, une révolution de plus qui refluera comme les autres avant elle… Ce mouvement woke est peut-être voué à disparaître, consumé par ses excès. Dans dix, quinze, vingt ans, nous n'en parlerons plus. Mais d'ici-là, combien de victimes aura-t-il fait au prétexte que l'on ne fait pas d'omelette sans casser des œufs ? D'ici-là, combien de colères et d'indignations silencieuses cet activisme aura-t-il allumé, qui viendront discréditer l'ensemble de la gauche, la condamnant ainsi à la marginalité politique durable ? Et combien d'électeurs supplémentaires aura-t-il jeté dans les bras du camp réactionnaire, de ceux pour qui la lutte contre les injustices n'est pas, et n'a jamais été une priorité ? De ceux qui pensent que la place des femmes est à la maison, que leur corps est un sujet masculin, etc. ? Trop. Beaucoup trop.

C'est pourquoi, d'ici à ce que ce cycle historique touche à sa fin – et sans attendre qu'il se dévore lui-même –, il est important d'analyser, de critiquer, et de combattre les dérives de l'activisme woke. Et de le faire *aussi* depuis la gauche de l'échiquier politique.

Le wokisme est surtout fort des faiblesses de la gauche républicaine, la gauche que l'on appelle « de gouvernement » mais qui risque de ne pas y revenir avant longtemps si elle continue à se taire. Si cette gauche ne fait pas entendre sa voix, elle sera assimilée aux dérives wokes, et utilisée comme un repoussoir, et donc un marchepied vers le pouvoir, par ceux qui s'opposent au wokisme.

*

* *

N'y a-t-il rien à garder du mouvement woke ? Bien sûr que si.

Du wokisme, je conserverais la conviction que la politique et l'engagement peuvent encore changer la vie. L'indifférence et l'apathie sont des maux terribles, dont nous commençons à peine à mesurer les conséquences démocratiques.

Je garderais aussi l'idée que les échecs des générations passées – échecs à combattre les discriminations notamment – ne doivent pas empêcher les nouvelles d'essayer, et pour ce faire d'inventer de nouvelles manières d'agir. Tout n'est pas permis, il n'est pas interdit de faire preuve d'imagination pour éviter les effets boomerang.

Enfin, je pense que les mouvements apparentés au wokisme peuvent nous enseigner quelque chose sur la manière de faire émerger des sujets oubliés, de les placer au sommet de l'agenda politique et médiatique et de les rendre incontournables. Le savoir-faire indéniable et l'obstination dont ils font preuve pour que l'on parle des sujets qui leur tiennent à cœur pourraient être très utiles pour sortir certaines causes de l'oubli dans lequel elles sont reléguées depuis trop longtemps.

Je pense ici à une cause en particulier. Elle est universelle et transpartisane. Les faits sont documentés, vérifiés, les causes sont connues. Les solutions le sont aussi, ou en tout cas en grande partie. Et pourtant cette cause reste dans l'ombre. On en parle juste assez pour se donner le sentiment d'agir, mais pas suffisamment pour mobiliser la société et faire véritablement changer les choses. Cette cause, ce sont les enfants et le fléau des violences qu'ils sont si nombreux à subir au quotidien. Selon une étude datant de 2018, un enfant meurt tous les cinq jours.

Nous prenons tout juste conscience de la gravité des féminicides. Il est temps d'ouvrir les yeux, aussi, sur cet autre fléau. En France, plus de 50 000 enfants et adolescents sont victimes de maltraitance chaque année. Une récente campagne de sensibilisation télévisée indiquait que toutes les trois minutes, dans notre pays, un enfant était victime de violences. Plusieurs ont donc subi l'insupportable pendant que j'écrivais ces quelques lignes.

Le pire est que, dans 95 % des cas, c'est la famille proche qui est responsable. Et dans près de la moitié des cas, c'est la mère qui est l'auteure de maltraitances.

C'est d'ailleurs pour cela, sans doute, qu'il est si difficile d'évoquer ce sujet.

Il nous parle de nous, dans ce que nous avons de plus intime.

Il parle de la famille dans ce qu'elle peut avoir de plus glauque.

De l'être humain dans ce qu'il peut produire de pire.

Voilà un phénomène sur lequel il serait grand temps d'ouvrir les yeux. Une souffrance à laquelle il est urgent de répondre. C'est un combat nécessaire, indispensable, une urgence, bien avant d'autres, une clef de survie de l'humanité.

Définitions

Lorsqu'on évoque le mouvement woke, un certain nombre d'expressions et de concepts reviennent de manière récurrente. Autant de mots que vous aurez peut-être rencontrés maintes fois, mais dont la définition précise vous échappe. Ainsi en est-il de l'intersectionnalité citée précédemment. Ou bien de la théorie du genre, du décolonialisme, de la masculinité toxique ou de l'écriture inclusive.

L'un des termes les plus clivants, bien que manifestement les moins connus du grand public est « **cancel culture** » (*cancel* : annuler). De quoi s'agit-il ? Du processus consistant à bannir de l'espace public des gens, des idées ou encore des œuvres artistiques, parce qu'ils ne sont pas jugés conformes à l'idée qu'une partie de la société se fait de ce qui est moral et juste. Les militants associés de près ou de loin au mouvement woke sont connus pour avoir un recours fréquent à ces stratégies de bannissement social, par exemple en demandant à déboulonner des statues ou débaptiser des rues (Colbert étant une de leurs cibles favorites, mais pas la seule), ou à annuler conférences et spectacles dès lors qu'ils sont jugés homophobes, sexistes, islamophobes ou simplement « réactionnaires ». Il convient néanmoins de noter que la *cancel culture* n'est pas réservée aux néo-progressistes, et que la droite aussi peut avoir recours à ces méthodes militantes, inspirées de la culture des réseaux sociaux. Si l'ostracisme, la censure ou le boycott ont toujours existé, l'existence d'outils comme Twitter, Facebook ou TikTok en amplifie la portée.

Le climat, au Royaume-Uni comme aux États-Unis, se fait de plus en plus pesant. Pas un jour ne passe sans qu'une nouvelle polémique ne vienne s'ajouter à la longue liste des atteintes portées à la liberté d'expression. En mars 2022, le comité éditorial du *New York Times*, quotidien libéral de référence outre-Atlantique, publia d'ailleurs une tribune intitulée « l'Amérique a un problème de liberté d'expression ». S'alarmant de « l'avalanche de législations adoptées par des assemblées à majorité républicaine qui étouffent tout débat sur certains sujets et violent manifestement l'esprit, sinon la lettre, du Premier Amendement de la Constitution », l'éditorial souligne que « depuis 2021, les assemblées de quarante États ont examiné et parfois adopté 175 projets de lois déterminant ce que les enseignants peuvent dire et ce que les élèves peuvent apprendre, sous peine de graves sanctions ». Le comité éditorial du *NYT* notait d'ailleurs : « Dans leur combat pour la tolérance, nombre de progressistes sont devenus intolérants vis-à-vis de ceux qui ne sont pas d'accord avec eux ou qui expriment une opinion différente. Au fur et à mesure de ce combat, ils ont adopté une forme de suffisance moralisatrice et de censure qui avait longtemps été l'apanage de la droite et abhorrée par la gauche. »

L'**intersectionnalité**, dont nous avons exposé les origines plus haut, désigne la situation dans laquelle une ou plusieurs personnes subissent en même temps plusieurs formes de discriminations. Si le terme s'appliquait initialement aux femmes noires, c'est désormais le cas pour toute minorité victime de discrimination.

Ce terme sociologique, créé pour critiquer le droit – et par extension la société américaine – a ensuite été exporté, et appliqué à une multitude de situations, au risque du contresens. En France, sans doute en raison de la culture politique qui est la nôtre, le mot est souvent entendu pour désigner une « convergence des luttes » supposément naturelle entre toutes les victimes de discriminations.

Autre concept revenant constamment dans le débat public, la « **théorie du genre** ». Dans l'Amérique des années 1970, se sont développées les « *gender studies* », visant à pointer et déconstruire les stéréotypes de genre, c'est-à-dire le fait d'assigner des tâches ou des caractéristiques à un individu en fonction de son sexe. Ces études distinguent sexe biologique et genre, ce dernier étant une construction sociale souvent associée à des stéréotypes qu'il conviendrait de questionner pour lutter contre les inégalités entre hommes et femmes. Pourquoi les petites filles ne joueraient-elles qu'à la poupée et pas aux voitures ? Pourquoi les femmes devraient-elles faire le ménage, ou s'interdire certains métiers jugés « masculins » ? Pour ses contempteurs, la « théorie du genre » vise à déconstruire le modèle familial « traditionnel » (un homme + une femme), voire à encourager l'homosexualité ou la transsexualité.

Dès janvier 2014, une rumeur se propage, selon laquelle le gouvernement souhaite que la théorie du genre soit enseignée à l'école. Malgré les démentis du ministre de l'Éducation nationale Vincent Peillon, de nombreux parents organisent un boycott de l'école.

En octobre 2016, le pape François s'est lui-même jeté dans la bataille, en accusant l'Éducation nationale française de vouloir mener une « colonisation idéologique » en cherchant à propager la théorie du genre dans les écoles, sous couvert de lutte contre les stéréotypes et les inégalités filles-garçons.

Depuis, la polémique n'a cessé de rebondir et de s'envenimer, amplement nourrie par des *fake news* jouant sur les peurs des uns et des autres. De nombreux parents craignent que leurs enfants ne soient exposés à des théories niant les différences entre hommes et femmes, ou considérant le sexe comme une pure construction sociale et non une donnée biologique.

Masculinité toxique : ce concept utilisé en psychologie et dans les études de genre renvoie à des normes comportementales masculines ayant un impact négatif sur les hommes eux-mêmes et sur la société : modèle du « mâle alpha », misogynie, promotion de la violence (y compris l'agression sexuelle ou la violence domestique), homophobie, ou encore idée selon laquelle un homme ne devrait pas exprimer ses émotions… Terry Kupers, de l'Institut Wright, école de psychologie, définit la « masculinité toxique » comme étant « la constellation des traits masculins socialement régressifs qui servent à promouvoir la domination, la dévalorisation des femmes, l'homophobie et la violence gratuite ».

L'**écriture inclusive** est la notion la plus connue du grand public. Il s'agit d'un mode d'écriture visant à lutter contre les stéréotypes de genre et assurer une égale représentation des hommes et des femmes, en partant du constat que « l'écriture structure nos pensées », qui repose sur plusieurs principes :

- accorder les fonctions, les métiers mais aussi les titres et grades en fonction du genre. On écrira ainsi « une pompière », « une maire », « une auteure » ;
- au pluriel, le masculin ne l'emporte plus sur le féminin. Il faut inclure les deux sexes grâce au point médian. On écrira donc « les électeur·rice·s », « les citoyen·ne·s » ;
- ne plus employer les mots « homme » et « femme » mais utiliser des termes beaucoup plus universels comme « les droits humains » (à la place des « droits de l'homme »).

En 2017, l'Académie française a solennellement mis en garde : « Devant cette aberration "inclusive", la langue française se trouve désormais en péril mortel, ce dont notre nation est dès aujourd'hui comptable devant les générations futures. » Rien que ça !

Décolonialisme : la pensée décoloniale nous vient d'Amérique du Sud, où elle se développa il y a une trentaine d'années. Elle vise à dénoncer un processus de décolonisation inachevé, laissant perdurer un certain nombre d'inégalités raciales, économiques ou de genre. Selon ce courant de pensée – ayant notamment fortement inspiré La France insoumise –, malgré l'obtention de leur indépendance, de nombreux pays restent sous influence de pays du Nord, notamment *via* des mécanismes économiques et l'intervention du FMI ou de la Banque mondiale. La pensée décoloniale reproche à l'État français un « racisme systémique », matérialisé notamment par certaines attitudes inappropriées voire violentes d'agents publics envers les personnes dites « racisées ». Un certain nombre d'intellectuels reproche à la mouvance décoloniale de chercher à ostraciser – « polémiques diffamatoires, propos sortis de leur contexte, harcèlement sur les réseaux sociaux » – les historiens, philosophes, sociologues ou écrivains et autres artistes « pour les punir d'avoir tenu un discours universaliste critiquant le différentialisme et le racialisme ». Un collectif d'intellectuels et de chercheur dénonce ainsi le fait que les « colloques, expositions, spectacles, films, livres "décoloniaux" réactivant l'idée de "race" ne cessent d'exploiter la culpabilité des uns et d'exacerber le ressentiment des autres, nourrissant les haines interethniques et les divisions. C'est dans cette perspective que s'inscrit la stratégie d'entrisme des militants décolonialistes dans l'enseignement supérieur (universités, écoles supérieures du professorat et de l'éducation, écoles nationales de journalisme) et dans la culture[1] ».

Racisme systémique (ou institutionnel) : notion renvoyant à une forme de racisme ancrée dans l'organisation des relations sociales ou des institutions.

1. Voir la tribune « "Le décolonialisme, une stratégie hégémonique" : l'appel de 80 intellectuels », *Le Point*, 28 novembre 2018.

Table

Composition réalisée par Belle Page

Achevé d'imprimer en janvier 2024
sur les presses de Normandie Roto Impression s.a.s.
61250 Lonrai (Orne)
pour le compte des éditions Fayard
13, rue du Montparnasse, 75006 Paris

PAPIER CERTIFIÉ

fayard s'engage pour l'environnement en réduisant l'empreinte carbone de ses livres. Celle de cet exemplaire est de :
0,400 kg éq. CO_2
Rendez-vous sur www.fayard-durable.fr

N° d'éditeur : 11-6766-7/01
N° d'impression : 2305617

Imprimé en France